I0641900

17218
H

MEMOIRES

POUR SERVIR

A L'HISTOIRE

DES

HOMMES

ILLUSTRES.

TOME VII.

MEMOIRES

POUR SERVIR

A L'HISTOIRE

DES

HOMMES

ILLUSTRES

DANS LA RE'PUBLIQUE DES LETTRES.

AVEC

UN CATALOGUE RAISONNE'

de leurs Ouvrages.

TOME VII.

A LA SCIENCE

A PARIS,

Chez **B R I A S S O N** Libraire rue S. Jacques
à la Science.

M. DCC. XXIX.

Avec Approbation & Privilege du Roy.

TABLE ALPHABETIQUE
des Auteurs.

ē

TABLE

Livres

les Comediens Italiens ordinaires du Roy, mis en meilleur ordre & augmenté des nouvelles pieces, 6 vol. *in-12.* fous
preffe.

Piéces nouvellement imprimées.

Le Dédain affecté, *in-12.*

Le Retour de tendreffe ou la fein-
te veritable, par M. *Fuzilier,*
in 12.

La fauffe Suivante, ou le Fourbe
puni, *in 12.*

L'Horofcope accompli, par M.
Guellette, in 12. fous preffe.

Hiftoire de la derniere révolution
de Perfe, precedée de celle des
Sophys, 2. v. *in 12.* 1728.

La Converfion de l'Angleterre au
Chriftianifme comparée à fa
pretenduë reformation, Ouvrage traduit de l'Anglois, par le R.
P. *Niceron in* 8°. 1729.

Voyage de Suiffe, d'Italie & de
quelques endroits d'Allemagne&
de France, avec des remarques
fur ces pays, par M. *Burnet*
in 12. 2 vol. la Haye 1718.

La Monarchie des Hebreux, par le
Marquis de S. Philippe, traduite

de l'Espagnol, *in* 12. 4 vol. la
Haye 1728.

Examen Philosophique de la Poësie en general, par M. *Remond
de S. Mad.* in 12. 1729.

Bayle, ses Œuvres diverses *in fol.* 4
vol. 1727.

Ovidius, cum notis Burmanni &
Variorum 4°. 4 vol. *Amst.* 1727.

*Et tous les Auteurs imprimez en
Hollande avec les Commentaires par M. Burman ou autres,
in* 4°. *& in* 8°.

Le nouveau voyage autour du
monde, par M. *L. G. de la
Barbinais*, enrichi de plusieurs
Plans, Vûës, & Perspectives
des principales Villes & Ports
du Perou, Chily, Bresil & la
Chine, avec une Description
de l'Empire de la Chine, beaucoup plus ample & plus circons-
tanciée, que celles qui ont pa-
rues jusques-à-present, où ils
est traité des mœurs, religion
politique, éducation & commerce des peuples de cet Empire, avec deux Memoires sur les
Royaumes de la Cochinchine

dé Tonquin & de Siam, *in 12.*
3 vol. avec figures 1729.

Crenii (*Thomæ*) de Philologia & li-
teraria educatione, *in* 4°. Lugd.
Bat.

Le Heros Chrétien par le Chevalier Stéele traduit par M. Beau-
marchais, avec les vertus payen-
nes, *in* 12. la Haye 1729.

Nouveau Traité de la pluralité des
Mondes où l'on prouve par des
raisons philosophiques que les
Planetes font habitées comme
notre terre par Huygens, *in* 12.
la Haye, avec figures 1718.

Nouveau Syftême de Microfcome
ou Traité de la nature de l'homme
par Tymogue, *in* 8°. figures grand
& petit papier, la Haye 1727.

Hiftoire Litteraire de l'Europe
pendant les années 1726 &
1727. *in* 8°. 2 vol. la Haye.

Henrici Canifii Thefaurus monumentorum Ecclefiafticorum &
Hiftoricorum editus à J. Baf-
nage, *in fol.* 5 vol. Amftelod.
1725.

Memoires de Jean Ker de Kerfland
touchant les troubles d'Angleter-

re fous le Roy George I. , là fuccession à la Couronne d'Angleterre & fur l'état prefent des affaires , *in* 8°. 3 vol. Roterdam 1726.

Effay d'une Hiftoire des Provinces Unies , par M. de Sallengre , *in* 4°. Roterdam 1728.

Voyage d'Italie de Dalmatie , de Grece & du Levant par Mrs Spon & Weller , *in* 12. 2 vol. avec figures, la Haye 1724.

Fl. Jofephi *antiquitates & Hiftoria Judæorum Grece & Latine cum notis. Edidit Sigebertus Haverfcampius fol.* 2 *vol. Amft.* 1726.

Petr. Dan. Huetius *de Interpretatione & Claris Interpretib. & de origine Fabularum ,* in 8°. Hagæ comit. 1683.

    Id. de rebus ad eum pertinentibus in 12. *Hagæ.*

Hiftorici delle cofe veneziane *in* 4°. 10 vol. *Venezia* 1718. & 1720.

Hiftoria Sacra & Profana Archiepifcopatus Mechlinienfis, *in fol.* 2 vol. cum fig. Hagæ comit. 1725.

De l'Exiſtence & de Sageſſe de
Dieu manifeſtée par ſes Œuvres,
traduit de l'Anglois de *Ray*, *in*
8°. Utrecht 1729.

Et des attributs de Dieu traduits de l'Anglois de *Clarck*,
in 8°. 3 vol. *Amſt*. 1727.

Eſſay ſur le mouvement par Crou-
zas, *in* 12. 2 vol. la Haye 1718.
figures.

On trouve dans la même Boutique
tous les Journaux des Pays Etrangers,
& un grand aſſortiment des meilleurs
livres qui s'y impriment, dont il y a
un Catalogue.

————————————————

AVIS DU LIBRAIRE.

CE Volume a été long-tems re-
tardé par les grands froids,
& quelques affaires dont je n'ai pas
été le maître. Je mettrai toute mon
attention pour que les autres Volumes ſoient donnez avec toute l'exactitude poſſible.

MEMOIRES

MEMOIRES

POUR SERVIR

A L'HISTOIRE

DES

HOMMES

ILLUSTRES

DANS LA RE'PUBLIQUE
des Lettres.

Avec un Catalogue raifonné
de leurs Ouvrages.

BERNARD JUSTINIANI.

 ERNARD *Juftiniani*   BER-
nâquit le 6. Janvier 1408. NARD
à *Venife*, de *Leonard Juf-* JUSTI-
tiniani, & de *Lucrece de* NIANI,
Mula, tous deux de fa-
mille très-illuftre. *Stella* qui a écrit
Tome VII.   A

B. Jus-
tinia-
ni.

sa vie met sa naissance en 1407.
mais c'est qu'il suit la maniere de
compter de *Venise*, où l'on ne commence l'année que le premier Mars.

Il fit ses premieres études sous
Guarini de *Verone*, & alla les continuer à *Padoue*, où il fut reçû Docteur. Ayant pris à l'âge de 19. ans
la Robe de Senateur, il n'abandonna pas pour cela les belles lettres.
Persuadé qu'elles sont utiles à ceux
qui sont destinez au Gouvernement,
il continua à s'y appliquer sou *François Philelphe*, & plus encore sous
George de Trebisonde qu'il prit chez
lui, & y retint jusqu'à ce que le Pape
Calixte III. l'eut fait venir à *Rome*.

La premiere commission qu'on
lui donna, après qu'il eut fait connoître sa sagesse & sa prudence dans
les principales Charges que la Republique confie ordinairement aux
jeunes Senateurs, fut d'aller en 1451.
avec trois autres Senateurs recevoir
l'Empereur *Frederic III.* qui alloit à
Rome se faire couronner par le Pape,
& qui devoit passer par les Etats
de la Republique. Ce fut même lui
qui porta la parole, & il fit en cette

occasion un discours qui fut fort **B. Jus-** applaudi. **TINIA-**

Le Doge François *Foscari* étant **NI.** mort le 1. Novembre 1457. il fit son Oraison funebre.

Deux ans après il fut envoyé à *Ferdinand* Roi de *Naples* qui alloit à *Rome*, & il fit en cette occasion trois discours, deux à ce Prince, & un au Pape *Pie II.*

A peine fut-il de retour à *Venise*, qu'il fut élû Censeur, & qu'on le choisit avec *Paul Barbo* pour aller en Ambassade en France auprès du Roi *Louis XI.* Il acquit tellement les bonnes graces de ce Prince, qu'il en fut fait Chevalier; honneur auquel il fut si sensible, qu'il recita à *Tours* où étoit alors la Cour, un discours à sa louange le 6. Janvier 1461. Pendant le séjour qu'il fit à *Paris* l'Université avec le Recteur à la tête alla lui rendre visite en ceremonie, & il la remercia par un discours, qui est imprimé avec les précedens.

Il alla ensuite en Ambassade à *Rome* auprès du Pape *Pie II.* & lorsque *Paul II.* lui eut succedé, il fut

B. Jus- un des quatorze Senateurs que la
Tinia- Republique lui députa pour le feli-
ni. citer fur fon exaltation, & il eut
l'honneur de porter la parole; fon
difcours eft du 30. Janvier 1465.

Il paffa depuis par divers Charges, il fut en 1467. Commandant
de *Padoue*, enfuite membre du Confeil des dix, & en differens tems
S'age-Grand, dignité par laquelle il
a paffé jufqu'à vingt fois.

L'élévation de *Sixte IV.* au Pontificat lui procura une nouvelle occafion de faire briller fon éloquence; il fut un des Ambaffadeurs qu'on
lui envoya à cette occafion, & il fit
devant lui fa harangue le 10. Decembre 1471.

Le 17. Decembre 1474. il fut
élu Procurateur de S. Marc à la
place de *Pierre Mocenigo*, qui venoit d'être élû Doge.

Il eft mort le 10. Mars 1489.
âgé de 81. ans. On l'enterra dans
l'Eglife Patriarchale de *Venife*, où
on lui mit cette Epitaphe,

Bernardus Juftinianus,
Leonardi Procuratoris Filius ;

Beati Laurentii Nepos,
Miles, Orator, & Procurator.

Elle n'y eſt plus cependant, parce que lorſqu'on répara en 1698. la Chapelle où elle étoit, on l'ôta pour en mettre une autre moins ſimple.

Catalogue de ſes Ouvrages.

1°. *B. Juſtiniani Oratoris clariſſimi Orationes. Ejuſdem nonnullæ Epiſtolæ : ejuſdem traductio in Iſocratis libellum ad Nicoclem Regem. Leonardi Juſtiniani Epiſtolæ. Venetiis in fol.* L'année n'y eſt pas marquée ; mais l'édition eſt de 1492. car elle a été faite en même-tems que celle de l'Hiſtoire de *Veniſe*, à la fin de laquelle tous ces ouvrages ſe trouvent dans quelques exemplaires ; mais comme on les en a ſeparez, & qu'ils ont même été ſupprimez pour des raiſons d'Etat, ils ſont maintenant très rares & très peu connus. Le titre marque toutes les pieces contenues dans ce recueil, excepté cependant un diſcours de *Leonard Juſtiniani* ſur la mort de *Charles Zeno*, qui eſt à la tête. *Bernard Juſtiniani* fit la traduction d'*Iſocrate*, qu'on y voit, à

B. Jus-
TINIA-
NI.

l'âge de 18. ans, dans le tems qu'il étudioit à *Padoue.* Plusieurs de ses discours se trouvent aussi imprimez séparément, ou dans des recueils de semblables pieces, & principalement dans celui qui fut imprimé à *Venise* en 1558. *in* 4°. & depuis à *Paris* en 1577. *in* 16.

2. *Vita B. Laurentii Justiniani.* La premiere édition de cette Vie s'est faite à *Venise* en 1475. *in* 4°. & elle a été suivie de plusieurs autres. On l'a mise à la tête des éditions des Oeuvres de S. *Laurent Justinien*, qui étoit son oncle, non seulement de *Basle*, mais encore de *Venise* & de *Lyon.* On la trouve aussi dans *Surius* & dans *Bollandus* au 8. Janvier. Enfin *Daniel Rosa* l'a inserée dans son ouvrage intitulé : *Summorum Sanctissimorumque Pontificum, illustrium virorum, Piorumque Patrum de B. Laurentii Justiniani Venetiarum Patriarchæ vita, sanctitate ac miraculis testimoniorum centuria. Venetiis* 1614. *in* 4o. On en a fait aussi une traduction Italienne.

3. *De Origine Urbis Venetiarum, rebusque ab ipsa ad quadringentesimum*

uſque annum geſtis Hiſtoria. Venetiis B. Jus-
1492. *in fol.* 2ª. *Editio Venetiis* 1534. TINIA-
in fol. It. traduite en Italien par *Louis* NI.
Domenichi ſous ce titre : *Hiſtoria
dell' Origine di Vinegia è delle coſe
fatte da Vinitiani. In Vinezia* 1545.
in 8°. & *Ibid.* 1608. *in* 8°. Cette Hiſtoire eſt diviſée en quinze
livres, & va juſqu'à l'an 809. Comme l'Auteur n'y avoit pas mis tout-
à-fait la derniere main, lorſqu'il mourut, il la laiſſa à *Benoît Brognolo*,
pour la mettre en état de paroître
& pour la faire imprimer ; & ce Savant pour répondre à ſes intentions
la publia trois ans après ſa mort,
& la dédia à *Laurent Juſtiniani* ſon
fils. La ſeconde édition Latine eſt
fort inferieure à la premiere pour la
beauté. Dans la deuxiéme Italienne
on a ajoûté une Table qui manque
à la premiere. Cette Hiſtoire eſt
écrite avec élegance, ſelon *Paul Jove.*

4. *Vita S. Marci Evangeliſta. De
corpore ejus Venetias Tranſlato.* Ces
deux petits ouvrages ſont joints à
ſon Hiſtoire de *Veniſe.*

Jacques de Bergame dans le *Sup-
plement des Chroniques* ſur l'an 1471.

B. Jus-
tinia-
ni.

dit que *Justiniani* a fait une *Histoire des Goths* ; mais c'est une imagination de cet Auteur, qui a été adoptée par *Vossius* & par ceux qui les ont copiez ; il est vrai qu'en traitant dans son Histoire de Venise de l'origine de cette Ville, il a parlé fort au long des Goths, & des autres peuples Barbares, qui ravageoient alors l'Italie, mais il n'en a point fait d'Histoire particuliere.

V. sa Vie écrite en Latin par *Antoine Stella* Venitien, Curé de l'Eglise de S. Moyse, imprimée à *Venise* en 1553. *in* 80. & le *Journal de Venise* tom. 19. *p.* 364.

PIERRE REGIS.

Pierre
Regis.

PIERRE *Regis* nâquit à *Montpellier* en 1656. d'une fort honnête famille. Il y commença ses Humanitez, qu'il acheva dans l'Academie de *Puylaurens.* Quoique dans la suite ses occupations ne lui ayent plus permis de s'attacher à la lecture des anciens Auteurs, on peut dire qu'il conserva toute sa vie le bon goût que cette lecture donne. **P. REGIS.**

Après un cours préliminaire de Philofophie fait fous la direction du Profeffeur de l'Academie, il retourna à *Montpellier.* Il y trouva le celebre *Pierre Sylvain Regis*, dont il fçut gagner l'amitié. Cet habile Philofophe voulut bien diriger les études Philofophiques du jeune *Regis*, & lui expliquer fon nouveau fyftême de Philofophie, dans lequel il entra avec beaucoup de facilité.

De la Philofophie il paffa aux Mathematiques, & s'appliqua particulierement à la Geometrie, aux Méchaniques, à l'Algebre & aux fections Coniques. L'inclination qu'il avoit pour les fciences étoit fi forte, qu'il les apprit prefque fans le fecours d'aucun maître.

Ces occupations ne le détournerent pas de fon principal objet. On le deftinoit à la Medecine, & il s'y deftinoit auffi. Son inclination étant ainfi d'accord avec la volonté de fes parens, il n'eut pas de peine à mettre en œuvre les talens qu'il avoit reçûs de la nature. Il étudia l'ana-

P. Regis. tomie & la pratique sous *Charles Barbeyrac* un des plus fameux Praticiens de son temps ; après quoi il se vit en état de pratiquer lui-même. Mais il ne commença à le faire que deux ans après avoir été fait Docteur. Il en reçût le Bonnet à *Montpellier* en 1678. à l'âge de 22. ans.

Peu de tems après il vint à *Paris*, & y demeura autant de tems qu'il en falloit, pour profiter des lumieres de M. *du Verney* dans l'Anatomie, & de celles de M. *Nicolas Lemery* le pere dans la Chimie. Il ne se contenta pas d'y connoître & d'y frequenter les habiles gens de sa profeffion, il vit affiduément MM. *Pelliffon*, *Despreaux*, *Perrault*, *Renaudot* & *Menage*. Ce fut chez M. *Menage* & à ses mercuriales, qu'il forma avec quelques Academiciens des liaisons qu'il a toûjours entretenues, quoique retiré dans les pays étrangers.

De retour à *Montpellier* il pensa serieusement à exercer sa Profeffion, & le fit avec beaucoup de succès. Mais la revocation de l'Edit de Nantes ne lui laiffa pas la liberté de l'exer-

cer long-tems. Comme il étoit de P. REGI
la Religion P. R. il lui fallut renoncer à sa famille & à ses amis, abandonner un établissement commencé
depuis trois ou quatre années, &
des biens considerables.

Il se retira en Hollande & choisit *Amsterdam* pour le lieu de sa demeure. La pratique de la medecine
a fait toute son occupation jusqu'à
la fin de sa vie, & quelques ouvrages qu'on a de lui ont été le fruit
de ses momens de loisir.

Il est mort le 30. Decembre 1726.
d'un abcès dans l'estomac, âgé de
70. ans.

Il étoit naturellement doux &
complaisant, sans ambition, & in-
capable de nuire à personne ; sa mo-
deration, & la liberté du pays où
il a vêcu près de 40. ans lui inspire-
rent des sentimens de tolerance &
de liberté qu'il poussoit souvent trop
loin, mais que l'Auteur de son éloge
prétend avoir été seulement l'effet
d'une conversation échauffée, sans
que son cœur y eut de part.

Catalogue de ses Ouvrages.

1. *Lettre à M. Chauvin sur la*

proportion selon laquelle l'air se condense. Inférée dans la *Bibliotheque Universelle* de M. *le Clerc* tom. 17. p. 520.

2. *Observation touchant deux petits chiens d'une même ventrée qui sont nez ayant le cœur situé hors de la capacité de la poitrine*. Inférée dans le *Journal des Savans* du 12. Mai 1681.

3. Il a revû & augmenté le *Dictionnaire de* Furetiere de l'édition de M. *Basnage de Bauval* en tout ce qui regarde la Botanique & la Medecine.

4. *M. Malpighii Opera posthuma. Editio* 2ª. *priori longe præferenda. Supplementa neeessaria & Præfationem addidit Petrus Regis. Amstelodami* 1698. *in* 4°. Ces Ouvrages de *Malpighi* avoient déja paru à *Londres*, mais si défigurez & si mutilez, qu'à peine y reconnoissoit-on leur Auteur. *Regis* les a revûs avec toute l'exactitude possible, a rétabli quantité d'endroits qui se trouvoient gâtez ou défectueux par la negligence de l'Imprimeur Anglois, & a rempli des lacunes considerables, que l'Auteur avoit laissées dans ses manuscrits.

faute d'y avoir pû mettre la der- P. REGIS.
niere main.

5. En 1721. dans le tems de la
pefte de Provence, il écrivit à fon
frere, qui demeuroit alors à *Marfeille*, pour lui communiquer les
moyens de fe garantir de ce fleau,
tant par les remedes, que par un
regime exact. Ses confeils & les détails, dans lefquels il entroit fur
la nature de cette pefte, parurent fi
utiles & fi judicieux à M. de *Lan-
geron*, qu'il fe crût engagé, pour le
bien public, de faire imprimer les
obfervations & les avis de M. *Regis.*

6. On lui attribue l'ouvrage fuivant dont l'Auteur de fon éloge ne
parle point. *Préjugez legitimes contre*
les Reflexions *qu'on vient d'imprimer*
fous le nom du Confiftoire Vallon
d'Amfterdam, *fur le memoire* Hiftorique & inftructif *pour le changement*
d'une verfion Françoife des Pfeaumes, revûe & corrigée. *Amfterdam*
1718. *in fol. pp.* 10. Voici le jugement qu'on en porte dans l'*Hiftoire*
Critique de la Republique des Lettres
tom. 15. *p.* 392.»Il y a beaucoup d'ef-
» prit & de fens dans cette brochure,

P. REGIS. » & la conduite de ceux qui se font
» opposez à *Amsterdam*, à l'intro-
» duction des Pseaumes de la traduc-
» tion de Conrart y est dépeinte avec
» des couleurs tout-à-fait vives &
» naturelles.

Il travailloit depuis long-tems à
un nouveau *Dictionnaire de Medecine*,
mais il a commencé à le supprimer
peu de tems avant sa mort, & a
voulu que tout ce qui en resteroit
eut un pareil sort, de même qu'un
recueil considerable de *Conseils &*
d'Observations de Medecine, & quelques autres manuscrits qu'il a laissez.
V. la *Bibliotheque Françoise tom.*
9. *p.* 139.

GASPAR BARTHIUS.

GASPAR
BAR-
THIUS.

GASPAR *Barthius* nâquit le 22.
Juin 1587. à *Custrin* Ville du
Brandebourg, d'une famille noble &
ancienne. Son pere *Charles Barthius*,
qui étoit Professeur en Droit à *Francfort sur l'Oder*, Conseiller de l'Electeur de Brandebourg, & son Chancelier à *Custrin*, ayant remarqué en

lui dès son enfance de grandes dif- G. BAR-
positions pour les Sciences, s'ap- THIUS.
pliqua à lui donner de bons maîtres ; mais il n'eut pas la conso-
lation de voir les fruits de ses soins,
étant mort le 16. Fevrier 1597. dans
sa cinquantiéme année. On peut juger des dispositions du jeune *Bar-*
thius par ce que rapporte l'Auteur de
sa vie, qu'il recita un jour par cœur
en presence de son pere, toutes les
Comedies de *Terence*, sans y manquer un seul mot, lorsqu'il n'avoit
encore que neuf ans.

Après la mort de son pere, on
l'envoya à *Isenac* & ensuite à *Gotha,*
pour continuer ses études ; il parcourut aussi diverses Universitez d'Allemagne, suivant la coûtume du Pays.
Ses études finies, il commença ses
voyages ; il vit l'Italie, la France,
l'Espagne, l'Angleterre & la Hollande, cherchant par tout à profiter des
lumieres des Savans qu'il y trouvoit.

De retour en Allemagne il alla
fixer sa demeure à *Lipsic*. L'amour
qu'il avoit pour les livres le fit renoncer à toute sorte d'emploi, dans le dessein de passer sa vie dans son cabinet

G. Bar-occupé de fes études. Ainfi on ne
THIUS. doit pas être furpris du nombre pro-
digieux de livres qu'il a publiez.

Il executa fur la fin de fa vie la
réfolution qu'il avoit formée (lorfque fa mere mourut en 1622.) de
renoncer tout-à-fait au monde &
aux études profanes pour fonger à
fon falut , comme on le peut juger
par fes *Soliloques*. Il avoit eu avant
ce tems là une affez mauvaife réputation par rapport aux mœurs. *Dau-*
mius fon intime ami l'avoue , quoiqu'il foutienne qu'il n'y avoit en cela
aucun fondement. *Colomiez* rapporte
(*a*) un fait qui prouveroit qu'il y
en avoit , s'il étoit veritable , & s'il
n'étoit traité de conte par la plûpart
de ceux qui ont parlé de *Barthius.*
» M. *Voffius* me contoit un jour, dit-
» il, que *Barthius* étant venu d'Al-
» lemagne à *Harlem* pour voir *Scri-*
» *verius*, il amena avec lui une Dame
» parfaitement belle ; & que *Scrive-*
» *rius* ne l'eut pas plûtôt vûe, qu'il
» trouva moyen de faire enyvrer
» *Barthius*, afin d'entretenir cette Da-

(*a*) *Colomefiana.*

me

» me avec plus de liberté, ce qui G. BAR-
» lui réuffit fort heureufement. Il ne THIUS.
» pût pourtant fi bien faire, que
» *Barthius* revenant de fon yvreffe
» n'eut quelque foupçon de ce qui
» s'étoit paffé, qui s'augmenta tel-
» lement, qu'il remmena fa Dame
» fort en colere, & la laiffa noyer
» fur le Rhin.

Il eft mort le 17. Septembre 1658. âgé de 71. ans.

Il avoit été marié deux fois. La premiere en 1630. mais ce mariage fut fterile ; ce qui l'affligea fort, dans la crainte que fa famille ne perit avec lui. C'étoit une chofe qui lui tenoit fort au cœur, & il en parle fort fouvent dans fes Ouvrages. Sa premiere femme étant morte en 1643, il en époufa l'année fuivante une feconde, qui lui donna un fils & trois filles, & qui lui furvêcut.

Catalogue de fes Ouvrages.

1. *Juvenilia Sylvarum, Sermonum, Elegiarum, Lyricorum, Epigrammatum & Iamborum. Witteberga* 1607. *in* 8o. Ce recueil comprend toutes les Poëfies que *Barthius* a faites depuis douze ans jufqu'à dix-neuf.

Tome VII. B

G. BAR-
THIUS.

2. *Panegiricus in obitum Laurentii Rhodomanni Historiarum Professoris Wittebergensis. Wittebergæ* 1608. *in* 4°. Cette Oraison funebre est inserée dans un Recueil de plusieurs pieces faites à la louange de *Rhodomann* mort en 1606.

3. *Manes Putschiani.* Inserées dans un ouvrage intitulé: *Vita & mors Eliæ Putschii per Conradum Rittershusium cum Epicediis variorum. Hamburgi* 1608. *in* 4°.

4. *Virgilii Ciris cum Commentario. Ambergæ & Francof.* 1608. *in* 8°. Les meilleurs critiques prétendent que le petit Poëme intitulé *Ciris* n'est pas de *Virgile*. *Barthius* cependant l'a soutenu de lui, pour faire honneur à l'ouvrage qu'il vouloit commenter. Son Commentaire a été d'une grande utilité à *Frederic Taubman*, qui s'en est beaucoup servi dans celui qu'il a donné sur cette piece, qu'il a inserée dans son édition de Virgile faite à *Francfort* 1618. *in* 4°.

5. *Opuscula varia Poetica. Hanoviæ* 1612. *in* 8°. Les pieces contenues dans ce recueil sont *Ablegminum libri duo. Leurdridos libri* 3.

Heroum infelicium liber I. *Zodiaci* G. BAR-
vitæ liber tertius. Theognis latinus. THIUS.
Fabularum Æsopiarum libri III. Sa-
tyrarum liber. Cebetis tabula latine
verfa.

6. *Amabilium libri IV. Hanoviæ*
1612. *in* 80. It. *Francofurti* 1623.
in 80. Ce font des Poëfies faites à
l'imitation de celles d'*Anacreon.*

7. *Cave canem* ; *de vita, moribus, re-*
bus geftis, Divinitate Gafparis Scioppii
Apoftatæ fatyricon. Autore Tarræo
Hebio nobili à fperga, Germano. Ha-
noviæ 1612. *in* 12. *Barthius* jugea à
propos de fe cacher dans cet ouvrage contre *Scioppius*, qu'il attaqua pour vanger *Scaliger* fon ennemi,
& qu'il appelle Apoftat, parce qu'il
avoit abandonné la Religion Protef-
tante que *Barthius* fuivoit. L'ouvrage
fuivant a paru avec celui-ci, & fous
le même nom, & il tend au même
but.

8. *Scioppius excellens, in laudem*
ejus & fociorum, pro Jofepho Scaligerò
& omnibus probis Epigrammatum libri
tres. Hanoviæ 1612. *in* 12.

9. *In Monarchiæ Romanæ Cefareæ*
vindices à Melchiore Goldafto editos

G. BAR- *Panegyricus. Hanoviæ* 1612. *in* 12.

THIUS.   10. *Amphitheatrum feriorum Joco-*
rum libri XXX. Epigrammatum conf-
tructum. Amphitheatrum Gratiarum
five Anacreonticorum libri XV. Am-
phitheatrum fapientiæ libri X. puris
Choliambis fcripti. Hanoviæ 1613. *in*
80. Ces Poëfies ont encore paru
fous le nom de *Tarræus Hebius.*

   11. Dans l'Edition de *Petrone* faite
par *Melchior Goldaft* à *Francfort* 1610.
in 80. & à *Leyde* en 1610. *in* 80.
on trouve des notes de *Barthius* jointes à celles de quelques autres fur
le même Auteur.

   12. *Galli Confefforis Chriftianæ Doc-*
trinæ compendium, feu Sermo Conf-
tantiæ habitus. G. Barthius recenfuit,
& animadverfionum librum adjecit.
Francofurti 1623. *in* 80.

   13. *De fide Salvifica libri duo, &*
de conftantia libri duo. Francofurti
1623. *in* 80.

   14. *Claudii Rutilii Numatiani*
Galli itinerarium, addita variarum
lectionum annotatione, cum notis. Fran-
cofurti 1623. *in* 80. *Barthius* accable
fes lecteurs de citations & de paffages, fouvent affez inutiles ; on

trouve cependant de tems en tems G. BAR-
de bonnes chofes dans fes notes   THIUS.

15. *Epidorpidum ex mero fcazonte libri III. in quibus bona pars humanæ fapientiæ graviffimo metro fuaviter explicatur. Francofurti* 1623. *in* 8o.

16. *Soliloquia rerum divinarum. Francofurti* 1623. *in* 8o. It. *Cygneæ* 1655. *in* 4o.

17. *Phæbadii liber contra Arianos cum animadverfionibus. Francofurti* 1623. *in* 8o.

18. *Paraphrafis Poetica Fabularum Æfopicarum Francofurti* 1624. *in* 8o.

19. *Zodiacus vitæ Chriftianæ, Satyricon, pleraque omnia veræ fapientiæ myfteria fingulari fuavitate enarrans. Francofurti* 1623. *in* 8o.

20. *Pornobofcodidafcalus latinus de Lenonum, Lenarum, Conciliatricum, fervitiorum dolis, veneficiis & machinis plufquam Diabolicis ex lingua Hifpanica in Latinam tranfcriptus. Francofurti* 1624. *in* 8o. La piece Efpagnole que *Barthius* a traduite fous ce titre eft intitulée en Efpagnol *la Celeftine*, & l'Auteur eft *Rodiguez Cota*. La paffion qu'il avoit pour la Langue Efpagnole, lui a

G. BAR-
THIUS.

fait trouver excellente cette Tragi-
Comedie. Il en fait l'éloge comme
d'un ouvrage accompli, & va jufqu'à lui donner le titre de livre tout-
à-fait divin. Il s'étend même fort
au long fur les avantages que fa
lecture peut procurer à ceux qui
veulent mener une vie reglée. Mais
tous ces éloges n'ont aucun fondement. Il n'y a ni ordre, ni intrigues,
ni unité dans la piece, les vingt-un
actes qui la compofent doivent ren-
fermer un efpace de tems très-con-
fiderable. On n'y trouve que des
maximes plus dignes de gens perdus de débauche, que de perfonnes raifonnables. La Religion d'ailleurs n'y eft gueres menagée. Qui
pourra par exemple entendre fans
indignation faire cette priere à *Ca-*
lixte, qui envoie *Sempronio* fon va-
let chercher une vieille femme pour
corrompre celle dont il a fait fa
maîtreffe. *Dieu éternel & tout puif-*
fant, qui êtes le conducteur des éga-
rez, qui avez conduit à Betlehem
trois Rois d'Orient, par le moyen
d'une étoile, & qui les avez ramenez
dans leur pays, je vous prie de fer-

vir de guide à mon Sempronio , afin G. BAR-
que ma peine & ma triſteſſe ſoit chan- THIUS.
*gée en joie , & de donner , encore que
j'en ſois indigne , une bonne iſſue à mes
deſirs.*

21. *Adverſariorum Commentariorum
libri LX. quibus ex univerſa Antiquitatis ſerie omnis generis loci tam gen-
tilium quam Chriſtianorum ſcriptorum
illuſtrantur & emendantur cum XI.
indicibus. Francofurti in fol.* 1624.
& 1648. La memoire , la lecture
& l'érudition de *Barthius* paroiſſent
dans cet ouvrage d'une maniere ſur-
prenante , c'eſt dommage que la netteté & le choix n'y regnent pas
également. *Morhof* prétend outre
cela que l'Auteur y eſt trop préci-
pité dans ſes jugemens , & trop te-
meraire dans ſes corrections , & qu'il
s'amuſe ſouvent à des choſes aſſez
inutiles. Il avoit laiſſé deux autres
volumes d'*Adverſaria* , qui avec le
premier devoient faire 180. livres,
mais on n'a pas jugé à propos de
les donner au public. On trouve
dans le 50. livre un Traité, en forme
de lettres , ſur la maniere de lire utilement les Auteurs de la Langue

G. BAR-
THIUS.

Latine, à les commencer depuis *Ennius* jusqu'à la fin de l'Empire Romain, & à les continuer depuis la décadence de la Langue jusqu'aux critiques de ces derniers tems qui ont rétabli les anciens Auteurs. Ce Traité est singulier en ce que *Barthius* l'a fait n'étant encore que dans sa seiziéme année, & qu'il ne lui a coûté que vingt-quatre heures de travail; cependant il est si serré & si bien rempli, qu'il fait voir que *Barthius* devoit avoir dés lors lû prodigieusement, & que sa lecture bien loin d'être indigeste ou confuse étoit accompagnée du discernement necessaire pour le bon usage de tant d'Auteurs qu'il prétendoit faire connoître. Il a été aussi inseré dans l'*Apparatus Philologicus Dilherri. Jenæ* 1632. *in* 12. *Noribergæ* 1660, *in* 12.

22. *Erotodidascalus, sive Nemoralium libri V. Hanoviæ* 1625. *in* 8°. C'est une traduction de la *Diane*, de *Gaspar Gil-Polo*, ouvrage Espanol, qui est une suite de la *Diane* de *Montemajor*.

23. *Philippi Cominæi Commentationes rerum gestarum & dictarum Ludovici*

dovici XI. & Caroli VIII. Regum G. BAR-
Franciæ ex Gallico translatæ. Franco- THIUS.
furti 1629. *in* 8o. Cette traduction
quoiqu'un peu obscure, est meilleure que celle que *Sleidan* a faite du
même ouvrage.

24. *Claudii Claudiani quæ extant
cum Commentario Grammatico, Critico,
Philologico, Historico, Philosophico, &
Politico. Francofurti* 1650. *in* 4o. *Barthius* n'étoit pas content de cette édition, parce que le Libraire ne s'étoit
pas servi d'un bon Correcteur, &
qu'on y a laissé beaucoup de fautes.

25. *Æneæ Gazæi Dialogus de ani-
morum immortalitate cum Zacharia
Mitylenæo, Philosopho Christiano,
Græce & Latine cum Barthii ani-
madversionibus & notis. Lipsiæ* 1654.
in 4o. La version Latine d'*Enée
de Gaza* est de *Barthius*, mais celle
de *Zacharie* est de *Jean Tarin.* Pour
ce qui est des notes, elles sont entierement de *Barthius*.

26. *Claudiani Ecdicii Mamerti de
statu animæ libri III. ut & Hermæ
Pastor, itemque Paciani Paræticus
ad pænitentiam, cum animadversioni-
bus. Cygneæ* 1655. *in* 8o.

Tome VII. C

27. *Willhelmi Britonis Aremorici Philippidos libri duodecim, sive Gesta Philippi Augusti versibus heroicis descripta cum Commentario Gasparis Barthii. Lipsiæ* 1658. *in* 4°. Le Poëme contient plus de neuf cens vers, qui ne sont pas mauvais pour ce tems-là. Le Commentaire de *Barthius* est fort ample.

28. *Animadversiones in Papinium Statium. Lipsiæ* 1660. *in* 4°. Il marque dans ces notes qu'il avoit fait en trois jours une traduction latine des trois premiers livres de l'Iliade. Il y dit aussi qu'il ne faisoit point de recueils, & qu'il ne corrigeoit presque jamais, & ne relisoit pas même ce qu'il avoit une fois écrit. Cette maniere de composer ne préviendra pas beaucoup en faveur de ses Ouvrages. Mais il est probable qu'il entre dans ces paroles un peu de certe charlatanerie, qui n'est que trop commune parmi les Savans.

29. *Notæ in C. Plinii Cæcilii Secundi Epistolas. Lipsiæ* 1675. *in* 8°. Ces notes ont été imprimées pour la premiere fois par les soins de *Jacques Thomasius.*

30. *Emendationes in C. Julii Hy-* G. BAR-
gini fabulas. Lugd. Bat. 1670. *in* 12. THIUS.
Imprimées avec ces fables.

Il y a peu de Critiques qui ayent
corrigé plus d'Auteurs que lui. Il en
faifoit profeffion publique, & fon
unique occupation. Un défaut qu'on
peut lui reprocher, eft d'être trop
diffus dans fes Commentaires. Il y
explique également & avec la même étendue ce qui eft clair, & ce
qui eft obfcur;il y amaffe un nombre
prefque infini de paffages paralle-
les d'autres Auteurs, même dans les
endroits où il n'y a rien de particulier, ni dans les chofes ni dans les expreffions. On voit par là qu'il avoit
une grande lecture, mais la profufion
qu'il en fait n'eft pas d'un grand
ufage, quand il ne s'agit que des
chofes ordinaires.

V. fon Eloge dans les *Memoriæ*
Philofophorum, &c. Henningi Wit-
ten. Theophili Spizelii Templum Ho-
noris referatum. p. 380. Les *vies des*
Savans en Allemand par *Clarmund*
ou *Rudiger partie* 2. *Bayle Diction-*
naire.

C ij

JULIUS POMPONIUS LÆTUS.

JULIUS
POMPG-
NIUS LÆ-
TUS.

LEs Auteurs ne s'accordent point sur le veritable nom, ni sur la patrie de ce Savant. *Vossius* (*a*) parlant de *Julius Pomponius Sabinus*, qu'il croit avec raison être le même que *Julius Pomponius Lætus*, est du sentiment de ceux qui prétendent qu'il avoit reçû au Batême le nom de *Pierre*, qu'il changea ensuite en celui de *Pomponius*. *Pope-Blount* (*b*) le nomme *Julius Pomponius Lætus alias Petrus Calaber*, en quoi il est suivi par M. *Baillet*, qui intitule ainsi son article (*c*) *Pierre de Calabre plus connu sous le nom de Pomponius Lætus. Marc-Antoine Majoragius* lui donne le nom de *Bernardin* dans le discours Apologetique qu'il prononça devant le Senat de *Milan*, pour se disculper du crime qu'on lui faisoit d'avoir changé son veritable nom qui

(*a*) *De Hist. Lat. lib. III.*
(*b*) *Censura celebr. aut.*
(*c*) *Crit. Grammair.* 313.

étoit *Antoine-Marie de Conti* » : *Pom-* J. Po
» *ponius Lætus*, dit-il, cet homme PONIUS
» fi celebre par fon érudition & par LÆTUS.
» fon éloquence, étoit fort bien ve-
» nu auprès du Pape *Paul* II. qui le
» reprit un jour d'avoir changé fon
» nom de *Bernardin*, en celui de
» *Pomponius Lætus*, fur quoi ce Sa-
» vant lui dit : S. Pere, fi j'avois
» voulu me faire appeller *Fenouil*,
» y trouveriez-vous à redire ? Cette
» réponfe fit rire le Pape, qui lui
» laiffa la liberté de prendre le nom
» qu'il voudroit.

Il n'y a pas un mot de vrai dans
tout ce récit. *Sabellicus* & *Platine*
qui vivoient de fon tems, & étoient
fes amis, & qui par là font plus
croyables fur fon chapitre ; ne difent
rien de femblable. Aucun d'eux ne
lui donne le nom de *Bernardin*, &
ils parlent fort au long l'un & l'autre de la haine mortelle que le Pape
Paul II. portoit à *Pomponius Lætus*,
qui étoit ainfi bien éloigné d'être en
faveur auprès de lui.

Enfin *Paul Jove* lui donne le nom
de *Julius*, de même que *Pontanus*
qui vivoit de fon tems, & qui fui-

J. Pom-
ponius
Lætus.

vant les apparences l'a connu à *Ro-me*. Leur autorité est d'un assez grand poids, pour faire croire que ç'a été effectivement son veritable nom.

Les sentimens ne sont pas moins partagez sur sa patrie. Quelques-uns, comme *Jove*, *Guazzo*, &c. le font naître dans la Marche d'Anco-ne. *Toppi* dans sa *Bibliotheque Na-politaine*, & *Antoine Mazza* dans son *abregé de l'Histoire de Salerne*, préten-dent qu'il étoit de *Salerne*. Un troi-siéme sentiment plus croyable que ces deux premiers, est qu'il est né à *Amendolara* Château de la Calabre, appartenant à la maison des Caraf-fes ; c'est celui de *Leandre Alberti*, de *Gabriel Barrio*, & de *Sabellicus*.

Sa naissance a eu une tache, qu'il a ignoré, ou qu'il a voulu faire ignorer aux autres. Il étoit bâtard de la maison de *Sanseverini*, une des plus illustres du Royaume de Naples. La honte de cette naissance ou quelque autre raison lui a toû-jours fait garder un profond silence sur ses parens & sa famille, dont la noblesse le touchoit si peu, qu'ayant

été follicité pluſieurs fois de venir J. POM-
demeurer dans la maiſon paternelle, PONIUS
il le refuſa par cette lettre ſinguliere. LÆTUS.

*Pomponius Lætus cognatis & pro-
pinquis ſuis ſalutem. Quod petitis fieri
non poteſt. Valete.*

C'étoit en agir bien cavalierement
avec des parens qui n'avoient rien
oublié pour lui donner une bonne
éducation, & à qui il étoit redevable des progrez qu'il avoit fait dans
les ſciences. Il étudia d'abord ſous
Pierre de Monopoli fameux Grammairien de ſon tems, & enſuite ſous
Laurent Valla.

Il fut un de ceux qu'on prétendit
avoir conjuré contre le Pape *Paul* II.
On l'arrêta pour cela à *Veniſe*, & on
le conduiſit à *Rome.* On lui fit un
crime d'avoir changé les noms des
jeunes gens qu'il inſtruiſoit, & de
leur en avoir donné de Payens, au
lieu des Chrétiens qu'ils avoient reçûs au Batême ; c'étoit le goût de
ce tems-là, mais on s'imaginoit qu'il
y avoit du myſtere dans ce changement.

Les mauvais traitemens qu'on lui
fit à ce ſujet finirent avec la vie de
C iiij

J. POM-
PONIUS
LÆTUS.

Paul II. car ses successeurs *Sixte* IV.
& *Innocent* VIII. eurent d'autres
dispositions à son égard; ils le choi-
sirent même pour enseigner la jeunesse dans le College de *Rome.* La
réputation qu'il se fit dans ce poste
fut si considerable, que tout le monde s'empressoit pour l'entendre, &
que comme il commençoit ses leçons
dès le point du jour, plusieurs al-
loient dès le milieu de la nuit retenir
leurs places.

Il a formé des disciples d'un mérite distingué; tels ont été *Alexandre Farnese,* qui fut depuis Pape
sous le nom de *Paul* III. *André Ful-
vio* de *Preneste,* qui a décrit en vers
heroïques les Antiquitez de Rome,
& dont l'ouvrage a été imprimé en
cette Ville en 1513. *in* 4o. *Conrad
Peutinger* d'*Ausbourg,* un de ceux
qui ont le plus contribué au rétablissement de la langue Latine en
Allemagne.

Il a toûjours vêcu en Philosophe,
méprisant les richesses, les commo-
ditez & les douceurs de la vie.
Rien n'étoit plus frugal que sa maniere de vivre, ni plus simple que
son habillement. Dans sa derniere

maladie il fe trouva dépourvû de J. Pom-
tout , & il fallut le porter à l'Hôpi- poniús
tal , afin qu'il y trouva les fecours Lætus,
qu'il étoit hors d'état de fe donner,
& après fa mort fes amis furent obli-
gez de faire les frais de fes fune-
railles.

Une chofe remarquable en lui,
c'eft que quoiqu'il begayât dans le
difcours ordinaire , & dans la converfation , il prononçoit avec beaucoup de netteté , lorfqu'il parloit en
public , & que l'on ne s'appercevoit alors en aucune maniere de
ce défaut.

Les Auteurs qui parlent de lui
ne marquent point l'année de fa
mort , excepté *Mazza* qui le fait
mourir en 1484. mais qui fe trompe en cela. Car on a deux lettres
de lui adreffées à *Politien*, qui font
de l'an 1488. Ajoûtez à cela qu'il
a dédié l'abregé de fon Hiftoire Romaine à *François Borgia* Evêque de
Teano. Or ce Prelat ne fut fait Evêque de *Teano* que le 19. Août 1495.
Pomponius devoit donc être encore
en vie cette année.

Un manufcrit de la Bibliothe-

J. POM-
PONIUS
LÆTUS.

que du Vatican, qui est une espece de Necrologe des Savans de son siecle, nous fait connoître le tems précis de sa mort. Il y est marqué qu'il mourut à *Rome* le 21. Mai 1497. Ce qui est confirmé par une lettre que *Sabellicus* a jointe à l'édition qu'il a donnée du livre de *Pomponius* sur l'Histoire Romaine en 1498. il y marque que ce savant étoit mort peu de tems après lui avoir envoyé son ouvrage pour le faire imprimer. *Sabellicus* ajoûte qu'il étoit presque septuagenaire.

Il avoit un esprit assez singulier & une humeur assez bizarre. Il avoit renfermé tout son savoir dans les bornes de la Republique & de l'Empire Romain, de sorte qu'il ignoroit generalement tout ce qui n'y étoit pas compris; ainsi il ne savoit point de Grec, & n'avoit jamais voulu apprendre cette Langue, de peur de faire tort à son Latin. Il ne savoit point non plus ce que c'étoit que l'Ecriture Sainte, ni les écrits des Peres, & n'avoit jamais vû aucun des Auteurs qui ont écrit après la décadence de l'Empire Romain.

Il pouſſa même ſi loin ſon idolâtrie J. Pom-
pour cet Empire, que non content PONIUS
de celebrer la fête de la fondation Lætus.
de la Ville de *Rome* avec ceremonie, & d'avoir dreſſé des Autels
effectifs à *Romulus*, il avoit l'impieté
de mépriſer la Religion Chrétienne,
& d'en parler comme d'une Religion
qui n'étoit bonne que pour des Barbares. Cette extravagance & cette
irreligion lui ont été communes avec
pluſieurs ſavans de ſon tems, qui en-
yvrez de la beauté de la Langue Latine, concevoient un reſpect religieux pour tout ce qui avoit rapport
aux peuples qui la parloient.

Au reſte pour ne lui point refuſer
le peu de gloire qui lui eſt dû, il
faut avouer avec *Floridus Sabinus*
qu'il ne cedoit à perſonne de ſon
tems pour la pureté du ſtile, & qu'il
écrivoit élegamment ſelon *Eraſme*,
qui ajoûte que *Pomponius* ne prétendoit pas aller plus loin. C'eſt peut
être pour cette raiſon que *Vivés* dit
qu'il avoit fort peu d'érudition.
(*Baillet Jugement des Savans.*)

Catalogue de ſes Ouvrages.

1. *Compendium Hiſtoriæ Romanæ*

J. Pom-
ponius
Lætus.

ab interitu Gordiani usque ad Justi-num III. Venetiis 1498. & 1500. *in* 4°. Ce sont les premieres éditions de cet ouvrage, qui a été imprimé plu-sieurs fois depuis, & que *Frederic Sylburge* a inseré dans le second vo-lume de ses Ecrivains de l'Histoire Romaine. Ce fut *Sabellicus* qui le fit imprimer à la priere de l'Auteur. *Vossius* dit qu'on y trouve bien des choses qui ne sont pas dans les His-toriens, & qu'il avoit tirées des Pa-negyriques anciens.

2. *De Exortu Machometis.* Ce pe-tit ouvrage a été imprimé plusieurs fois. On l'a inseré dans le recueil qu'on a donné de plusieurs pieces sur le même sujet à *Basle* 1533. *in fol.*

3. *De Magistratibus, Sacerdotiis, & legibus Romanorum.* Cet ouvrage a été imprimé plusieurs fois. Une des meilleurs éditions est celle de *Rome* 1515. *in* 4°. On a coutume de le joindre à celui qu'*André Fio-chi* Florentin a fait sous le nom de *L. Fenestella de Magistratibus Roma-norum*, avec lequel quelques-uns le confondent mal-à-propos.

4. *De Romanæ Urbis Antiquitati-* J. POM- *bus libellus.* Ce livre a été imprimé PONIUS. plufieurs fois. Il y en a une édition LÆTUS, fort rare & fort eftimée, qui eft intitulée : *Pomponius Lætus de Ro-manæ Urbis Vetuftate noviter impreffus, & per Marianum de Blanchellis Præ-neftinum emendatus. Roma, per Ja-cobum Mazochium. Anni* 1515. *die V. Novembris in* 4°. Voffius croit qu'il n'avoit fait cet ouvrage que pour fon ufage particulier, fans au-cun deffein de le rendre public, parce qu'on n'y trouve pas la même pure-té de ftile & la même élegance que dans fes autres productions , ce qui a fait prefque croire à *Rhenanus* qu'il n'étoit pas de lui.

5. *Vita Statii Poetæ & Patris ejus.* Ces deux vies ont été inferées par *Gyraldi* dans fon Hiftoire des Poë-tes avec fes corrections.

6. Il a revû les premieres éditions de *Sallufte* , & les a collationnées avec les manufcrits. *Voffius* dit que tous les changemens qui ont été faits à cet Auteur contre la foi des ma-nufcrits doivent lui être attribuez; on ne le croiroit pas cependant à

J. POM- voir la maniere dont il parle lui-
PONIUS. même de son travail dans sa préface
LÆTUS. à *Augustin Maffei*. Je ne sai en quelle
année a paru la premiere édition
qu'il a donnée de cet Auteur, ce
qu'il y a de sûr, c'est qu'elle s'est
faite à *Venise* chez *Antoine Moretti*
de *Brescia*, fameux Imprimeur de
ce tems. *Fabricius* dans sa Bibliotheque Latine parle des trois éditions
de *Salluste*, de la correction de *Pomponius Lætus*, qui sont posterieures
à cette premiere; elles ont été toutes les trois faites à *Venise in fol.*
en 1491. 1493. & 1546. & sont
accompagnées des Commentaires de
Laurent Valla, & de *Jean-Chrisostome
Soldus*. On peut y en ajoûter trois
autres qu'il a omises, une de 1492.
faite par *Theodore Ragazzoni*, une
autre de 1496. par *Philippe Pincio*,
& une troisiéme de 1521. par *Bernard Viani*.

¶ 7. *M. Tullii Varronis de lingua
Latina libri ex recensione Pomponii Læti
in* 4°. La premiere édition ne porte
ni le nom du lieu de l'impression,
ni le nom de l'Imprimeur, ni l'année; elle a été suivie d'une autre

faite à *Venise* en 1498. *in* 4°. à la- J. POM-
quelle on a joint les remarques de PONIUS.
François Rolandelli. LÆTUS.

8. Il donna à *Rome* en 1490. une
édition des Lettres de *Pline* le jeune
in 4°. qu'il assure avoir collationnées sur les plus anciens manuscrits.

9. Il a fait sur *Quintilien de Ora-
toria Institutione* un Commentaire que *Vossius* a crû mal-à-propos n'avoir jamais été imprimé.
Il y en a une édition faite à *Venise*
en 1494. *in fol.* dans laquelle on
trouve outre le Commentaire de
Pomponius, ceux de *Laurent Valla*,
& de *Jean Sulpicius*.

10. Il a fait deux ouvrages, *de
Arte Grammatica* ; un fort ample qui
n'a point été imprimé, & un autre
qui est un abregé de ce premier,
qui l'a été à *Venise* en 1484. *in* 4°.

On a encore de lui quelques autres ouvrages qui sont restez en manuscrits.

S'il est louable pour avoir ra-
massé avec autant de soin qu'il a fait
les anciens manuscrits & les mar-
bres antiques sur lesquels il y avoit
des inscriptions, on ne peut trop

J. Pom-
ponius
Lætus.

le blâmer d'avoir forgé lui-même des inscriptions, & d'en avoir fait passer de fausses pour veritables. Ainsi par exemple on croit communement que le testament de *L. Cuspidius*, qui se trouve dans l'appendix du Tresor de *Guter*, est de son invention.

V. son éloge dans *Paul Jove*, *Vossius de Historicis Latinis*, & le *Journal de Venise tom.* 23. *p.* 366.

FRANCOIS DE MALHERBE.

Fran-
çois de
Mal-
herbe.

FRANÇOIS *de Malherbe* nâquit à *Caen* vers l'an 1555. Il étoit de la maison *de Malherbe Saint Aignan*, qui a porté les armes en Angleterre sous un Duc *Albert* de Normandie, & cette maison s'étoit renduë plus illustre en ce Pays-là, qu'au lieu de son origine, où elle s'étoit tellement abbaissée, que le pere de *François de Malherbe* n'étoit qu'Assesseur à Caen. Il embrassa la Religion Calviniste un peu avant que de mourir, ce qui chagrina tellement son fils, qu'il quitta le pays, & alla demeurer en Provence à la suite

fuite de *Henri d'Angouleme*, fils naturel du Roi *Henri II.* Grand Prieur
de France, qui en étoit alors Gou-
verneur. *Malherbe* entra dans fa Maifon à l'âge de 17. ans, & y demeura jufqu'à ce que ce Prince fût
affafiné. Ce qui arriva à *Aix* le 2.
Juin 1586.

Pendant fon féjour en Provence,
il fit amitié avec la veuve d'un Con-
feiller, fille d'un Prefident, qu'il
époufa après quelques années de
recherche, & dont il eut plufieurs
enfans qui moururent avant lui.

Le nom & le merite de *Malherbe*
furent connus de Henri IV. par le
rapport avantageux que le Cardinal
du Perron lui en fit. Ce Prince demandant un jour à *du Perron* s'il ne
faifoit plus de vers, ce Cardinal lui
répondit que depuis qu'il lui avoit
fait l'honneur de l'employer dans fes
affaires, il avoit quitté tout-à-fait
cet exercice, & ajoûta qu'il ne falloit
plus que perfonne s'en mêlât après
un certain Gentilhomme de Normandie, habitué en Provence, nommé *Malherbe*, qui avoit porté la
Poëfie Françoife à un fi haut point,

F. DE
MAL-
HERBE.

que perſonne n'en pouvoit approcher.

Depuis ce tems le Roi parla ſouvent de *Malherbe* à M. *des Yveteaux*, qui étoit alors Précepteur de M. de Vendôme, & qui offroit chaque fois à ce Prince de le faire venir de Provence ; mais le Roi ne lui 'en donna point d'ordre ; de ſorte que *Malherbe* ne vint à la Cour que trois ou quatre ans après que le Cardinal *du Perron* eut parlé de lui.

Il étoit venu à Paris pour ſes affaires particulieres, *des Yvetaux* profita de l'occaſion pour le dire au Roi, & ce Prince l'envoya chercher auſſi-tôt. C'étoit en 1605. & il étoit ſur le point de partir pour le Limouſin. Le Roi le reçût fort bien,& lui ordonna de faire des vers ſur ſes voyages.

Malherbe en fit qu'il lui preſenta à ſon retour, & le Roi en fut ſi content, que voulant le prendre à ſon ſervice, il commanda par avance à M. de *Bellegarde* de le retenir chez lui, juſqu'à ce qu'il l'eût placé. M. de *Bellegarde* lui donna ſa table, un cheval & mille livres d'appointement, & le garda juſqu'à la mort

de *Henri IV.* qui malgré la bonne   F. DE
volonté qu'il lui avoit témoignée, MAL-
ne fit rien pour lui. Ce qu'on attri- HERBE.
bue au reſſentiment que M. de *Sully*
avoit conſervé contre *Malherbe*,
qui pendant la ligue l'avoit un jour
pourſuivi violemment l'eſpace de
deux ou trois lieues.

A la mort de *Henri IV.* la Reine
Marie de Medicis le gratifia d'une
penſion de cinq cens écus, & le
mit ainſi en état de n'être plus à
charge à M. de *Bellegarde.* Il paroît qu'il eut une Charge de Gentilhomme ordinaire de la Chambre
du Roi, mais ce n'étoit peut être
qu'un titre à ſon égard.

Il perdit l'année de ſa mort le ſeul
fils qui lui reſtoit, qui fut tué en
duel par un Gentilhomme Proven-
çal nommé *de Piles*; cette perte le
toucha ſi vivement, qu'il alla exprès au Siege de *la Rochelle*, pour
en demander juſtice au Roi, mais
n'en ayant pas eu toute la ſatisfac-
tion qu'il eſperoit, il voulut ſe battre contre M. *de Piles*; & ſur ce
que ſes amis lui repreſentoient qu'il
y auroit de la folie à lui de ſe com-

F. DE mettre à l'âge de 73. ans, avec un
MAL- homme qui n'en avoit pas encore
HERBE. 25. *c'est à cause de cela*, leur répon-
dit-il, *que je me veux battre, ne*
voyez-vous pas que je ne hazarde qu'un
denier contre une pistole. On lui parla
ensuite d'accommodement, & on
lui offrit dix mille écus, il rejetta
d'abord ces offres, mais enfin vain-
cu par les sollicitations de ses amis,
il convint de prendre cette somme,
mais il déclara en même-tems qu'il
n'en garderoit pas un liard pour lui,
& qu'il employeroit toute la somme à faire construire un mausolée
à son fils. Mais étant mort dans ces
entrefaites, le traité ne fut point
conclu, & il n'y eut point de mausolée construit.

Il mourut à *Paris* en 1628. âgé
de 73. ans. Les circonstances de sa
mort montrent qu'il n'avoit gueres
de Religion. On eut beaucoup de
peine à le résoudre à se confesser,
il disoit pour s'en dispenser qu'*il n'a-*
voit accoûtumé de le faire qu'à Pâques.
Celui qui l'y détermina fut *Yvrande,*
Gentilhomme, qui étoit son Eco-
lier en Poësie. Il lui dit pour cela

qu'ayant fait profeffion de vivre comme   F. DE
les autres hommes, il falloit auffi mou- MAL-
rir comme eux. Malherbe lui ayant HERBE.
demandè ce que cela vouloit dire,
Yvrande lui dit, que *quand les au-*
tres mouroient, ils fe confeffoient &
communioient, & recevoient les autres
Sacremens de l'Eglife. Malherbe avoua
qu'il avoit raifon, & envoya que-
rir le Vicaire de S. Germain, qui
l'affifta à la mort.

On dit qu'une heure avant que
de mourir, après avoir été deux
heures à l'agonie, il fe reveilla comme en furfaut, pour reprendre fon
hôteffe, qui lui fervoit de garde,
d'un mot qui n'étoit pas bien François à fon gré, & comme fon Confeffeur lui en fit des reprimandes, il
lui dit, qu'il ne pouvoit s'en empêcher, & qu'il vouloit défendre
jufqu'à la mort la pureté de la Langue Françoife. On ajoûte que ce
Confeffeur lui reprefentant le bonheur de l'autre vie avec des expreffions baffes & peu correctes, & lui
demandant s'il ne fentoit pas un
grand defir de jouir bien-tôt de cette
felicité, *Malherbe* lui répondit : *Ne*

F. DE MAL-HERBE.

m'en parlez plus, votre mauvais stile m'en dégoûte.

Il n'est pas surprenant qu'il n'ait pas témoigné plus de religion pendant le reste de sa vie, lui à qui il échappoit souvent de dire, que *la Religion des honnêtes gens étoit celle de leur Prince.* Ainsi quand les pauvres lui disoient qu'ils prieroient Dieu pour lui, il leur répondoit, *qu'il ne croyoit pas qu'ils eussent grand crédit au Ciel, vû le mauvais état auquel Dieu les laissoit en ce monde, & qu'il eut mieux aimé que M. de Luynes, ou quelque autre favori lui eut fait la même promesse.*

Comment accorder ces faits rapportez par *Racan* son éleve en fait de Poësie, & ce qu'il dit au même endroit, qu'il parloit toûjours de Dieu & des choses Saintes avec beaucoup de respect, qu'il étoit fort soumis aux Commandemens de l'Eglise, qu'il ne mangeoit pas volontiers de la viande aux jours défendus sans permission. Ce dernier article est contredit par ce trait qu'on lit dans le Menagiana. » M. de *Racan* allant voir *Malherbe* un Sa-

» medi le lendemain de la Chande-
» leur à huit heures du matin, le
» trouva qui mangeoit du jambon,
» ah ! Monfieur, dit-il, la Vierge
» n'eft plus en couche, elle eft re-
» levée. Oh ! dit *Malherbe*, les Da-
» mes ne fe levent pas fi matin.

Il étoit brufque dans fa converfation & dans fes manieres, & difoit nettement ce qu'il penfoit. On
cite plufieurs de fes traits en ce genre. Un homme de robe & de condition lui apporta un jour des vers
affez mal polis, qu'il avoit faits à
la louange d'une Dame, & lui dit
avant que de les lui montrer, que
des confiderations particulieres l'a-
voient engagé à les faire. *Malherbe*
les lût avec mépris, & lui demanda, lorfqu'il en eut fini la lecture,
s'il avoit été condamné à faire ces
vers ou à être pendu; parce qu'à
moins de cela, il ne devoit pas expofer fa réputation en produifant
une piece fi ridicule. Une autrefois
un Poëte de Province le pria de
corriger une *Ode au Roi* qu'il avoit
faite, & la lui laiffa pour cela; quand
il vint la redemander, *Malherbe* lui

F. DE MAL-HERBE. dit qu'il n'y avoit que quatre mots à y ajoûter. Le Poëte l'ayant prié de lui faire l'honneur de les écrire lui-même, il prit la plume, mit au deſſous du titre *Ode au Roi*, ces mots, *pour torcher ſon C...* plia le papier, & le rendit au Poëte, qui le remercia un million de fois, & partit ſans voir ce qu'il avoit écrit.

Il avoit un grand mépris pour les ſciences, particulierement pour celles qui ne ſervent qu'au plaiſir des yeux & des oreilles, comme la Peinture, la Muſique & la Poëſie. Un de ſes amis ſe plaignant à lui qu'il n'y avoit de recompenſe que pour ceux qui ſervoient le Roi dans ſes armées & dans les affaires, & qu'on abandonnoit ceux qui excelloient dans les belles lettres, il répondit que c'étoit en uſer fort ſagement, & qu'il y avoit de la ſottiſe à faire un métier de la Poëſie, qu'on n'en devoit point eſperer d'autre recompenſe que ſon plaiſir ; & qu'un bon Poëte n'étoit pas plus utile à l'Etat qu'un bon joueur de quilles.

Il ne s'épargnoit pas lui-même en l'art où il excelloit ; il diſoit ſou-

vent

vent à *Racan*, » voyez-vous, Mon-
» fieur, fi nos vers vivent après
» nous, toute la gloire que nous en
» pouvons efperer, eft qu'on dira
» que nous avons été deux excellens
» arrangeurs de fyllabes que nous
» avons eu une grande puiffance fur
» les paroles, pour les placer fi à
» propos chacune en leur rang, &
» que nous avons tous deux été bien
»fous de paffer la meilleure partie de
» notre âge dans un exercice fi peu
» utile au public & à nous-mêmes,
» au lieu de l'employer à nous don-
» ner du bon tems, ou à penfer à
» l'établiffement de notre fortune.

Au refte, la Langue & la Poëfie
Françoife lui ont fans contredit de
grandes obligations. Il eft le premier qui ait travaillé à purifier notre Langue, en lui ôtant une infi-
nité d'expreffions baffes & groffieres qui la défiguroient, & à donner
à notre Poëfie une douceur & une
correction qu'elle ignoroit avant lui;
c'eft ce qui a fait dire à M. Boileau.
Enfin Malherbe vint, & le premier
    en France
Fit fentir dans fes vers une jufte cadence:
Tome VII.   E

P. DE
MAL-
HERBE.

*D'un mot mis en sa place. enseigna le
    pouvoir,*
*Et réduisit la Muse aux regles du de-
    voir.*
Par ce sage Ecrivain la langue réparée,
*N'offrit plus rien de rude à l'oreille
    épurée.*
*Les Stances avec grace apprirent à
    tomber ;*
*Et le vers sur le vers n'osa plus en-
    jamber,*
*Tout reconnut ses loix , & ce guide
    fidelle*
*Aux Auteurs de ce tems sert encore de
    modelle.*
*Marchez donc sur ses pas , aimez sa
    pureté ,*
Et de son tour heureux imitez la clarté.

La douceur & la correction que
Malherbe donnoit à ses Poësies ne
lui coûtoient pas peu ; il ne com-
posoit qu'avec une peine extrême,
& ce n'étoit qu'en veillant beaucoup & à force de se tourmenter,
qu'il parvenoit à faire quelque chose
de bon. *On dit qu'il consultoit sur ses
vers jusqu'à l'oreille de sa servante.*
Exemple qui a été suivi par Molie-

re , & dont on prétend qu'ils se sont F. DE
toûjours bien trouvé tous les deux. MAR-

Malherbe uniquement occupé de HERBE.
la langue & de la Poësie Françoise
vouloit qu'on ne fit de vers qu'en sa
propre langue ; il soûtenoit qu'on
ne peut entendre la finesse des Langues que l'on ne sait que par art , &
disoit pour se mocquer de ceux qui
faisoient des vers Latins, que si *Vir-*
gile & *Horace* revenoient au monde,
ils donneroient le fouet à *Bourbon*
& à *Sirmond* , Poëtes fameux de son
tems. Les Poëtes Latins qu'il esti-
moit le plus , étoient *Horace*, *Ju-*
venal, *Ovide*, *Martial*, *Stace*, *Se-*
neque le tragique. Pour ce qui est
des Grecs , il n'en faisoit point de
cas , apparemment parce qu'il ne les
entendoit pas assez pour en connoître les beautez.

Il étoit fort agréable dans la conversation , & disoit les plus jolies
choses du monde , mais il ne les disoit point de bonne grace , & il étoit
le plus mauvais recitateur de son
tems , ce qui le faisoit appeler l'*An-*
ti-Mondori , par allusion à *Mondori*
le plus fameux Comedien de son

F. De tems. Il gâtoit ses beaux vers en les
MAL- prononçant : outre qu'on ne l'enten-
HERBE. doit presque pas, à cause de l'em-
pêchement de sa Langue, & de la
foiblesse de sa voix. Il crachoit pour
le moins six fois en récitant une
Stance de quatre vers ; ce qui fit
dire de lui au Cavalier *Marin*, qu'il
n'avoit jamais vû d'homme plus hu-
mide, ni de Poëte plus sec.

C'est ainsi que *Balzac* en parle
dans ses entretiens. Il est vrai que
Racan paroît le contredire, lorsqu'il
dit qu'on ne peut exprimer la grace avec laquelle Malherbe s'expri-
moit, & que ses discours tiroient
leur plus grand ornement de son
geste & du ton de sa voix. Mais il
se contredit lui-même, & confirme
ce que Balzac en dit, lorsqu'il rapporte ce trait » Comme il recitoit,
» dit-il, des vers à *Racan*, qu'il avoit
» nouvellement faits, il lui en de-
» manda son avis. *Racan* s'en ex-
» cusa, disant qu'il ne les avoit pas
» bien entendus, & qu'il en avoit
» mangé la moitié. *Malherbe*, qui
» ne pouvoit souffrir qu'on lui re-
» prochât le défaut qu'il avoit de

» begayer , se sentant piqué des pa-   F. DE

» roles de *Racan*, lui dit en colere : MAL-

» *Morbleu si vous me fachez je les* HERBE.

» *mangerai tous , ils sont à moi ,*

» *puisque je les ai faits ; j'en puis faire*

» *ce que je voudrai.*

On ne peut le justifier d'une certaine bassesse d'ame, & d'un interêt sordide , qui lui ont fait oublier les sentimens les plus naturels de l'humanité. L'Epitaphe de M. d'*Is* ne peut être regardée sur le pied d'un simple badinage Poëtique , par rapport à la maniere dont il y parle des personnes pour lesquelles il devoit avoir les derniers respects. La voici.

C'y gist Monsieur d'Is.
Plut or à Dieu qu'ils fussent dix !
Mes trois sœurs, mon pere, & ma
      mere,
Le grand Eleasar mon frere ;
Mes trois tantes & Monsieur d'Is,
Vous les nommai-je pas tous dix ?

D'ailleurs il fut toûjours en procez avec son frere pour la succession paternelle, & comme un de ses amis se plaignoit à lui de leur mau-

F. DE
MAL-
HERBE.

vaise intelligence, *Malherbe* lui dit
brusquement, qu'il ne pouvoit avoir
de dispute avec les Turcs & les
Moscovites, avec qui il n'avoit rien
à partager.

Il regnoit dans toutes ses manieres une certaine bizarrerie, qu'on
lui passoit en faveur de son merite.
» Il étoit assez mal meublé, logeant
» ordinairement en chambre garnie,
» il n'avoit même que sept ou huit
» chaises de paille ; & comme il
» étoit fort visité de ceux qui ai-
» moient les Belles Lettres, quand
» les chaises étoient toutes remplies,
» il fermoit la porte par dedans ;
» & si quelqu'un venoit heurter, il
» lui crioit : *attendez, il n'y a plus de*
» *chaises;* estimant qu'il valoit mieux
» ne les point recevoir, que de leur
» donner l'incommodité d'être de-
» bout.

» S'étant vêtu un jour extraor-
» dinairement à cause du froid, il
» avoit encore étendu sur sa fenê-
» tre trois ou quatre aunes de frise
» verte, & comme on lui demanda
» ce qu'il vouloit faire de cette frise,
» il répondit brusquement : *je pense*

» qu'il est avis à ce froid qu'il n'y a
» pas de frise dans Paris, je lui mon-
» trerai bien que si. Au reste il étoit
si frilleux, que numerotant ses bas
par les lettres de l'Alphabet, afin
d'en mettre également à chaque jambe, il avoua une fois qu'il en avoit
jusqu'à l'L. Il disoit à ce sujet que
Dieu n'avoit fait le froid que pour
les pauvres & les sots, & que ceux
qui avoient le moyen de se bien
chauffer & de se bien habiller, ne
devoient point souffrir de froid.

Toutes les Œuvres de *Malherbe*
ont été imprimées plusieurs fois ensemble *in* 4°. avant que M. *Menage*
les publiât avec un Commentaire
de sa façon sur les Poësies. La premiere édition qu'il donna au public
est de l'an 1666. *in* 8°. Il en parut
une seconde *in* 12. en 1689. Elle
est fort augmentée, & on y a joint
les remarques de M. *Chevreau* sur
les mêmes Poësies. Il s'en est fait
une nouvelle édition à *Paris* en
1722. en 3. tom. *in* 12. On a ajoûté
dans cette derniere la vie de *Malherbe* par *Racan*, accompagnée de
quelques notes peu considerables;

& la suite des remarques de *Chevreau*, tirées de ses *Oeuvres mêlées*,
& du *Chevreana*, qui ne sont gueres que des répetitions de ce qui se
trouve dans les premieres remarques.
Le recueil des Œuvres de *Malherbe*
contient, 1°. *Le Traité des Bienfaits
de Seneque traduit en François.* 2°. *La
traduction du trente-troisiéme Livre de
Tite-Live.* 3°. *Les Lettres.* 4°. *Les
Poësies.*

Ses traductions n'ont pas eu l'approbation du public, qui en a de-
sapprouvé le stile trop bas & trop
populaire. Outre que *Malherbe* ne
s'y est nullement piqué d'exactitude ; il disoit même, lorsqu'on le
reprenoit de ne pas bien suivre le
sens des Auteurs qu'il traduisoit,
qu'il n'apprêtoit pas les viandes
pour les cuisiniers, c'est-à-dire,
qu'il se soucioit fort peu d'être loué
par les gens de Lettres qui enten-
doient les livres qu'il avoit traduits,
pourvû qu'il le fût par les gens de
la Cour.

On remarque dans ses Lettres
trois sortes de stiles. Le premier se
trouve dans ses Lettres familieres ;

qu'il écrivoit à fes amis fans prépa- F. DE
ration, & qui quoique negligées MAL-
ont quelque chofe qui plaît. Le fe- HERBE.
cond eft dans celles qu'il ne travailloit qu'à demi, & où il y a beaucoup de dureté & de penfées indi-
geftes, qui n'ont aucun agrément;
telles font les Lettres d'Amour, qui
n'ont jamais été eftimées. Le troifiéme eft dans celles que par un
long travail il mettoit dans leur perfection. La confolation de Madame
la Princeffe de Conti eft la feule de
ce genre.

Pour ce qui eft de fes Poëfies,
on en loue la douceur, la nobleffe,
l'exactitude, quoique plufieurs y
ayent trouvé de grands défauts, dont
on peut voir un long détail dans
les *Jugemens des Savans de Baillet.*

Racan dit que *Malherbe* fit imprimer un Factum & trois Sonnets fur
la mort de fon fils, qui n'ont point
été mis dans le corps de fes ouvrages; ils font très-rares.

Le P. *Bougerel* de l'Oratoire a
publié dans les *Memoires de Litterature* du P. *Defmolets*, & dans la
Bibliotheque Françoife tom. 7. une

F. DE
MAL-
HERBE.

Lettre & une Ode de *Malherbe* qui
n'avoient point encore paru.

V. sa Vie par *Racan*, *Huet Histoire de Caën*, *Bayle Dictionnaire*.

FRANCOIS PAGI.

FRAN-
ÇOIS PA-
GI.

FRANÇOIS *Pagi* nâquit à *Lam-
besc* Ville de Provence, le 7.
Septembre 1654. Le penchant extraordinaire qu'il fit paroître dés sa
plus tendre enfance pour les Belles
Lettres, engagea ses parens à l'envoyer étudier à *Toulon* chez les Prê-
tres de l'Oratoire. Il y fit en peu de
tems de si grands progrés, que le
P. *Antoine Pagi* son oncle, voulut
l'avoir auprès de lui, & le fit venir
à *Aix*, où il faisoit sa résidence.

La frequentation de son oncle lui
inspira le desir de se consacrer à
Dieu, & il entra dans l'Ordre des
Cordeliers où il fit profession.

Après avoir professé la Philosophie en plusieurs Couvens, il sou-
haita retourner auprès de son oncle
à *Aix*, & en ayant obtenu la permission de ses Superieurs, il fut

pendant pluſieurs années très-aſſidu F. PAGI, à profiter de ſes inſtructions.

Les progrés qu'il fit dans la connoiſſance de l'HiſtoireEccleſiaſtique le mirent en état de ſoulager ce grand homme dans la *Critique des Annales de Baronius*, & de donner au public après ſa mort cet ouvrage qu'il n'avoit pas entierement achevé, & dont il n'avoit encore publié que le premier volume.

Il forma enſuite le deſſein d'un autre Ouvrage qu'il a publié ſous ce titre.

Breviarium Hiſtorico-Chronologico-Criticum, *illuſtriora Pontificum Romanorum geſta*, *Conciliorum Generalium Acta*, *nec non complura tum Sacrarum rituum*, *cum antiqua Eccleſiæ Diſciplinæ capita complectens. Antuerpiæ*, 4. *tom. in* 4°. Le premier & le deuxiéme en 1717. le troiſiéme en 1718. & le quatriéme en 1727. Ce dernier volume a paru par les ſoins de ſon neveu le P. *Antoine Pagi* du même ordre. L'Auteur eſt un des plus zelez défenſeurs du Saint Siege, il y établit par tout l'autorité infaillible du Pape, ſa ſuperio-

F. PAGI. rité fur les Conciles, aufquels il prétend qu'il a toûjours préfidé, ou par lui-même, ou par fes Legats; la neceffité qu'il y a qu'ils foient confirmez par lui pour être autentiques, le droit des Appellations à la Cour de Rome, le pouvoir d'anathematifer les Souverains & autres chofes femblables; il paroît même que c'eft principalement dans cette vûe qu'il a entrepris cette Hiftoire.

Une chute qu'il fit au mois de Mars de l'année 1712. le mit dans un état, qui lui a fait fouffrir de grandes douleurs le refte de fa vie, & l'a empêché d'achever fon ouvrage.

Il a paffé par les principales Charges de fon Ordre, où il s'eft fait eftimer par fa capacité & fa droiture.

Il eft mort le 21. Janvier 1721. âgé de 66. ans.

Cet article eft tiré d'un Memoire manufcrit de M. *Jean-Frederic Guib.*

JACQUES MARSOLLIER.

JACQUES *Marsollier* nâquit à
Paris l'an 1647. d'une bonne famille de Robbe.

Ses études finies, il entra chez les
Chanoines Reguliers, & fit son No-
viciat & sa profession à l'Abbaye
de Sainte Genevieve de *Paris.*

Lorsqu'il eut été ordonné Prêtre,
on l'envoya à *Usez* avec quelques
autres Religieux de sa Congregation,
pour rétablir le bon ordre dans le
Chapitre de cette Ville, qui étoit
arors Regulier.

L'Abbé de Sainte Genevieve
ayant voulu quelque tems après envoyer des Visiteurs à *Usez* pour les
visiter, l'Evêque *Michel Poncet de
la Riviere* qui les avoit appellez s'y
opposa, & il y eut un Arrêt du
Conseil qui défendit la visite à l'Abbé de Sainte Genevieve, & qui permit à ces Religieux de rester à *Usez,*
ou de retourner dans leur Congregation.

M. *Marsollier* demeura à *Usez*, &

J. MAR-
SOLLIER,
fut dans la suite fait Prevôt de cette Cathedrale ; dignité dont il se démit quelques années après en faveur de M. *Poncet* depuis Évêque d'*Angers*.

On travailloit alors à seculariser la Cathedrale d'*Usez* ; mais cette affaire n'ayant pas été terminée alors, M. *Marsollier* fut fait Archidiacre.

Il est mort à *Usez* le 30. Août 1724. dans sa 78e. année.

Catalogue de ses Ouvrages.

1. *Histoire du Ministere du Cardinal Ximenez Archevêque de Toledo & Regent d'Espagne. Toulouse 1693. in 12. Nouvelle édition corrigée & augmentée. Paris 1704. 2. vol. in 12.* Il en a paru plusieurs éditions contrefaites sur la premiere de *Toulouse*; & même celle qui a paru à *Lyon* en 1704. n'a rien de plus que les autres. On trouve dans celle de *Paris* des additions considerables, qui font plus du quart de l'ouvrage; l'Auteur y a aussi corrigé plusieurs fautes & quelques negligences qui lui étoient échapées dans la premiere édition. M. *Marsollier* se soutient

bien dans cette Hiftoire, la diction J. MAR-
en eft pure, la narration eft vive SOLLIER.
& naturelle, les reflexions en font
fines, & les intrigues bien fuivies,
& bien démêlées; les belles qualitez
& les grands fuccès du Cardinal *Ximenez* y font mis dans tout leur jour,
mais on n'y cache point fes défauts,
& on n'en parle pas en Panegyrifte.
Ce qu'on y peut reprendre, c'eft
que l'Auteur s'attache trop à l'homme public, & ne parle pas affez de
fes actions privées & domeftiques;
d'ailleurs quoique la guerre des Mau-
res foit une épifode qui attache, le
recit en eft trop long, & le Cardinal *Ximenez* n'y a pas eu affez de
part, pour s'y arrêter fi fort. C'eft
le jugement que M. *de Bauval* a porté de cet Ouvrage.

2. *Hiftoire de Henri VII. Roi d'Angleterre furnommé le Sage & Salomon
d'Angleterre. Paris.* 1697. *in* 12. 2.
tom. It. *Paris* 1727. *in* 12. Cette
Hiftoire au jugement de M. l'Abbé
Lenglet paffe pour le meilleur ouvrage de M. *Marfollier*; on ne peut
rien ajoûter à fa beauté & à fon
exactitude.

3. *Histoire de l'Inquisition & son origine. Cologne* 1693. *in* 12. Cet ouvrage est curieux, & l'Auteur y parle avec beaucoup de liberté.

4. *La Vie de S. François de Sales. Paris* 1700. *in* 4°. It. *Paris* 1701. 2. *tom. in* 12. It. *traduit en Italien par l'Abbé Salvini. Florence* 1714. *in* 4°. Le stile de cet ouvrage a la même pureté que les autres qui sont sortis de la plume de M. *Marsollier*, & la narration en est aussi agréable.

5. *La Vie de Dom Armand Jean le Bouthillier de Rancé, Abbé Regulier & Réformateur du Monastere de la Trappe de l'étroite Observance de Citeaux. Paris* 1703. *in* 4°. & 2. *tom. in* 12. Cette vie a paru peu de tems après celle que M. de *Maupeou* a donné du même Abbé. Les Journalistes de *Trevoux* en font ainsi le parallele. » L'un & l'autre Auteur, » disent-ils, a suivi son caractere. » M. *Marsollier* paroît plus Histo- » rien, & M. de *Maupeou* plus Ora- » teur. Celui-ci prêche la vie de M. » de la Trappe, & celui-là la ra- » conte. L'un insiste sur tous les » reproches qu'on a fait aux vertueux

» tueux Abbé, l'autre les diffimule J. MAR-
» ou les enveloppe. M. *Marfollier* SOLLIER,
» beaucoup de politeffe ; M. de
» *Maupeou* beaucoup de franchife.
» Celui-ci prend feu pour fon an-
» cien ami , & celui-là narre de fang
» froid & fans émotion. L'un écrit
» avec facilité , & l'autre avec étude.
» En un mot , M. de *Maupeou* a
» fait une agréable Apologie de M.
» de la Trappe , & M. *Marfollier*
» en a donné une belle vie.

6. *Du mépris du monde & de la pureté de l'Eglife Chrétienne ; avec un difcours fur l'enfant Jefus ; & une Lettre aux Religieufes de Cambrige de l'Ordre de S. François , qui contient un excellent éloge de la folitude. Traduction d'Erafme. Paris 1713. in 12.* M. *Marfollier* a mis à la tête de cette traduction une Préface, où il donne une idée fort exacte des ouvrages d'*Erafme* qu'il donne au public. Il a retranché plufieurs chofes dans le traité du mepris du monde , & principalement le douziéme Chapitre, auquel il a fubftitué un autre de fa façon, fans avertir cependant que ce n'eft plus *Erafme* qui parle.

J. MAR-
SOLLIER.

7, *Apologie ou justification d'Erasme. Paris.* 1713. *in* 12. M. *Marsollier* entreprend dans ce livre de prouver la Catholicité d'Erasme , non
point par des raisonnemens recher-
chez , ni des preuves tirées de loin,
mais par des faits, dont les personnes les moins éclairées sont capables de juger. Deux Auteurs se
sont élevez contre cette Apologie.
L'un anonime, dont on trouve la
Réfutation de l'Apologie d'Erasme
dans les *Memoires de Trevoux Juin*
1714. *p.* 954. & dans les *Memoires Litteraires , p.* 339. L'autre est
le P. *Gabriel* Augustin déchaussé
de la place des Victoires, dans son
livre intitulé : *Critique de l'Apologie
d'Erasme de M. Marsolier. Paris* 1719.
in 12. On a opposé des réponses à
la premiere piece, en faveur de M.
Marsolier. La premiere est inserée
dans le *Journal Litteraire tom.* 6. *p.*
374. La deuxiéme se trouve dans
les *Memoires de Litterature , p.* 355.

8. *Entretiens sur les devoirs de la
vie civile , & sur plusieurs points importans de la Morale Chrétienne. Paris* 1714. *in* 12. It. *nouvelle édition*

augmentée de *trois entretiens. Paris* J. MAR-
1715. *in* 12. M. *Marsollier* s'est pro- SOLLIER.
posé *Erasme* pour modele, il y a
même quelques-uns de ses entretiens
dont le fond est de cet Auteur.

9. *La Vie de la venerable Mere
de Chantal, Fondatrice, premiere Religieuse, & premiere Superieure de
l'Ordre de la Visitation de Sainte Marie. Paris* 1717. *in* 12. 2. *tom.*

10. *Histoire de Henri de la Tour
d'Auvergne Duc de Bouillon. Paris*
1719. *in* 12. 3. *tom.* Cette Histoire
est écrite avec élegance; ce qu'on
peut y trouver à redire, c'est que
le stile est un peu trop pompeux &
trop mesuré.

Cet article est *tiré d'un Memoire
manuscrit.*

THOMAS CAMPANELLA.]

THOMAS *Campanella* nâquit le THOMAS
5. Septembre 1568. à *Stilo*, CAPTA-
Bourg de la Calabre. Il fit voir dès NELLA.
son enfance ce qu'on devoit attendre de lui pour la suite. Il apprit
avec une rapidité prodigieuse tout

T. CAM- ce qu'on a coûtume d'enseigner à
PANELLA la jeunesse. Dés l'âge de 13. ans il
possedoit parfaitement les Orateurs
& les Poëtes anciens , & faisoit
avec beaucoup de facilité des discours & des vers sur les sujets qu'on
lui proposoit.

Lorsqu'il eut 14. ans & demi , ses
parens voulurent l'envoyer à *Naples*
étudier en Droit sous un Professeur
de sa famille, nommé *Jules Campanella* ; mais il avoit d'autres vûes.
Touché par la grace , il avoit ré-
solu de quitter le monde, & d'embrasser l'état Religieux ; & il executa ce dessein en entrant dans l'Ordre de S. Dominique.

Quand il eut fait Profession dans
le Couvent de *Stilo* , on l'envoya à
San-Giorgio , pour y faire sa Philosophie. On peut juger des progrés
qu'il y fit , par ce fait qui est rapporté de lui. Son Regent avoit été
invité à venir disputer à des Theses
qu'on soutenoit chez les Francis-
cains, mais se trouvant incommo-
dé , il crut que *Campanella* pourroit
le faire en sa place , & l'y envoya.
Ce disciple répondit parfaitement

aux efperances de fon Maître , il dif- **T. CAM-**
puta avec tant de fubtilité & de PANELLA.
force que tout le monde en fut charmé , & s'écria que le Genie de *Telefius* étoit paffé en lui. Il n'avoit
pas encore entendu parler de ce Philofophe , & ce lui fût une occafion
de le lire dans la fuite , & d'entrer
même dans fes fentimens.

Son cours de Philofophie achevé,
on l'envoya à *Cofence* pour étudier
en Theologie ; mais il avoit mis
fon cœur à la Philofophie , & il
lui donnoit toute fon application &
fon tems.

Il commença alors à fe former
un nouveau plan d'étude,&fecouant
le joug de l'autorité , qui tenoit tous
les Philofophes affervis , il réfolut
de ne s'attacher à aucun Auteur en
particulier , mais de profiter de ce
qu'il trouveroit de bon dans chacun.

Etant allé demeurer à *Altomonte*,
il profita du loifir qu'il trouva en
ce lieu , pour lire les Ouvrages des
anciens Philofophes , & même des
nouveaux , fur tout ceux de *Telefius*,
& fe fit des fyftêmes particuliers,
qui devoient paroître bien étranges

T. CAM-PANELLA dans un tems, où les sentimens d'A-ristote passoient pour des veritez constantes.

Il n'avoit encore que 22. ans, lorsqu'il se mit à écrire. Malgré sa grande jeunesse, il se croyoit dés lors assez fort, pour produire au jour des choses nouvelles, & pour soutenir les attaques qu'elles ne pouvoient manquer de lui procurer.

Il alla en 1590. à *Naples* pour y faire imprimer quelques-uns de ses ouvrages. En arrivant dans cette Ville, & passant devant un Couvent de Recollets, il vit une si grande quantité de personnes qui y entroient & qui en sortoient, qu'il fut curieux d'en savoir le sujet. On lui dit qu'on y soûtenoit des Theses de Philosophie. Il y entra comme les autres, & ayant obtenu la permission de disputer, il s'en acquitta si bien, qu'il s'attira les applaudissemens de toute l'assemblée, & que les Religieux de son Ordre le menerent en triomphe dans leur Monastere. Quelque tems après il assista à des Theses de Theologie, où un ancien Professeur de son Ordre ayant

dit quelque chose qui lui parut fort
fensé , il se mit à le combler de
louanges ; mais le vieillard apparemment jaloux de la gloire que *Cam-*
panella s'étoit acquise , le regarda
d'une maniere méprisante , & lui
dit de se taire , puisque ce n'étoit
point à un jeune homme comme
lui , qui ne faisoit que de sortir de
Philosophie , à se mêler des ques-
tions de Theologie. Ce mépris ai-
grit la bile de *Campanella* , qui lui
répondit que tout jeune qu'il étoit
il pouvoit être son Maître , & lui
apprendre sa Theologie , & qui ensuite attaqua avec tant de force ce
que le Professeur avoit avancé , que
tout le monde lui ajugea la victoire.
Ce Religieux piqué conçut une haine mortelle contre *Campanella* , &
mit dans la suite tout en usage pour
lui nuire.

Les nouvelles opinions de *Cam-*
panella révolterent bien du monde
à *Naples* , & il n'y trouva pas tous
les agrémens qu'il croyoit y trouver ; il en sortit donc en 1592. pour
aller à *Rome* , où il ne fut pas mieux
reçû. Il passa de là à *Florence* où il

T. CAM-
PANELLA.

T. CAM- preſenta quelques-uns de ſes ouvra-
PANELLA ges au Grand Duc *Ferdinand I.*
qui étoit le protecteur des gens de
Lettres ; mais il n'y demeura pas
long-tems , & réſolut d'aller à *Pa-*
doue.

Comme il paſſoit par *Boulogne,*
on lui enleva adroitement ſes écrits,
& on les envoya à *Rome* au Tribunal de l'Inquiſition. Mais il ne s'en
inquieta pas , & continua ſa route.
Il demeura quelques années à *Pa-*
doue occupé à inſtruire quelques
jeunes Venitiens , & à leur enſei-
gner ſes ſentimens , auſſi bien qu'à
compoſer quelques ouvrages.

Il retourna enſuite à *Rome* , où
il fut mieux reçû que la premiere
fois , & où pluſieurs Cardinaux lui
témoignerent beaucoup d'amitié. Il
étoit en 1598. à *Naples* , mais il
n'y demeura que peu de tems , &
alla faire un tour dans ſa patrie.

Quelques paroles qui lui étoient
échappées ſur le Gouvernement
d'Eſpagne , & ſur des projets de
révolte , ayant été rapportées aux
Eſpagnols , ils le firent arrêter &
conduire à *Naples* en 1599. comme
criminel

criminel d'Etat, on le mit jufqu'à T. Cam-
fept fois à la queftion, dans laquelle on lui fit fouffrir les douleurs
les plus cruelles, & on le retint
27. ans en prifon. On n'en ufa pas
toûjours auffi feverement à fon
égard; dans les commencemens il
ne voyoit perfonne, & il ne pouvoit ni étudier ni écrire; mais dans
la fuite il eut la liberté de voir fes
amis & de travailler. Il compofa
même dans fa prifon plufieurs Ouvrages, & *Tobie Adami* de Saxe,
qui revenoit de *Jerufalem*, ayant eu
en paffant par *Naples* la curiofité
de le voir, fe chargea à la priere
de quelques-uns, qu'il fit enfuite
imprimer en Allemagne. La difgrace du Duc d'*Offone*, Viceroi de *Na-*
ples qui l'aimoit, & le confultoit
fouvent, le fit dans la fuite tenir
plus refferré, & prolongea même,
fuivant les apparences, fa prifon.

Il paroît que l'Inquifition fe mêla
auffi de fon affaire, puifqu'il dit lui-
même que les accufations qu'on propofa contre lui rouloient fur la Religion, & qu'on lui faifoit un crime de fes nouveaux fentimens fur

Tome VII.   G

la Philosophie.

Au reste, plusieurs personnes de distinction sollicitèrent en Espagne en sa faveur. Le Pape Paul V. envoya même en 1608. *Sciopius* à *Naples* pour demander sa liberté, mais l'affaire du Duc d'*Ossone* qui arriva en ce tems rendit ses bons offices inutiles.

Urbain VIII. qui le connoissoit par ses écrits, agit plus efficacement pour lui auprès du Roi d'Espagne *Philippe IV.* Car à sa sollicitation le Duc d'*Albe* Viceroi de *Naples*, eut ordre de le mettre en liberté ; ce qui se fit le 15. Mai 1626.

Campanella alla aussi-tôt à *Rome*, où il demeura encore quelques années dans les prisons du saint Office, mais il n'y étoit prisonnier que de nom, car il y avoit toute la liberté qu'il pouvoit souhaiter. On apporte différentes raisons de cette nouvelle captivité. Les uns prétendent que *Campanella* pour se délivrer de la dure & longue prison où les Espagnols le retenoient, avoit appellé de l'Inquisition d'Espagne, à laquelle on l'avoit déferé, à celle de Rome, où il esperoit trouver plus de douceur. D'autres veulent que le Pape, pour avoir un prétexte de le retirer de *Naples*, avoit fait entendre au Roi, que puisque *Campanella* n'étoit convaincu d'aucun crime contre l'Etat, & qu'il étoit d'ailleurs accusé d'avoir avancé quelques erreurs dans ses livres, il étoit à propos qu'il vint à *Rome* rendre raison de sa foi devant le Tribunal de l'Inquisition. En ce cas là il falloit qu'il demeurât quelque temps en une espece de prison, pour colorer ce prétexte.

Il fut mis enfin entierement en liberté en 1629. mais les Espagnols le haïssoient trop pour le laisser en repos. L'amitié du Pape, qui le prit au nombre de ses domestiques, lui donna une bonne pension, & le combla de biens, excita leur jalousie, & les liaisons qu'il eut avec quelques François, leur donnerent de nouveaux soupçons contre lui. Il sçût qu'ils machinoient quelque chose contre sa personne, & crût devoir se mettre à couvert de leurs coups. Il se déguisa donc en Mini-

T. CAM-PANELLA.

T. CAM-me , & fortit fecretement de *Rome*,
PANELLA en 1634. dans le caroffe de M. de
Noailles Ambaffadeur de France.

Il s'embarqua enfuite pour la
France & arriva à *Marfeille* au mois
d'Octobre. M. *Peirefc* ayant appris
fon arrivée l'envoya chercher dans
une litiere, & le fit venir à *Aix*,
où il le retint quelques mois chez
lui.

L'année fuivante *Camparella* vint
à *Paris*, où il fut fort bien reçû du
Roi *Louis XIII.* & du Cardinal de
Richelieu, qui lui procura une penfion de deux mille livres.

Il a paffé le refte de fa vie dans
la maifon des Jacobins de la rue
Saint Honoré, & y eft mort le 21.
Mai 1639. dans fa 71. année.

Les jugemens ont été fort partagez fur cet Auteur; une chofe
dont on ne peut difconvenir, c'eft
qu'il a eu des fentimens bien fin-
guliers & bien hardis, & qu'il s'eft
trop abandonné à fon imagination.

Catalogue de fes Ouvrages.

1. *Philofophia fenfibus demonftrata
& in octo difputationes diftincta adverfus eos, qui proprio arbitratu, non au-*

*tèm ſenſata duce natura PhiloſophatiT. CAM-
ſunt: ubi errores Ariſtotelis & AſſeclaPANELLA
rum ex propriis dictis, & natura decretis
convincuntur, & ſingulæ imaginationes
pro ea à Peripateticis ficta prorſus re-
jiciuntur, cum vera defenſione Bernardi Teleſii. Neapoli 1591. in 4°.*
Teleſio de Coſence avoit publié en
1587. un ouvrage intitulé : *De rerum natura juxta propria principia libri 9. Neapoli in fol.* où il attaquoit
fortement la ſoumiſſion aveugle
qu'on avoit alors pour l'autorité
d'*Ariſtote*; & auquel *Jacques-Antoi-
ne Marta* jaloux de la gloire de cet
ancien Philoſophe avoit entrepris de
répondre. *Campanella* ayant lû le
livre de *Teleſio*, prit goût à ſes ſentimens, & charmé de la liberté
Philoſophique qu'il vouloit introduire, il mit auſſi-tôt la main à la
plume pour la ſoûtenir contre les
attaques de ſon adverſaire. Mais il
le fit avec trop de hauteur, cela ne
convenoit point à une perſonne auſſi jeune que lui, car il n'avoit
pas encore 22. ans ; c'étoit même
le moyen de s'attirer mille ennemis, au lieu de ſe faire des diſciples.

T. CAM-
PANELLA.

2. *Prodromus Philosophiæ instaurandæ, id est dissertationis de natura rerum compendium secundum vera principia ex scriptis Thomæ Campanellæ præmissum Francofurti* 1617. *in* 4°. *pp.* 86. *Tobie Adami* qui a fait imprimer cet ouvrage y a ajouté une Préface.

3. *De sensu rerum & magia libri IV. mirabilis occultæ Philosophiæ, ubi demonstratur mundum esse Dei vivam statuam, beneque cognoscentem, omnesque illius partes, partiumque particulas sensu donatas esse alias clariori, alias obscuriori, quantum sufficit ipsarum conservationi, ac totius in quo consentiunt, & fere omnium naturæ Arcanorum rationes aperiuntur. Tobias Adami recensuit & nunc primum evulgavit. Francofurti* 1620. *in* 4°. *pp.* 371. *Iidem libri correcti & defensi à stupidorum incolarum mundi calumniis. Paris.* 1636. *in* 4°. *pp.* 229. C'est lui-même qui fit faire cette édition & la dédia au Cardinal de *Richelieu*. Il prétend prouver dans cet ouvrage qu'il y a du sentiment dans tous les corps & dans tous les êtres qui nous pa-

roiffent immobiles & infenfibles.
Les Aftres, les Elemens, les Plantes, les Cadavres même, tout, felon lui, eft fenfible dans le monde.
Il ne faut être furpris après cela,
s'il attribue une intelligence & des
raifonnemens aux bêtes, & s'il prétend qu'elles ont un langage intelligi-
ble entre elles. Les exemples qu'il
apporte pour prouver tout cela font
affez curieux, & ont quelque chofe d'éblouiffant, mais il n'y a aucune folidité. *Athanafe* le Rhe-
teur, Prêtre Grec de *Conftantino-
plé*, qui vivoit à *Paris* en même-
tems que *Campanella*, & qui y
eft mort le 13. Mars 1663. âgé de
92. ans, a compofé contre ce livre
de *Campanella* un long ouvrage en
Grec qui eft manufcrit dans la Bibliotheque de M. de *Coiflin* ; & qui
n'a jamais été imprimé, mais il en
a fait un abregé latin qui l'a été,
il eft intitulé : *D. Athanafii Rhetoris
Prefbyteri Byzantini Anti-Campanella
in compendium redactus, adverfus
librum de fenfu rerum & magia. Parif.*
1655. *in* 4°.
   4. *Apologia pro Galileo Mathe-*

T. CAM-
PANELLA *mático Florentino ubi disquiritur utrùm ratio philosophandi, quam Galileus celebrat, faveat sacris scripturis an adversetur. Francofurti 1622. in 4°. pp. 58. imprimée* par les soins de *Tobie Adami.*

5. *Realis Philosophiæ Epilogisticæ partes quatuor, hoc est, de rerum natura, hominum moribus, politica, cui civitas solis adjuncta est, & œconomica, cum adnotationibus Physiologicis à Tobia Adami nunc primum edita. Quibus accedunt quæstionum partes totidem ejusdem Campanella contra omnes sectas veteres novasque ad naturalem ac christianam Philosophiam hisce libris contentam confirmandam. Francofurti. 1623. in 4°. pp. 508.* La *Cité du Soleil* qui est le plan d'un nouvel état, contient de bonnes choses au jugement de *Coringius,* quoiqu'elle soit inférieure à l'*Utopie* de *Thomas Morus.* Elle a été imprimée avec quelques autres pieces de même genre à *U-trecht* 1643. *in* 12.

6. *Atheismus triumphatus, seu contra Antichristianismum. Romæ* 1631. *fol. pp.* 182. It. *Paris.* 1636. *in* 4°. *pp.* 273. Cette seconde édition

contient de plus : *Difputatio contra* T. Cam-
murmurantes in Bullas Sixti V. & PANELLA
Urbani VIII. adverfus judiciarios &c.
C'eft lui-même qui l'a donnée &
il y a changé plufieurs chofes. ; on
prétend que *Campanella* en faifant
femblant de combattre les Athées
dans cet ouvrage, a voulu les fa-
vorifer, en leur prêtant des argumens aufquels ils n'ont jamais penfé, & en y répondant très-foible-
ment, c'eft ce qui a fait dire à
Herman Conringius, qu'on auroit dû
l'intituler *Atheifmus triumphans. Sor-*
biere parle auffi (*a*) très-defavanta-
geufement de ce livre, & affure
que la feule chofe qu'il y ait appri-
fe c'eft de ne lire jamais d'autre
Ouvrage du même Auteur, à moins
qu'il ne veüille perdre fon temps.

7. *De Gentilifmo non retinendo*
Quæftio unica. Utrum liceat novam
poft Gentiles cadere Philofophiam. U-
trum liceat Arifloteli contradicere. U-
trum liceat jurare in verba Magiftri.
Parif. 1636. in 4°. *pp.* 63. *Campanel-*
la y maltraite fort *Arifote* & ceux
qui le fuivoient aveuglement.

8. *De prædeftinatione, eleâione,*

(*a*) *Sorberiana* p. 70.

T. CAM- *reprobatione , & auxiliis divinæ gra-*
PANELLA *tiæ cento Thomisticus. Parif.* 1636.
in 4°. *pp.* 326. *Campanella* aban-
donne dans cet Ouvrage les sentimens de S. *Augustin* & de S. *Tho-*
mas , pour suivre ceux d'*Origene.*
Ceux des Molinistes ne lui plaisent
pas plus que ceux des Augustiniens:
il rejette la science moyenne
comme une chose inutile , & sujette
à bien des inconveniens. Il veut
que l'homme par les seules forces
de la nature puisse se mettre en é-
tat de recevoir la grace , que les
enfans morts sans Baptême soient
sauvez par la foi de leurs parens,
&c.

9. *Astrologicorum libri sex , in qui-*
bus Astrologia , omni superstitione
Arabum & Judæorum eliminata, Phi-
siologice tractatur secundum sacras scrip-
turas , & Doctrinam S. Thomæ & Al-
berti & summorum Theologorum , ita
ut absque suspicione mala in ecclesia
Dei multa cum utilitate legi possit.
Lugduni 1629. *in* 4°. *pp.* 232. A
peine cet Ouvrage fût-il imprimé,
que le Libraire reçut d'Italie un
7⁰. livre , *de fato siderali vitando* ,

qu'il joignit au reste le tout
enfemble à *Francfort* 1630. *in*
4°. *Campanella* étoit fort prévenu
pour l'Aftrologie judiciaire , & il
fe mêloit de prédire l'avenir par fon
moyen. On prétend que le Cardinal de *Richelieu* lui ayant demandé
dans un tems où le Roy *Loüis XIII.*
n'avoit point encore d'enfant, fi
le Duc d'Orleans parviendroit à la
Couronne , il lui répondit: *Imperium*
non guftabit in æternum.

10. *Medicinalium juxta propria*
principia libri feptem Lugduni 1635.
in 4°. *pp.* 690. Ce fut *Jacques Gaf-*
farel qui eut foin de l'édition de
cet Ouvrage.

11. *Philofophiæ rationalis partes*
quinque; videlicet Grammatica, Dia-
lectica , Rhetorica , Poëtica, Hiftorio-
graphia juxta propria principia , fuo-
rum operum tomus 1. *Parif.* 1638.
in 4°. Cet Ouvrage & les fuivans
font fort peu de chofe.

12. *Difputationum in quatuor*
partes Philofophiæ realis libri IV. pro
republica litteraria & chriftiana , id
eft vere rationali ftabilienda contra
fectarios , fuorum operum tom. II. &

T. Cam- *III. Paris.* 1637. *fol.*

PANELLA   13. *Universalis Philosophiæ seu*
Metaphysicarum rerum juxta propria
dogmata partes tres , libri XVIII. suo-
rum operum. tom. IV. Paris. 1638.
fol.

14. *De Monarchia Hispanica dis-*
cursus. Amstelod. Elz. 1640. *in* 24.
Cette édition ne vaut rien du tout,
comme *Loüis Elzevier* nous l'apprend dans la Préface qu'il a mise
au devant de l'édition de 1641.
où il ajoute qu'on l'avoit réimprimée à *Harderwic* la même année
1640. avec les mêmes fautes. *It.*
Amstel. 1653. *in* 12. Cet Ouvrage
a été traduit en Allemand & beaucoup augmenté par *Besoldus.* L'é-
dition Allemande est de l'an 1623.
Il y en a aussi une traduction Angloise qui a été imprimée à *Lon-*
dres en 1654 *in* 4°. *Herman Corin-*
gius, dit qu'il y a des choses fort
curieuses dans cet Ouvrage, & qu'il
ne faut pas être surpris s'il y a des
fautes, puisque l'Auteur l'a composé dans la prison sans le secours
d'aucun livre. *Campanella* y enseigne la maniere dont le Roi d'Espa-

gne peut parvenir à la Monarchie T. CAM-
univerſelle, & découvre les défauts PANELLA
qu'il trouve dans le gouvernement
Eſpagnol.

15. *Egloga in portentoſam nativi-
tatem Delphini Galliæ. Pariſ.* 1639.
n 4°. C'eſt un Poëme de 249. vers.
Jean Caſalas (a) rapporte qu'on trouva à redire qu'il appellât le Dau-
phin *Portentoſe puer,* ſous prétexte
que le mot *Portentoſ us* ne ſe prenoit jamais qu'en mauvaiſe part,
mais qu'il prouvât le contraire par
des autoritez inconteſtables.

16. *De libris propriis & recta ratione ſtudendi Syntagma ad Gabrie-
lem Naudæum. Pariſ.* 1688. *in* 8°.
It. Dans un Recüeil de Diſſertation
ſur le même ſujet imprimé à *Amſterdam* 1645. *in* 12.

Il a compoſé encore un grand
nombre d'Ouvrages qui n'ont point
été imprimez, & dont pluſieurs ſe
ſont perdus, d'autres ſont conſer-
vez dans les Bibliotheques. On en
peut voir un long Catalogue dans
la Bibliotheque de l'Ordre de St.
Dominique.

(a) *Candor lilii p.* 273.

T. CAM-
PANELLA

V. Erythræi Pinacotheca 1. *Ern.*
Sal. Cypriani vita & Philosophia
Campanellæ. Amstelod. 1705. *in* 12.
scriptores ordin. prædicatorum.

GEORGE MERULA.

G. ME-
RULA.

GEORGE MERULA *naquit à A-*
lexandrie de la Paille, Ville du
Milanez, surnommée *ab Aquis Sta-*
tielis ou *Statiensibus*, parce qu'elle est
dans le voisinage d'*Acqui* qui est ainsi appellée en latin , ce qui lui a fait
prendre le surnom d'*Alexandrinus*
Staticlensis. Le veritable nom de sa
famille qui étoit une des plus illustres & des plus anciennes de cette Ville, étoit *Merlani*, qu'il a jugé à propos de changer en celui de *Merula*,
prétendant que c'étoit son ancien
nom , qui faisoit voir qu'elle étoit
Romaine d'origine. Il s'applaudit
dans une lettre à *Jean-Jacques Ghi-*
lini d'avoir fait cette découverte,
lorsqu'il lui dit: *Gratulor familiæ, quæ*
Romani adhuc aliquid servat. Gratulor
mihi denique, qui dum cognomen, quod
mihi natura dederat , & quodam modo

délitescebat , in ego invenerim , atque G. M E-
in lucem ex tulerim. Ce trait pourroit RULA.
tenir sa place dans le livre de la Charlatanerie des Sçavans. On se moqua
de son tems de cette imagination,
& *Gabriël Pavero-Fontana* publia
contre lui à ce sujet une satyre intitulée : *Ad Bernardum Justinianum Se-*
natorem Venetum Gabrielis Paveri
Fontanæ Placentini in Georgium Mer-
lanum Merulam Merlanica prima.
Mediolani 1481. *in* 4°.

On ne sçait point le tems de sa
naissance ; il faut cependant qu'il soit
né vers l'an 1420. puisqu'il mourut
en 1494. dans un âge fort avancé.

Il s'appliqua aux Belles Lettres ,
suivant le goût de ce tems-là , & é-
tudia sous *François Philelphe* , avec
lequel il eut depuis de grandes disputes.

Il fut employé pendant quarante
ans à l'instruction de la Jeunesse ,
tant à *Venise* qu'à *Milan.* Quelques circonstances particulieres peuvent servir à distinguer les differens
tems où il demeura dans ces deux
Villes. On sçait que douze ans a-
vant sa mort , c'est-à-dire en 1482.

G. ME-
RULA.

Loüis-Marie Sforze le fit venir à *Milan*, tant pour y enseigner les Belles Lettres que pour travailler à l'Histoire de cette Ville. De plus *Cornelio Vitelli* dans un Ouvrage qu'il composa contre lui en 1481. en faveur de *Calderino*, dit qu'il y avoit alors plus de seize ans que *Merula* enseignoit à *Venise* les langues Greque & Latine; d'où il s'ensuit qu'il y a enseigné environ dix-huit ans. Pour achever les quarante années que *Jove* prétend qu'il a professé, il faut présumer qu'il l'avoit déja fait dix ans à *Milan*, avant que de se transporter à *Venise*. Suivant ce calcul il aura enseigné pour la premiere fois à *Milan* depuis 1454. jusqu'en 1464. ensuite à *Venise* depuis cette derniere année jusqu'en 1482. enfin pour la seconde fois à *Milan* depuis 1482. jusqu'en 1494, qui fut l'année de sa mort.

Il mourut d'esquinancie dans un âge fort avancé comme je l'ai déja dit. On conjecture par quelques Lettres de *Politien* que ce fut au mois de Mars de cette année.

Catalogue

Catalogue de ſes Ouvrages.   G. ME-
RULA.

1. Philelphe dans une Lettre datée du 11. Mars 1463. loüe fort un
Ouvrage de *Merula* ſur Virgile ;
mais on ne marque point s'il a été
imprimé.

2. *Autores de Re Ruſtica. Accedunt
enarrationes breviſſimæ priſcarum Vocum Catonis , Varronis , Columella &
Palladii.* La 1. édition s'eſt faite à
Veniſe en 1472. *fol.* & la 2. à *Rhegio*
en 1482. *fol. Merula* a eu ſoin de
corriger ces Auteurs , & d'y joindre
l'explication des mots anciens qui
s'y trouvent. Ces premieres éditions
ont été ſuivies de pluſieurs autres ;
comme de celle de *Paris* en 1533 *fol.*
celle de *Lyon* en 1535. *in* 8°. celle de
Paris par *Robert Etienne* en 1543.
in 8°. celle de *Cologne* 1536. *in* 8°.

3. *Plauti Comediæ XX. magna ex
parte emendatæ per Georgium Alexan-
drinum. Merula* eſt le premier qui ait
donné au Public les Comedies de
Plaute à *Veniſe* en 1472. *fol.* Il s'en
eſt faite une autre édition 18. ans a-
près à *Milan* en 1490. Quoiqu'il y
ait bien des fautes dans ces deux éditions , on a cependant obligation à

Tome VII.   H

G. ME-
RULA.

Merula d'avoir tiré cet Auteur de la poussiere.

4. *In Ciceronis Orationem pro.* Q. *Ligario Commentarius.* Ce Commentaire a été imprimé, selon *Gesner* à *Basle in fol.* avec ceux de quelques autres Auteurs sur les Oraisons de *Ciceron* par *Robert Winter*, & réimprimé dans la même Ville par *Oporin* en 1553.

5. *In Ciceronis Epistolam IX. ad Lentulum lib.* 1. *Commentarius.* Cet Ouvrage que Gesner traite d'explication exacte a été imprimé à *Venise* en 1495. *fol.* avec l'ample Commentaire d'*Ubertino* sur les Epitres familieres de *Ciceron.*

6. *In Juvenalem annotationes* : le but que *Merula* s'est proposé dans ces remarques a été principalement de critiquer celles que *Domizio Calderino* de *Verone* avoit faites sur ce Poëte ; elles sont jointes à celles de *Calderino*, d'*Antoine Mancinelli*, & de *George Valla* dans l'édition de *Brescia* de l'an 1486. *in fol.* & dans celles de *Venise* des années 1493. & 1497. *Corneille Vitellio*, l'ennemi irreconciliable de M erula dans sa

Lettre à *Hermolaus Barbarus*, qui eſt G. Me-
à la tête de ſa défenſe de *Pline* & de RULA.
Calderino, dit que *Merula* dans cet
Ouvrage, & dans les autres, où il
a mis de l'erudition a pillé *Tortelli*,
Valla, *George de Trebizonde*, &
Pomponius Lætus, qu'il n'a compoſé
ce Commentaire ſur Juvenal, qu'a-
près avoir lû ce que *Baptiſte Guarini*,
Leonicenus, *Sabinus*, & *Calderino* a-
voient fait ſur le même ſujet, & que
cependant par une ingratitude im-
pardonnable, il les a dechiré impitoyablement, pour faire croire qu'il
n'avoit point profité de leurs lumieres.

7. *Hermolaus Barbarus* cite un
Commentaire de *Merula* ſur l'hiſtoire naturelle de *Pline* ; mais ce
Commentaire ne fait pas un Ouvrage à part, ce ſont ſeulement quelques remarques qui ſont mêlées a-
vec ſon Ouvrage ſur *Martial*.

8. *In Martialis expoſitionem annotationes.* Ces notes n'ont été faites
que pour contrequarrer celles de
Calderino, comme les autres dont
j'ai déja parlé, ce qui fait que *Vitellia*
l'appelle une invective. La premie-

G. ME-
RULA.

re édition s'en est faite à *Venise* en
1470. *in fol.* & elle a été suivie de
celles de 1480. 1491. 1498. cette
derniere renferme aussi les notes de
Calderino. Le Catalogue de la Bibliotheque d'*Oxford* cite une édition
de l'an 1601. faite à *Paris.*

9. *In Statium annotationes. Gesner*
& *Gaddi* en font mention.

10. *M. Tullii Ciceronis de finibus
Libri V. Venetiis* 1471. *fol.* Il prétend dans sa Préface avoir corrigé le
texte avec beaucoup d'attention.

11. *Ausonius cum prefatione Georgii Merula. Venetiis* 1496. *fol.*

12. *Velius Longus de ortographia*
C'est *Merula* qui a tiré cet Ouvrage de la Bibliotheque de *Bobio,*
& qui l'a fait connoître ; mais il
n'a été imprimé que long-tems a-
prés sa mort, puisque la premiere
édition est de l'an 1587. à Rome *in*8°.

13. *Terentiani Mauri de litteris,
Syllabis, pedibus & metris carmen.*
C'est encore *Merula* qui a tiré cet
Ouvrage de la Bibliotheque de *Bobio.* Il fut imprimé pour la premiere fois à *Milan* en 1497. *in fol.* a-
vec *Ausone*, mais non pas par les

foins de *Merula* , comme le dit G. Me-
Jean Albert Fabricius dans la Bi- RULA.
bliotheque Latine , puifqu'il étoit
déja mort depuis trois ans.

14. *Quintiliani Declamationes
exactiffime recognitæ. Venetiis 1482.
fol.* C'eft *Merula* qui a corrigé
& revû cette édition.

15. *Antiquitatis Vicecomitum libri X. in fol. Gefner*, & après lui
Voffius & *Aubert le Mire* , mettent
la premiere édition de cet Ouvrage
à *Rome* , mais ils fe font trompez,
l'année , ni le lieu de l'impreffion
n'y font point marquez; il eft cependant facile de reconnoître qu'elle s'eft faite à *Milan. Alexandre Minuziano* qui l'a faite , nomme *Loüis*
Roi de France Duc de *Milan* ; ce
qui fert à faire juger que le Livre
a dû être imprimé dans le temps
qui s'eft écoulé depuis l'an 1499.
jufqu'en 1512. puifque Loüis XII.
a été pendant tout ce tems-là Maître du Duché de *Milan.* La 2. édition s'eft faite en 1629 *in fol.* à *Milan* , quoique le nom de cette Ville
n'y foit pas marqué. On y a joint
Duodecim Vicecomitum Mediolani

G. ME-
RULA.

principum vitæ autore Paulo Jovio Episcopo Nucerino : Philippi Mariæ Vicecomitis Mediolani Ducis III. Vita auctore Petro candido Decembrio. On a retranché mal-à-propos dans cette édition l'Epitre dédicatoire d'*Alexandre Minuziano* à *Otton Visconti*, & la Préface de *Merula* addreffée au Duc *Loüis Marie Sforce*, qui fe trouvent dans la premiere. La 3. édition a été faite à *Paris* par *Robert Etienne* en 1549. *in* 4°. fous ce titre : *De geftis cum Mediolanenfium, five de Antiquitatibus Viccomitum.* Enfin *Grævius* a inferé cet Ouvrage dans le 3. volume de fon Recüeil intitulé : *Thefaurus Antiquitatum & Hiftoriarum Italiæ mari Liguftice & Alpibus vicinæ. Lugd. Bat.* 1704. *fol. Merula* l'écrivit par ordre du Duc *Loüis-Marie Sforce* qui l'avoit fait venir à *Milan* pour cela ; c'eft proprement une Hiftoire de *Milan* depuis fon origine, jufqu'à la mort de *Matthieu Visconti* en 1723. elle eft fort bien écrite, & l'Auteur y marque foigneufement le tems auquel chaque évenement qu'il rapporte eft arrivé. *Triftan Calco* qui avoit été

Difciple de Merula , entreprit a- près fa mort de continuer fon Hif- toire ; mais il ne fe contenta pas de commencer où fon Maître avoit fiini, il reprit les chofes dès leur ori- gine. Il ne faut pas s'en fier tout- à-fait à ce qu'il dit de *Merula* , qu'il reprend fouvent mal-à-pro- pos , dans le deffein de le decre- diter & de s'élever fur fes ruines , quoiqu'à plufieurs égards l'Ouvra- ge de *Merula* foit préferable à ce- lui de *Calco.* Il paroît plus judi- cieux dans fes réflexions, & il parle infiniment mieux latin ; *Calco* lui en fait un crime, apparemment par- ce qu'il ne fe fentoit pas capable de l'imiter. Mais *Merula* meritoit en quelque forte ce traitement de fon Difciple ; puifque lui-même n'en avoit pas mieux ufé envers *Philelphe* fon Maître , qu'il a traité fort mal , quoiqu'il lui eut de très- grandes obligations.

    16. *Montis ferrati defcriptio & con- flagratio Vefevi montis. Voffius* qui fait mention de cet Ouvrage dit qu'il a été imprimé par *Alde. Gefner* dit la même chofe, & ajoûte que

(marge droite : G. ME-RULA.)

G. ME-
RULA.

ce qu'il contient fur le Mont Vefuve n'eft qu'une traduction de ce
que *Dion* en a écrit dans fon 66.
Livre , & qu'on l'a réimprimé à
Bafle à la fin de *Suetone.*

17. *Merula* a traduit auffi en latin les vies de *Trajan* , de *Nerva* &
d'*Adrien* , non pas de *Dion* comme
le dit *Voffius* , mais de *Xiphilin* fon
abbreviateur. Il y a plufieurs éditions
de cette traduction, *Robert Etienne*
l'a jointe aux Ecrivains Latins de
l'*Hiftoire Augufte* qu'il donna à *Pa-*
ris en 1544. *in* 8°. en 3. volumes.

18. *Bellum fcodrenfe. Venetiis* 1474.
in 4°. Cet Ouvrage dont *Voffius* ne
parle point eft une relation du Siege de *Scutari* fait par les Turcs en
1474°. & dans lequel les Venetiens
qui en étoient alors les Maîtres , fe
defendirent courageufement fous la
conduite du Provediteur *Antoine*
Loredano.

19. *Annotationes in Gal. Martii li-*
bros de Homine. Ces remarques font
jointes à l'Ouvrage même de *Galeo*
Marzio , qu'elles critiquent , dans
l'édition de *Bafle* 1517. *in* 4°. &
dans celle de *Turin* de la même
année *in* 4°.   20.

20. *Merula* vêcut long-tems en G. ME-
bonne intelligence avec ſon Maître RULA.
Philelphe , mais celui-cy l'ayant repris dans une de ſes lettres d'avoir
écrit *Turcas* & non pas *Turcos* , *Merula* qui ne ſouffroit qu'impatiem-
ment les moindres critiques, publia contre lui deux lettres violentes , l'une addréſſée à *Barthelemi
Calco* Sécretaire du Duc de *Milan,*
& l'autre à *Jean Jacques Ghilini,*
qui furent imprimées enſemble en
1480. *in* 4°. *Beoghem* dans ſon livre
ſur l'origine de l'Imprimerie cite
un Ouvrage de *Merula intitulé :* In-
vectiva in Philelphum. Venetiis 1480.
in 4°. Peut-être eſt-ce le même
Ouvrage. *Voſſius* prétend que *Philelphe* ayant lû ce que *Merula* avoit
écrit contre lui en conçut un tel
chagrin , qu'il en mourut au bout
de trois jours. C'eſt un conte
qui n'a nul fondement.

On a porté des jugemens fort
oppoſez ſur cet Auteur. Ce qu'on
en peut dire de plus certain , c'eſt
que ſon ſtyle eſt élegant ; mais il
ne faut pas chercher de la juſteſſe
dans ſes raiſonnemens & de l'exa-

I

G. ME-
RULA.

ctitude dans les chofes qu'il raporte; la jaloufie qui ne lui faifoit fouffrir qu'avec peine ceux de fa profeffion, la malignité & fon caractere médifant, le portoient à attaquer tous ceux qui lui faifoient ombrage, & à cenfurer impitoyablement tout ce qui venoit d'eux. Il a eu de violentes difputes avec *Politien* & avec quelques autres dont j'ai déja parlé, pour les fujets les plus minces & les plus legers. Mais tout étoit confiderable à fon égard, lorfqu'il bleffoit fa vanité & la bonne opinion qu'il avoit de lui-même.

V. *Pauli Jovii Elogia. Voſſius de Hiſtoricis Latinis. Journ. de Ven. to. 17. p. 291. & tom. 18. p. 334.*

CLAUDE BOURDELIN.

C.BOUR-
DELIN.

CLAUDE BOURDELIN nâquit en 1621. à *Ville - Franche* prés de *Lyon*, d'honnêtes parens. Ayant perdu dés fa premiere jeuneffe fon pere & fa mere, il quitta fon Pays pour venir à *Paris*, où il apprit de lui-même le grec & le latin dans la vûë de s'attacher à la Pharmacie & à la Chimie, qui ont fait en-ſuite ſon unique occupation pen-dant prés de 56. ans.

Il ſe faiſoit déja un nom, lorſ-que par un eſprit de Philoſophie, il quitta le ſéjour de *Paris* pour aller s'établir à *Senlis*. Il demeura en ce lieu juſqu'à l'année 1668. que deux circonſtances particulieres l'o-bligerent de revenir à *Paris*.

La premiere fut l'honneur qu'on lui fit de lui aſſigner, quoiqu'ab-ſent, une place de Penſionnaire dans l'Académie des Sciences.

La ſeconde fut le peu de retour qu'il trouva dans les habitans du lieu de ſon nouveau domicile, qui après avoir obtenu par ſes ſollici-tations particulieres une diminu-tion de taille, l'en chargerent lui-mê-me l'année ſuivante plus fortement qu'il ne l'avoit encore été.

Ce changement fut avantageux à toute ſa famille, la reputation que ſon deſintereſſement & ſon habi-leté lui procurerent lui fit faire une fortune qui ſurpaſſa ſes eſperances, & ſes enfans inſtruits par les meil-

C. BOUR-DELIN.

I ij

C. BOUR-
DELNI.

leurs Maîtres qu'il y eut alors à *Paris* reçurent une éducation, qu'ils n'auroient jamais euë ailleurs.

Il a travaillé avec M. *du Clos* à l'examen des eaux minerales du Royaume. Il a fait ensuite un grand nombre d'experiences sur les mélanges des sucs des Plantes, ou des esprits & des sels des mineraux avec le sang arteriel ou veneux, ou avec la bile, le fiel, & la lymphe des animaux. Il a suivi avec toute la diligence & l'exactitude possible l'analyse de toutes les Plantes qu'il a pû recouvrer, & a beaucoup contribué à la perfection de cette méthode, Il a même tenté l'analyse des huiles par des moyens de son invention. Enfin il a fait voir à l'Académie prés de deux mille analyses de toutes sortes de corps, & a executé ou inventé la plus grande partie des operations chymiques qui ont été faites pendant plus de 32. ans dans l'Académie des Sciences. Ce travail l'a occupé tellement qu'il n'a point songé à donner d'Ouvrages au Public.

Il est mort le 15. Octobre 1699. âgé

de près de quatre-vingt ans, laif-
f nt deux fils, l'un de l'Académie
des Sciences ; & l'autre de l'Académie des Inscriptions, dont je vais
parler.

V. l'Hift. de l'Acad. des Sciences
an. 1599. *& celle des Inscriptions*
tom. 3.

C. BOUR-
DELIN.

CLAUDE BOURDELIN
LE FILS.

CLAUDE BOURDELIN le fils nâquit à *Senlis* le 20. Juin 1667.
de *Claude Bourdelin* dont je viens
de parler. Il fut élevé avec beaucoup
de foin dans la maifon de fon pere.
M. *du Hamel* de l'Académie des
Sciences préfida à fon éducation,
& lui choifit tous fes maîtres.

C. BOUR-
DELIN.
LE FILS

Il fit par ce moyen des progrés fi
prompts qu'à l'âge de 17. ou 18.
ans il avoit traduit tout *Pindare* &
tout *Lycophron* les plus difficiles
des Poëtes Grecs, & entendoit
fans aucun fecours le grand ouvrage de M. de *la Hire* fur les Sec-
tions Coniques.

La diverfité de fes connoiffances

I iij

C. Bour-
delin le
Fils.

le mettoit en état de choisir entre
les differentes occupations, mais son
inclination & celle de son pere le
déterminerent à la Medecine, pour
laquelle il avoit déja de grands secours dans la maison paternelle. Il
se donna donc aux études nécessai-
res, & fut reçû Docteur en Medcci-
ne de la Faculté de *Paris* en 1692.

Il aimoit dans cette Profession
les connoissances qu'elle demande,
& plus encore l'utilité dont elle
peut être aux hommes. C'étoit cette
utilité qui faisoit son principal objet.
Pratiquant la Medecine avec un
parfait desinteressement, il voyoit
autant de pauvres qu'il pouvoit, &
les voyoit même par preference, &
même leur fournissoit souvent les
autres secours dont ils avoient besoin. Il est vrai qu'il étoit né avec
un bien fort honnête, mais ce desinteressement venoit moins de sa
fortune que de son caractere, car
on peut avoir du bien & en souhaiter encore davantage.

Lorsque la paix de *Risvvyck*
eut été faite, il alla en Angleterre
voir les Sçavans de ce Pays-là.

L'un des fruits qu'il retira de ce vo- C. BOUR-
yage fut l'honneur d'être aggregé DELIN,
à la Societé Royale de *Londres.* LE FILS.

L'Académie des Sciences à ſon
renouvellement en 1699. le choiſit
pour un de ſes Aſſociez Anatomiſtes. Il avoit en partage non pas
tant l'Anatomie elle-même que ſon
Hiſtoire ou l'erudition Anatomi-
que. On voit dans l'Hiſtoire de
l'Académie de 1700. que dans une
queſtion aſſez épineuſe qui parta-
geoit les Anatomiſtes de la Compagnie, & où il entroit quelques points
de fait, & des difficultés ſur le choix
des operations néceſſaires, on eut
recours à M. Bourdelin, & qu'il
travailla utilement à des Preliminai-
res d'éclairciſſemens.

En 1703. il acheta une Charge de
Medecin ordinaire de Mde. la Du-
cheſſe de Bourgogne ; mais avant
que de ſe tranſporter à *Verſailles*,
il fut quatre ou cinq mois à ſe rafraî-
chir la Botanique avec M. *Marchant*
ſon confrere & ſon ami, perſuadé
qu'il n'herboriſeroit pas beaucoup
dans ſon nouveau ſéjour.

Il vêcut à *Verſailles* comme il avoit

fait à *Paris* aussi appliqué, aussi infatigable, ou du moins aussi prodige de ses peines sans aucun interest,
que le Medecin qui auroit eu le plus
de besoin & d'impatience d'amasser
du bien.

M. *Bourdelot* premier Medecin de
Madame la Duchesse de Bourgogne
étant mort en 1708. cette Princesse
proposa elle-même M. *Bourdelin* au
Roy pour cette place & obtint aus-
si-tot son agrément. Elle eut le
plaisir de lui procurer une place
qu'il ne sollicitoit point.

Cependant ses fatigues alteroient
peu à peu sa santé, une toux facheu-
se ne lui laissoit presque plus de repos. Soit indifference pour la vie,
soit impossibilité de se regler lui-
même ; on l'acuse de ne s'être pas
conduit comme il conduisoit les autres. Il prenoit du Caffé pour s'empêcher de dormir & travailler davantage, & puis il prenoit de l'O-
pium pour rattraper le sommeil.
C'est l'usage immoderé du Caffé
qu'on lui reproche le plus. Il semble
qu'il ne pût se regler sur cet article, & il se regarda long-tems com-

me un homme deſeſperé, afin d'en
pouvoir prendre tant qu'il voudroit.

C. BOUR-
DELIN
LE FILS.

Enfin après être tombé par dé-
grés dans une grande extenuation,
il mourut d'une Hydropiſie de poitrine le 20. Avril 1711. dans ſa
quarante quatriéme année.

Il a laiſſé quatre enfans d'une
femme pleine de vertu, avec laquelle
il a toûjours vêcu dans une parfaite
union.

Il n'a point ſongé non plus que
ſon pere & ſon frere à ſe faire un
nom par ſes ouvrages. Tous ſes tra-
vaux litteraires, de méme que les
leurs, ont été uniquement pour l'u-
tilité des Académies dont ils ont été
Membres.

*V. l'Hiſtoire de l'Acad. des Sciences
année* 1711.

FRANÇOIS BOURDELIN.

FRANÇOIS BOURDELIN, frere
de celui dont je viens de parler,
nâquit à *Senlis* le 15. Juillet 1668.
ſon pere le deſtinoit à la Pharmacie,
mais il témoigna tant de repugnan-

F. BOUR-
DELIN.

F, BOUR-
DELIN.

pour cette profession, qu'après bien des promesses & des menaces inutiles, on lui proposa d'étudier en Droit & de se faire recevoir Avocat.

Il se soumit plus volontiers à cette seconde destination, parce qu'elle pouvoit cacher aisément l'envie demesurée qu'il avoit d'apprendre preferablement à tout, les langues étrangeres, les interêts des Princes, les mœurs & les usages des differens peuples.

Ce goût qu'il n'osoit declarer, étoit cependant en quelque maniere le propre ouvrage de son pere; car la récompense la plus ordinaire que M. *Bourdelin* proposoit à ses enfans pour les encourager au travail étoit de les mener voyager pendant les vacances; & quoique cet espace de temps, qui étoit le seul dont il pouvoit disposer, ne fût pas d'une grande étenduë, il se trouva qu'au bout de trois ou quatre années ils avoient parcouru non seulement les plus belles Provinces du Royaume, mais encore une partie de l'Angleterre & de la Hollande.

Les Voyages finirent, mais le

goût des langues étrangeres s'accrût F. Bour-
tellement en lui, que pendant delin.
qu'on le croyoit uniquemement occupé à l'étude du Droit, il apprit
l'Italien, l'Efpagnol, l'Anglois,
l'Allemand, & même un peu d'Arabe., d'Hiftoire & de Politique.

M. de *Bonrepos* ayant été nommé
Ambaffadeur en Dannemarc, M.
Bo urdelin, qui avoit pris des mefu-
res auprés de lui, fut agréé pour
Sécrétaire de l'Ambaffade. La difficulté étoit d'obtenir pour ce voyage le confentement d'un pere,
qui paroiffoit avoir formé des deffeins tous differens. M. *Racine*, &
M. *du Hamel* fes intimes amis fe
chargerent de le lui demander, & il
l'accorda à leurs inftances. M. *Bourdelin* partit, & paffa prés de dix-
huit mois à *Copenhague.*

Sa complexion ne pût foutenir
plus long-tems la difference du climat ; il revint avec une extinction
de voix prefque entiere & une pâ-
leur mortelle.

Le pere, qui ne douta point qu'une
pareille épreuve n'eut entierement
effacé de l'efprit de fon fils toutes

F.BOUR- les idées de voyages, de langues,
DELIN. & de negotiations, lui acheta une
Charge de Conseiller au Châtelet,
dont il parut d'abord s'occuper
avec plaisir. Il remplissoit les vuides de cette Magistrature par des
conferences sur les belles Lettres, &
par une étude particuliere de l'Antiquité, pour laquelle il avoit aussi
beaucoup de goût. Il s'étoit même
formé en ce genre un cabinet de livres choisis, & une suite de Medailles d'or assez complette. Enfin
au renouvellement de l'Academie
des Inscriptions, il fut nommé à
une place d'Eleve.

La Politique & les ngues, qui
sembloient alors abandonnées, ne
l'étoient pas pourtant. M. *Bourdelin* avoit auprès de M. le Comte
de *Pontchartrain* un ami, dans le Bu-
reau de qui tomboient les dépêches
étrangeres, & cet ami lui faisoit
renvoyer toutes celles qu'il falloit
traduire. Cette occupation fut un
mystere jusqu'à la mort de son pere,
après laquelle il ne s'en cacha plus;
il alla même s'établir à *Versailles*
pour travailler immédiatement avec

le Miniftre, & ce travail dura fept F. BOUR-
ou huit ans. DELIN.

Au bout de ce tems perfuadé que
cet emploi de Secretaire traducteur
ne le meneroit à rien, & qu'il ne
parviendroit pas par là à être employé dans quelques negotiations,
comme il le fouhaitoit; il prit une
Charge de Gentilhomme ordinaire,
parce qu'on choifit fouvent dans ce
corps des Envoyez pour les Cours
Etrangeres. Il fe flattoit même de
quelque préference dans le choix,
fur le témoignage avantageux que
pouvoit rendre de lui le Miniftre
fous qui il avoit travaillé, & fur le
crédit de fon frere, qui étoit devenu premier Medecin de Madame
la Dauphine. Mais fon frere mourut, la Princeffe elle-même fut
bien-tôt après enlevée à la France,
& mille autres circonftances chan-
gerent fes vûes, ou diffiperent fes
efperances.

Il prit alors le parti de fe marier
& d'acheter une terre aux portes de
Paris. Peut-être ne confulta-t-il pas
affez fes forces dans ce double établiffement. La terre qu'il avoit ac-

F. BOUR-
DELIN.

quise étoit grande & demandoit des soins : il voulut tout à la fois remettre les fonds en valeur, & le bâtiment en état. Ce détail l'épuisa, son ancienne langueur revint, la fievre s'y joignit, & l'emporta en moins de trois semaines. Il est mort le 24. Mai 1717. âgé de 49. ans.

Il avoit été déclaré Veteran dans l'Academie des Inscriptions dès le commencement de l'année 1705. parce que son séjour & ses occupations de *Versailles* ne lui permettoient plus de remplir ses devoirs Academiques. Ce qu'il avoit donné auparavant se réduit à la description de quelques anciens monumens trouvez dans les Pays Etrangers, particulierement de la Colomne d'*Antonin Pie* découverte à *Rome* en 1704.

Depuis son retour de *Versailles*, il recommença, quoique Veteran, à venir frequemment aux Assemblées de l'Academie, & il se proposoit d'y être assidu. Il avoit même entrepris deux ouvrages assez considerables.

Le premier étoit l'explication de

toutes les Medailles modernes frap- F. BOUR-
pées depuis deux ou trois fiecles ; DELIN.
explication qui demandoit la connoiffance des differentes Langues
qui forment la legende de ces Medailles , & celle d'un grand nombre
de petits faits qee l'Hiftoire generale a fouvent negligez.

Le fecond étoït la traduction du
Syftême intellectuel de l'Univers publié en Anglois par le Docteur *Cud-
vvoord* , grand ouvrage d'une Meta-
phyfique fi fublime , & d'un ftile
fi concis, que M. *le Clerc* , qui en
a donné à diverfes reprifes de longs
extraits dans fa Bibliotheque choi-
fie , femble l'avoir fait pour fup-
pléer à la traduction même , qu'il
jugeoit une chofe impoffible. Ce
jugement que M. *Bourdelin* n'ignoroit pas , n'auroit vrai-femblable-
ment fervi qu'à rendre fa traduction
plus exacte, car il avoit réfolu de
n'y épargner ni le tems ni la peine.

Il étoit d'une complexion très-
délicate , & il n'y avoit prefque
rien en lui , qui n'annonçât cette délicateffe ; une taille mince & déliée,
un fon de voix doux & foible, un

F. BOUR-
DELIN.

visage pâle ; tout cela joint à un certain air inquiet avoit fait dire à un homme d'esprit de ses amis, qu'il ressembloit à une ame en peine. Cependant ceux qu'un long commerce avec lui avoit mis à portée de bien juger de son interieur, ont toûjours assuré que c'étoit une ame heureuse & tranquille.

V. l'Histoire de l'Academie des Inscriptions tom. 3.

GEORGE WOLFGANG WEDELIUS.

GEORGE
WOLF-
GANG
WEDE-
LIUS.

Eorge Wolfgang Wedelius nâquit à *Golssen* Ville de la Lusace inferieure le 12. Novembre 1645. de *Jean George Wedelius* Ministre de ce lieu.

Il fit ses premieres études dans le College de la Porte, où il demeura six ans, suivant l'ordre qui y est établi ; il passa de là à l'âge de 16. ans & demi à *Jene*, & y étudia en Philosophie sous *Jean Pretorius*, *Gaspar Posner*, & *Erhard Weigel* ; & en Medecine sous *Mebius*

bius, *Schenckius*, & principalement GEORGE
fous *Rolfincius*. Il fe difpofoit à aller WOLF-
voyager dans les pays Etrangers, GANG
lorfqu'il apprit la mort de fon pere; WEDE-
cette trifte nouvelle l'obligea à ref- LIUS.
ter dans le pays, & il demeura encore cinq ans à *Jene* pour s'y perfectionner dans l'étude & la pratique de la Medecine.

Il alla enfuite à *Landsberg*, où il
demeura trois mois, pour voir s'il
n'y trouveroit point quelque établiffement; il paffa de là à *Zulli-
chavv* dans le même deffein; mais
n'ayant rien trouvé qui lui convint,
il retourna à *Jene*, où il fe fit recevoir Docteur en Medecine.

Quelque tems après il fut appellé à *Gotha*, où il fut pendant cinq
ans Medecin de la Ville. Enfin la
Chaire de Medecine d'*Iene* étant venu à vaquer en 1672. on la lui donna. Il n'oublia rien pour bien s'acquitter des devoirs de fa Charge,
& le grand nombre d'écrits qu'il a
publiés en font une preuve fuffi-
fante.

Plufieurs Princes d'Allemagne
ont affez fait connoître l'eftime

Tome VII. K

GEORGE
WOLF-
GANG
WEDE-
LIUS.

qu'ils faisoient de son merite par les titres dont ils l'ont honoré. Le Duc de *Weimar* le choisit en 1679. pour son premier Medecin , mais *Wedelius* attaché à son emploi. ne pût se résoudre à le quitter. Six ans après les Ducs de Saxe lui donnerent le titre de leur Conseiller & de leur premier Medecin; l'Empereur *Leopold* lui donna de plus en 1692. celui de Comte Palatin.

En 1706. il fut reçû dans la Societé Royale de *Berlin*. En 1716. l'Empereur *Charles VI*. le nomma son Conseiller, & en 1718. les Princes de Saxe le firent Membre de leur Conseil. Un mois avant sa mort, l'Electeur de *Mayence* le choisit pour son premier Medecin.

Il a été marié trois fois, & ses mariages n'ont point été steriles.

Il est mort le 6. Septembre 1721. dans sa soixante-seiziéme année.

Catalogue de ses Ouvrages.

1. *Opiologia , ad mentem Academiæ naturæ curiosorum. Jena* 1674. *in* 4°. It. *Jena* 1682. *in* 4°. Cette seconde édition est accompagnée d'une table qui manque dans la premiere. *Wedelius* étoit de l'Acade-

mie des *Curieux de la Nature*, & il
entreprit cet ouvrage conformément au projet qu'elle avoit formé
de donner des traitez particuliers
ſur toutes les choſes naturelles,& au
plan qu'elle avoit dreſſé pour cela.

GEORGE
WOLF-
GANG
WEDE-
LIUS.

2. *Pharmacia in artis formam redac-
ta, experimentis, obſervationibus, &
diſcurſu perpetuoilluſtrata.Jenæ.*1677.
in 4°..It. *Jenæ* 1693. *in* 4°.

3. *De Medicamentorum Facultatibus cognoſcendis & applicandis libri
duo. Jenæ* 1678. *in* 4°. It. 1696. *in*
4°. Cet ouvrage a été traduit en
Anglois.

4. *De Medicamentorum compoſi-
tione extemporanea ad praxim Clinicam & uſum hodiernum accommodata
liber.Jenæ* 1679. *in* 4°.2ᵃ *editio*1693.
in 4°.

5. *PhyſiologiaMedica. Jenæ* 1679.
in 4°. 2a. *editio* 1704. *in* 4°.

{6. *Phiſiologia Reformata. Jenæ*
1688. *in* 4°. *Wedelius* auroit pû
corriger ſa Phyſiologie qu'il avoit
donnée en 1679. mais il aima mieux
en compoſer une toute nouvelle plus
curieuſe, plus methodique & plus
commode ; & c'eſt ce qu'il a executé
dans ce volume.   K ij

GEORGE
WOLF-
GANG
WEDE-
LIUS.

7. *Progressus Academiæ Naturæ Curioforum, Catalogo Patronorum & Collegarum expressus.* Jenæ 1680. *in* 4º.

8. *Non entia Chymica, sive Catalogus eorum operum operationumque Chymicarum, quæ cum non sint in rerum natura, nec esse possint, magno tamen cum strepitu à vulgo Chymicorum passim circumferuntur & orbi obtruduntur. Cum Præfatione G. W. Wedelii.* Francofurti 1670. *in* 12. Cet ouvrage avoit déja paru en 1645. *in* 12. fans nom d'Auteur; *Wedelius* qui l'a redonné au public, l'a donné fous celui d'*Utes Udenius.*

9. *Specimen experimenti Chymici novi, de sale volatili plantarum, quo demonstratur posse ex plantis modo peculiari parari sal volatile verum & genuinum.* Francofurti 1672. *in* 12. It. dans les *Ephemerides des Curieux de la Nature, an.* 4e 1676. *in* 4º. It. Jenæ 1682. *in* 12.

10. *Experimentum Chymicum novum de sale volatili plantarum, quo latius exponuntur specimine ipfo exhibita.* Jenæ 1675. *in* 12. It. dans l'*Appendix des Ephemerides des Curieux de la Nature, an.* 4e 1676.

11. *Theoremata Medica , ſeu in-* GEORGE *troductio ad Medicinam , certis Theo-* WOLF- *rematibus , juxta ductum inſtitutionum* GANG *Medicarum abſoluta ad legendum &* WEDE- *diſputandum propoſita. Jenæ* 1677. LIUS. *in* 12.

12. *Tabulæ Synoptica de compo- ſitione Medicamentorum extempora- nea ad Praxim clinicam & uſum ho- diernum accommodatæ. Jenæ* 1677. *in fol.*

13. *Guerneri Rolfincii Epitome methodi cognoſcendi & curandi parti- culares corporis affectus. Jenæ* 1675. *in* 4°. *Wedelius* a perfectionné cet ou- vrage dans cette édition qu'il en a donnée.

14. *Valeſci de Taranta Philonium Pharmaceuticum & Chirurgicum, cum Præfatione G. W. Wedelii & indice rerum. Francofurti* 1680. *in* 4°.

15. *Friderici Zobelii Tartarologia Spagyrica ſeu Medicamentorum ex Tartaro in laboratorio Gottorpienſi pa- ratorum fidelis deſcriptio. Ex Biblio- theca G. W. Wedelii. Jenæ* 1676. *in* 12.

16. *Diſputatio inauguralis de Ar- thritide vaga ſcorbutica. Jenæ* 1683. *in* 4°. Une douleur vague des pa-

GEORGE
WOLF-
GANG
WEDE-
LIUS.

ties membraneufes, principalement des jointures, caufée par un débordement des ferofitez acides du fang impregnées d'un fel fubtil fcorbutique, eft ce que *Wedelius* appelle une goute vague fcorbutique, & ce qui fait la matiere de cet ouvrage.

17. *Orationes dua; quarum prior de caufis diritatis peftilentiæ; altera de diritatis peftilentiæ Antidoto*: dans l'*Appendix des Ephemerides des Curieux de la Nature* 1683. *in* 4°.

18. *Differtatio de morte Judæ, Arii, inteftinis ab ileo ruptis.* Dans l'*Appendix des Ephemerides des Curieux de la Nature* 1684.

19. *Amœnitates materiæ Medicæ. Jenæ* 1684. *in* 4°. Cet ouvrage n'eft autre que celui que j'ai cité (n°. 3.) *De Medicamentorum Facultatibus*. *Wedelius* y a changé peu de chofes, & n'a fait qu'expliquer plus au long ce qu'il n'y avoit pas exprimé affez clairement.

20. *Exercitationum Medico-Philologicarum Decadés duæ. Jenæ* 1686. *in* 4°. La plûpart des pieces qui compofent ce recueil n'ont rien de fort intereffant. L'Auteur y examine tout en Medecin, même les faits

Hiſtoriques. *Decas III. Jenæ,* 168-
in 4°. *Decas IV.* 1689. *Ibid. in* 4°.
Decas V. 1691. *Ibid. in* 4°. *De-*
cas VI. 1692. *Decas VII.* 1694.
Decas VIII. 1696. *Decas IX.* 1699.
Decas X. 1701. *Centuriæ ſecundæ*
Decas I. Jenæ in 4°. 1704. *Decas*
II. 1708. *Decas III.* 1711. *Decas*
IV. 1715. *Decas V.* 1720. On ne
croiroit pas que *Wedelius* après
avoir fait réimprimer l'Ouvrage intitulé : *Non-entia Chymica* , où la
tranſmutation des metaux eſt traité
de chimerique , pût avoir un ſi
grand foible pour l'Alchimie , c'eſt
ce qui paroît cependant par pluſieurs endroits de cet ouvrage ; mais
principalement par la huitiéme Diſſertation de la deuxiéme Décade de
la ſeconde Centurie qui traite de la
Fable de *Mars* & de *Venus* ſurpris
enſemble. Car *Wedelius* ſe propoſe
d'y montrer, ſuivant ſon grand principe que la veritable clef des Fables
eſt l'Alchymie, que cette Fable renferme un des plus grands ſecrets de
cette ſcience. *Mars* & *Venus* , ſelon
lui, ſignifient le fer & le cuivre ,
métaux qui ſont fort recommandez
par les Philoſophes dans l'operation

GEORGE
WOLF-
GANG
WEDE-
LIUS.

GEORGE WOLF-GANG WEDE-LIUS.

du grand œuvre, & qui unis par le moyen de *Vulcain*, qui est le feu, produisent, comme un fruit de leur union, le Soleil, qui est l'or.

21. *Aphorismi Aphorismorum, id est, Aphorismi Hippocratis in porismata resoluti, ut & mens, textus, & usus facile patere queat.* Jenæ 1695. *in 12.*

22. *Pathologia Medica Dogmatica.* Jenæ 1692. *in* 4°.

23. *Exercitationes Pathologico-Therapeuticæ.* Jenæ 1697. *in* 4°.

24. *Exercitationes semiotico-Pathologicæ.* Jenæ 1700. *in* 4°.

25. *Theoria saporum Medica.* Jenæ 1703. *in* 4°.

26. *Introductio in Alchimiam.* Jenæ 1705. *in* 4°. *Wedelius* fait voir dans cet ouvrage son foible pour l'Alchymie, qu'il regarde comme une science réelle, mais que beaucoup de Charlatans deshonorent par leurs impostures.

27. *Compendium Praxeos Clinicæ exemplaris, secundum ordinem casuum Timæi à Guldenklee.* Jenæ 1707. *in* 4°. La methode de *Wedelius* dans cet ouvrage, est de faire d'abord le caractere

caractere de la maladie dont il parle en deux ou trois mots, & de
fournir ensuite des formules pour
les guerir.

GEORGE
WOLF-
GANG
WEDE-
LIUS.

28. *Epitomes Praxeos Clinicæ sectio*
I. de morbis capitis. Jenæ 1710. *in* 4°.

29. *De Sale volatili oleoso. Jenæ*
1711. *in* 4°.

30. *Exercitatio de usu rationis hu-*
manæ in Sacris. Jenæ 1713. *in* 4°. Il
n'y a rien de fort curieux dans cette
dissertation.

31. *Compendium Chymiæ theore-*
ticæ & practicæ methodo analytica præ-
posita. Jenæ 1715. *in* 4°.

32. *De morbis infantum. Jenæ*
1717. *in* 4°. L'Auteur parle de 36.
maladies differentes, & rapporte
beaucoup d'observations qu'il a faites lui-même, comme dans ses autres ouvrages.

33. *Experimentum curiosum de*
Colchico veneno, & Alexipharmaco
simplici & composito. Jenæ 1717. *in* 4°.
Je ne parle point ici de ses The-
ses qui sont en très-grand nombre.
V. Bart. Christ. Richardi Comment.
de Profess. Jenensibus. Nova Litter.
Lipsi 1722.

Tome VII.   L

ANTOINE BYNÆUS.

Antoine Bynæus nâquit à *Utrecht* le 6. Août 1654.

Il fit ses études sous les plus fameux Maîtres de son tems ; il apprit les Langues Grecque & Latine de *Jean-George Gravius*, l'Hébreu de *Leusden*, & la Theologie de *François Burman*.

Il fut ensuite fait en 1680. Ministre de *Piershil* près de *Dordrecht*, d'où il passa en 1683. à *Naerden* & en 1691. à *Deventer*.

Son merite le fit choisir en 1694. pour professer la Theologie & les Langues Orientales dans cette derniere Ville. Mais il ne conserva pas long-tems cet emploi ; car une mort prématurée le vint enlever au milieu de sa carriere le 29. Août 1698. lorsqu'il n'étoit encore âgé que de 44. ans.

Catalogue de ses Ouvrages.

1. *De Calceis Hebræorum libri duo. Accedit somnium, de laudibus critices. Dordraci* 1682. *in* 12. Personne n'a

voit avant *Bynæus* traité cette matiere fi à fond. On trouve dans fon
ouvrage l'explication de plufieurs
paffages de l'Ecriture, qui la con-
cernent, accompagnée d'une grande érudition. Le fonge fur les louän-
ges de la Critique avoit paru feparement pour la premiere fois neuf
ans auparavant : c'eft un ouvrage
fort ingenieux. Le tout a été réimprimé à *Dordrecht* en 1695. *in* 4°.
Le traité *de Calceis Hebræorum* eft
fort augmenté dans cette édition.

20. *De Nátali Jefu Chrifti libri duo.*
Accedit Differtatio de Jefu Chrifti
Circumcifione. Amftelodami 1689. *in*
4°. *pp.* 556. Cet ouvrage eft un
recueil bien choifi de ce que les plus
habiles Commentateurs ont écrit
fur les endroits qui regardent l'Hiftoire de la Naiffance de Jefus-Chrift.

3. *Explication du cent dixiéme*
Pfeaume, & fon application à Jefus-
Chrift. (En Flamand.) *Deventer*
1692. *in* 8°. Ce Pfeaume cent dix
eft le cent neuviéme dans nos Bi-
bles.

4. *Silo, ou explication de la Pro-*
phetie de Jacob. Genefe 49. V. 10.

A. By-
NÆUS.

(En Flamand.) *Deventer* 1694. *in* 8°.

5. *De morte Jesu Christi liber primus. Amstelodami* 1691. *in* 4°. *Liber secundus. Amstel.* 1696. *in* 4°. *Liber tertius. Ibid,* 1698. *in* 4°. Cet ouvrage avoit déja paru en Flamand sous le titre de *Jesus-Christ crucifié; ou explication des souffrances, de la mort,& de la sepulture de N. S. J.C. tirée des Antiquitez Judaïques & Romaines*, & il s'en est fait en cette Langue trois éditions, dont la derniere a paru en 1688. L'Ouvrage est si curieux qu'on a engagé l'Auteur à le traduire en Latin ; en le faisant, il l'a augmenté si considerablement que d'un volume il a trouvé le moyen d'en faire trois ; on ne doit pas cependant s'épouvanter de leur grosseur ; car il choisit si judicieusement ses materiaux, que l'on n'hazarde rien à le suivre par tout. C'est le jugement que M. de *Bauval* en fait.

Cet article est tiré du *Dictionnaire Historique Flamand de Luiscius*.

GODEFROY BIDLOO.

Godefroy Bidloo nâquit à *Amsterdam* le 12. Mars 1649. Après ses premieres études il se donna tout entier à la Medecine & l'Anatomie, & s'y fit recevoir Docteur. Revêtu de ce titre, il ne demeura pas long-tems sans emploi.

Il fut fait en 1688. Professeur en Anatomie à la *Haye.* Il passa en 1694. de ce poste à celui de Professeur en Anatomie & en Chirurgie à *Leyde.*

Guillaume III. Roi d'Angleterre connoissant son habileté & son merite, le choisit pour son Medecin; mais il n'accepta cette Charge, qu'à condition qu'il conserveroit toûjours sa Chaire. Ce qui lui fut accordé.

Ce Prince étant mort entre ses bras en 1702. il reprit ses exercices, que son assiduité auprès de lui avoit interrompus.

Il est mort à *Leyde* au mois d'Avril 1713. âgé de 64. ans, laissant entre autres enfans *Nicolas Bidloo.*

L iij

G. BID-
LOO.

Docteur en Medecine, Medecin du Czar *Pierre I.* & Inspecteur de l'Hôpital de *Moscou.*

Catalogue de ses Ouvrages.

1. *Anatomia humani corporis centum & quinque tabulis per G. de Lairesse ad vivum delineatis demonstrata, veterum recentiorumque inventis explicata plurimisque hactenus non detectis illustrata. Amstelodami* 1685. *in fol. Max.* On n'avoit point encore vû de figures d'Anatomie ni si grandes, ni si belles, que celles qui font dans ce volume. Les planches ont un pied & demi de long, & un pied de large, & elles font gravées avec la derniere exactitude. C'est un des ouvrages les plus magnifiques que l'on ait en ce genre.

2. *Dissertatio de Antiquitate Anatomes, habita in auditorio magno, cum Anatomicam Professurus in alma Academia Batava inauguraretur anno* 1694. *Octavo iduum Martii. Lugduni Bat.* 1694.

3. *Oratio in funere Pauli Hermanni Med. Doct. dicta pridie Kal. Martii* 1695. *in auditorio Magno. Lugd. Bat.* 1695.

4. *Vindiciæ quarumdam delineatio-* G. BID-
num Anatomicarum contra ineptas LOO
animadverſiones Fr. Ruyſchii Prælect.
Anat. Chirurg. & Bat. Lugd. Bat.
1697. *in* 4°. *Frederic Ruyſch* ayant
repris dans ſes Lettres Anatomi-
ques pluſieurs des Deſcriptions que
Bidloo avoit données treize ans auparavant dans ſon Anatomie, celui-
ci en fut choqué, & lui répondit
par cet ouvrage, où il ne le menage
gueres, où il prétend même qu'il
n'eſt qu'un ignorant en fait d'Anatomie ; prétention dont peu de perſonnes conviendront avec lui, &
que ſon dépit ſeul peut lui avoir
inſpiré.

5. *Lettre à Antoine Leeuvvenhoek*
ſur les animaux que l'on trouve quel-
quefois dans le foye des Brebis & de
quelques autres bêtes. (En Flamand)
Delft 1698. *in* 4°.

6. *Gulielmus Covvper criminis Lit-*
terarii citatus coram Tribunali Socie-
tatis Britanno Regiæ. Lugd. Bat.
1700. *in* 4°. pp. 54. Rien n'eſt plus
grave que l'accuſation que *Bidloo*
intente contre *Covvper*, Chirurgien
de *Londres*, & Membre de la So-

L iiij

G. BID-
LOO.

cieté Royale. *Bidloo* étant informé
que *Covvper* travailloit à traduire
en Anglois fon Anatomie, lui en
parla dans un voyage qu'il fit à *Londres*, & lui offrit en cas qu'il eut
ce deffein, de lui communiquer diverfes additions & plufieurs remarques qu'il avoit faites depuis fon
impreffion. *Covvper* lui dit qu'il n'a-
voit pas ce deffein, n'entendant pas
affez la Langue Latine pour l'entreprendre. Cependant il fit acheter des Libraires de Hollande trois
cens exemplaires des tailles douces
du livre de *Bidloo*, fur lefquelles il
fit écrire à la main avec beaucoup
d'adreffe des lettres de renvoi en
plufieurs endroits, pour changer,
pour ajoûter, & fouvent pour gâ-
ter l'explication que *Bidloo* y avoit
mife ; il fit de plus coler un titre
Anglois fur le titre Latin, où au
lieu du nom du veritable Auteur de
l'ouvrage, il ne manqua pas de mettre le fien, & fubftitua fon portrait à celui de *Bidloo*. Il eft vrai
qu'il dit un mot en paffant de *Bidloo* dans la Preface, & qu'il a ajoûté un petit nombre de planches à

la fin. Mais *Bidloo* ſoutient que la
Preface n'a été miſe qu'après coup,
& lorſque *Covvper* a vû qu'on
n'auroit pas aſſez de patience pour
tolerer impunément ce larcin. Il
prétend encore qu'il n'eſt pas vrai
que les figures de l'*Appendix* ayent
été tirées d'après nature ; puiſqu'il
n'y a aucune proportion gardée,
comme ceux qui ſavent les premiers
principes de l'Anatomie peuvent facilement le voir. Enfin les additions
de *Covvper* ſont des choſes fort
communes, ou des erreurs groſſieres.

G. BID-
LOO.

7. *Exercitationum Anatomico Chi-
rurgicarum Decades duæ. Lugd. Bat.*
1708. *in* 4°. Ces Diſſertations ſont
ſavantes, l'Auteur n'y prend point
le ton dogmatique, & s'il lui arri-
ve quelquefois de combattre cer-
taines opinions communes, comme
par exemple l'exiſtence des eſprits
animaux, il le fait avec tant de re-
tenue & de modeſtie, qu'on voit
bien qu'il cherche plus à inſtruire
qu'à contredire. C'eſt le jugement
que le *Journal des Savans* porte de
cet ouvrage. La premiere Décade

G. Bid-
LOO.

avoit déja paru feule quatre ans auparavant, mais il y a beaucoup d'augmentations dans cette édition.

8. Il a donné auffi au public un petit ouvrage fur la derniere maladie de *Guillaume III.* Roi d'Angleterre.

9. *Les Lettres des Apôtres Martyrs. Amfterdam* 1698. *in* 4°. Ces Lettres font en vers Hollandois. Car *Bidloo* cultivoit beaucoup la Poëfie Latine & Hollandoife, & l'on prétend qu'il y réuffiffoit. Il y fuppofe que les Apôtres les ont écrites avant leur Martyre à leurs plus fidelles Difciples, pour leur déclarer leurs dernieres volontez, & les inftruire de la vie qu'ils devoient mener, après qu'ils les auroient perdus.

10. On a imprimé à *Leyde* en 1719. un Recueil de fes Poëfies Hollandoifes fous le titre de *Melange de Poëfies de G. Bidloo.*

Cet article eft tiré du *Dictionnaire Hiftorique Flamand de Laifcius.*

NICOLAS LE FEVRE.

Nicolas LE FEVRE nâquit à
Paris le 2. Juillet 1544. de *Vin-*
cent le Fevre, homme riche & de
probité, qui avoit quitté le féjour
de *Linas* près de *Montlherry* pour
venir s'établir à *Paris*, & de *Jeanne*
Hacquet.

Nicolas
le Fe-
vre.

Il commença fes études au College de la Marche, où il penfa mourir dés fa premiere jeuneffe par un
accident bien fingulier & bien trifte.
Comme il tailloit une plume, ce
qu'il en avoit emporté avec le canif
lui fauta dans l'œil droit, où voulant porter la main dans le moment,
à caufe de la douleur vive qu'il y
reffentit, il y porta auffi la pointe
du canif, qui lui creva l'œil; de telle
forte que toute l'humeur qu'il ren-
fermoit en fortit, & fe répandit fur
l'habit de fon frere, qui étoit près de
lui. Il en tomba dangereufement malade, & lorfqu'il revint en fanté, il
fembla que la force de l'œil perdu
étoit paffée tout entiere dans l'autre,
dont il voyoit auffi clair, qu'il

N. LE
FEVRE.

voyoit auparavant des deux.

Son pere étant mort peu de tems après, sa mere n'oublia rien de ce qui pouvoit contribuer à le rendre habile dans les sciences. Quand il eut achevé ses Humanitez & sa Philosophie, elle l'envoya avec son frere à *Toulouse*, ensuite à *Pavie*, & enfin à *Boulogne*, pour y apprendre le droit sous les excellens Maîtres, qui étoient alors dans ces Universitez.

Il continua de voyager par toute l'Italie en 1571. & demeura dix-huit mois à *Rome*. Il y étudia avec beaucoup d'ardeur les Antiquitez, qu'on y trouve presque à chaque pas, & les connoissances qu'il y acquit lui furent d'une grande utilité dans la suite.

De retour dans sa patrie à l'âge de 28. ans, il forma le dessein de vivre toûjours dans le celibat, & de se donner tout entier à l'étude. Cependant pour contenter sa mere, il prit en 1572. une Charge de Conseiller des Eaux & Forêts, dont il s'acquitta avec toute l'exactitude imaginable.

Il vêcut avec beaucoup de tranquillité avec ſa mere juſqu'à l'an 1581. qu'elle fut emportée de la peſte qui regnoit à *Paris.* La tendreſſe qu'il avoit pour elle ne lui permit pas de l'abandonner dans ces triſtes momens. Il l'aſſiſta juſqu'à la fin , & l'accompagna même au tombeau , où dans la ſuite il voulut être mis auprès d'elle.

Ayant perdu dans le même-tems ſon frere *Gilles le Fevre* , qui étoit ſon aîné , il quitta ſa Charge , & ſe confina dans une eſpece de ſolitude, où il tâcha de trouver de la conſolation par ſon application aux Belles Lettres , & par l'obſervation exacte des devoirs de la Religion.

Il lia alors une étroite & intime amitié avec *Pierre Pithou* , un des plus Savans hommes de ſon ſiecle. Ils ſe logerent même enſemble , & vêcurent pluſieurs années dans cet agréable & vertueux commerce.

Le Fevre profita du loiſir que lui donnoit l'éloignement des affaires, pour collationner pluſieurs anciens Auteurs avec les manuſcrits , & pour les éclaircir par de ſavantes

N. LE
FEVRE.

notes. Mais il n'a jamais voulu que
son nom parut à aucune édition de
ses ouvrages, quoiqu'ils fussent capables de lui faire honneur, & de
lui acquerir l'estime des Savans.

Il aimoit à aider de ses lumieres
ceux qui s'occupoient à donner des
ouvrages au public. *Baronius* qui
travailloit alors à ses Annales, y a
inseré de grands morceaux qu'il tenoit de M. *le Fevre*, comme par
exemple ce qu'il a dit sur le vin
mêlé avec la myrrhe; boisson qu'on
donnoit autrefois aux criminels
mourans, pour leur ôter le sentiment
de la douleur, & que Jesus-Christ
refusa de prendre, pour ne rien diminuer des maux que son amour
lui faisoit souffrir pour nous.

La crainte qu'il eût qu'on ne pil-
lât en son absence la Bibliotheque
qu'il avoit amassée avec beaucoup
de soin, l'engagea à demeurer à *Paris* pendant les troubles de la Ligue; mais il tâcha d'adoucir le chagrin qu'ils lui causoient en s'appli-
quant à l'étude des Mathematiques,
ce qu'il fit avec tant d'ardeur, qu'il s'y
rendit habile en peu de tems, jus-

ques-là que *Scaliger* ayant crû avoir
bien démontré la maniere de me-
ſurer le cercle, & Monanteuil aſſu-
rant que ſa demonſtration étoit clai-
re & évidente, *le Fevre* fut le premier qui découvrit le paralogiſme
où *Scaliger* étoit tombé, & dont ce
grand homme fut lui-même obligé
de convenir.

Henri IV. ſe voyant paiſible poſ-
ſeſſeur de ſon Royaume, & voulant donner une excellente éducation au Prince *Henri de Bourbon*,
Prince de *Condé*, qui étoit alors ſon
plus proche heritier, choiſit M. *le*
Fevre pour être ſon Precepteur.
Mais ſa modeſtie & ſa pieté, qui
lui inſpiroient de l'éloignement
pour la Cour, lui firent long-tems
refuſer cet emploi; il fallut que M.
de Harlay & *M. de Thou* ſes amis
s'employaſſent à vaincre ſa reſiſtan-
ce; ce qu'ils ne purent faire, qu'en
lui repreſentant le bien qu'il feroit
à ſa Patrie & à ſon Roi en formant
les mœurs d'un Prince du Sang,
& du préſomptif heritier de la Couronne.

Il s'acquitta parfaitement de cet

emploi, dans lequel il entra en 1596.
& qui l'obligea à se separer de son
cher ami *Pierre Pithou*, pour aller
demeurer à *Saint Germain.*

En 1600. il fut nommé pour as-
sister à la conference qui se tint à
Fontainebleau sur le livre de *du Ples-*
sis Mornay, mais sa mauvaise santé
l'empêcha d'y aller.

Le séjour de la Cour lui déplai-
soit, & il obtint, quoiqu'avec peine,
de s'en retirer, lorsque son disciple fut dans un âge à pouvoir se
passer de ses instructions. Il se retira alors chez la veuve de M. *Pi-*
thou, où il partagea tout son tems
entre l'étude & la priere.

Son merite le fit tirer de cette
retraite. La Reine Mere le choisit
en 1611, pour être Precepteur du
Roi *Louis XIII.* Il s'en excusa d'a-
bord sur son âge, mais la Reine
lui ayant promis tous les soulage-
mens que ses infirmitez demandoient, & M. le Prince son éleve
lui ayant representé qu'il se devoit
à son Prince & à sa Patrie, & qu'il
lui étoit glorieux de mourir sous le
faix d'un si noble travail, il fut
obligé

obligé de ſe rendre, & donna le 13. N. ʟᴇ Fᴇ-
Août de cette année la premiere ᴠʀᴇ.
leçon au Roi.

Il ne conſerva pas long-tems cet
emploi, étant mort le 4. Novembre 1612. âgé de 69. ans. Il fut enterré, comme il l'avoit ordonné par
ſon Teſtament, dans le Cimetiere
des Saints Innocens, avec cette Epitaphe qu'il s'étoit faite lui-même.

Nicolaus Faber
Peccator non unus ex multis
Hic jaceo.
Quid de me dici verius
Aut à me utilius non video.
Agnoſco bone Jeſu, tu ignoſce.
Ad hoc enim natus es, ad hoc paſſus,
Ad hoc pro nobis tremuiſti,
Ut per te ſecuri eſſemus.
Vixit ann. LXVIII.. M. IV. D. I.
Devixit Pr. N. Nov. an. ᴍ. ᴄɪᴐ ɪᴐᴄxɪɪ.

Tout le monde s'accorde à louer
ſa pieté, ſa douceur, ſon affabilité,
ſa modeſtie, ſon érudition. Sa mémoire étoit ſi ſure & ſi fidelle, que
quoiqu'il n'eut point fait de recueils,
il ſe reſſouvenoit à point nommé des
choſes qu'il avoit lûës autrefois,

Tome VII. M

N. LE FE-lorſqu'elles lui étoient néceſſaires.
VRE.   Catalogue de ſes Ouvrages.

1. *B. Hilarii Pictavienſis Epiſcopi ex opere Hiſtorico fragmenta, numquam anteaedita ex Bibliotheca P. Pithœi. Ejuſdem Pithœi vita. Pariſ.* 1598. *in* 8°. M. *Pithou* avoit entrepris l'édition de ces fragmens, mais étant mort avant que d'avoir executé ce deſſein, M. *le Fevre* ſe chargea de ce ſoin, & mit à la tête une Préface fort ſavante, & qui a été d'un grand uſage à *Baronius* pour corriger ſes Annales dans une ſeconde édition.

2. Il a fait de ſavantes notes ſur *Sèneque* le Rhètoricien, & ſur *Sèneque* le Philoſophe, qui ont été miſes dans quelques éditions de ces Auteurs & des corrections ſur *Nonius Marcellus*.

3. *Opuſcula. Cum ejus vita ſcriptore Fr. Balbo. Pariſ.* 1614. *in* 4°. ſes Préfaces ſur les Fragmens de S. *Hilaire* & ſur les ouvrages des *Seneques* ont été inſerées dans ce Recüeil.

V. ſa vie par *Fr. le Begue. Perrault, Hommes Illuſtres.*

FRANCOISE BERTAUT DE MOTTEVILLE.

FRANÇOISE BERTAUT niece de F. *Jean Bertaut*, Abbé d'*Aunay* Evêque de *Seez*, & premier Aumônier de la Reine *Marie de Medicis* mort en 1611. dont on a un recueil de Poësies, étoit fille de *Pierre Bertaut* Gentilhomme ordinaire de la Chambre du Roi, & de *Loüife de Beffin de Mathonville*; dont la mere étoit *Charlotte de Saldagne*, de l'illustre maison de *Saldagne* en Espagne.

Il faut qu'elle foit née vers l'an 1615. car elle dit dans fes Mémoires qu'en 1622. elle avoit fept ans.

Elle fut élevée à la Cour de la Reine *Anne d'Autriche* qui honoroit fa mere de fon amitié & de fa confiance, & à qui elle eut elle-même l'avantage de plaire par fon efprit, & par fes maniéres aimables & polies. S'étant trouvée envelopée dans la difgrace, qui exila toutes les Favorites d'*Anne d'Autriche*, elle fe retira avec fa mere en Normandie. Elle y

M ij

F. BER-épousa *Nicolas Langlois de Motteville*
TAUT DE premier Président de la Chambre
MOTTE- des Comptes de Normandie; c'étoit
VILLE. un Magistrat distingué dans sa Pro-
vince, mais déja âgé, & elle de-
meura veuve au bout de deux ans.

Le Cardinal de *Richelieu*, qui l'a-
voit fait exiler & le Roy *Loüis XIII.*
étant mort, la Reine ne fut pas plûtôt Regente qu'elle la rappella à la
Cour, & la retint toûjours auprès
d'elle en qualité de Dame employée
sur l'état de la maison de la Reine-
Mere, raprés la Dame d'honneur & la
Dame d'attour.

L'attachement que Mde. de *Motteville* avoit pour cette Princesse lui
fit entreprendre d'écrire son Histoire.
Pour executer ce dessein, elle s'appliqua à marquer regulierement ce qui
se passoit tous les jours de plus considerable, & particulierement ce
qu'elle apprenoit dans les entretiens
familiers qu'elle avoit avec elle. Ce
qui rend ses *Mémoires* plus précieux.

Le courage avec lequel Mademoiselle *Bertaut* sa sœur Cadette la quitta, malgré le tendre attachement
qu'elle avoit pour elle, & se rendit

Religieufe dans le Monaftere de la F. BER-
Vifitation à *Paris*, lui infpira des de- TAUT DE
firs de retraite, & Dieu en fit naître MOTTE-
l'occafion par l'établiffement d'un VILE.
nouveau Monaftere de la Vifitation
à *Chaillot*.

La Reine d'Angleterre *Henriette-
Marie* de France en conçut le deffein
par les fuggeftions de Mde *de Motteville*, qui lorfque la chofe eut été
executée, reçut des Religieufes, en
confideration de la part qu'elle avoit
euë à cet établiffement, la qualité
de Bienfaictrice feculiere; qualité cependant que fa generofité ne lui fit
accepter qu'en donnant une fomme
d'argent, avec une Penfion viagere
qu'elle a toûjours payée exactement.

Elle fe retiroit fouvent dans cette
maifon, pour s'éloigner du commerce du monde, & pour y penfer plus
tranquillement à Dieu & à fon falut.

Elle eft morte à *Paris* le 29. Decembre 1689. âgée d'environ 74.
ans.

On a d'elle, l'ouvrage fuivant.

*Mémoires pour fervir à l'Hiftoire
d'Anne d'Autriche. Amfterdam 1723.*

F. BER-
TAUT DE
MOTTE-
VILLE.

in 12. 5. *volumes*. It. *contrefait en* *France*. Mde. *de Motteville* n'avoit écrit ces Mémoires que pour sa propre satisfaction, sur ce qu'elle avoit entendu dire à cette Princesse, & sur ce qu'elle avoit appris d'ailleurs, sans s'embarrasser du style, ni de l'arrangement. Une autre personne a remanié l'ouvrage; mais il auroit pû mieux faire. On y trouve quelques particularités interessantes & assez curieuses qu'on ne trouve point ailleurs. Mais on y a mal-à-propos, pour le grossir, inseré bien des morceaux de l'Histoire generale, qui se trouvent partout, & qu'on ne demandoit point. D'ailleurs il y a trop de moralités qui interrompent le discours, & en font perdre la suite. Le P. le Long s'est trompé quand il a parlé des Mémoires de Mde. *de Motteville* comme d'un ouvrage imprimé *in* 12. en 1717. à *Amsterdam*, puisqu'il est certain que l'édition de 1723. est la premiere. Il nomme aussi mal cette Dame, *Bertrand*, puisqu'elle s'appelloit *Bertaud*.

V. son éloge dans le *Journal des Savans de May* 1724.

FREDERIC FREZZI.

FREDERIC FREZZI nâquit à *Fo-* F. FREZ-
ligno Ville d'Ombrie. Il entra ZI.
dans l'Ordre de S. Dominique, &
s'y fit paffer Docteur en Theologie.
Il paroît que les Belles Lettres, la
Philofophie, & la Théologie ne l'a-
voient pas uniquement occupé, mais
qu'il s'étoit auffi appliqué au droit
civil & canonique, & que fon habileté en cette derniere fcience étoit
bien connuë; puifque l'on a encore
des actes, par lefquels on lui ren-
voyoit la decifion de plufieurs differens confiderables, avant même
qu'il fût Evêque.

Le Pape *Boniface IX.* inftruit de
fon merite & de fon attachement
pour fon parti, lui donna le 17. Octobre 1403. l'Evêché de *Foligno* va-
cant par la mort d'*Onufre Trinci.*

Ce fut en qualité d'Evêque de
cette Ville qu'il alla en 1409. au
Concile de Pife, & qu'il affifta enfuite à celui de Conftance.

Il mourut dans cette derniere Vil-

F. FREZ-
ZI.

le en 1416. *Jacobilli* qui dans son Catalogue des Ecrivains de l'Ombrie le fait mourir à *Foligno* le 2. Janvier 1417. est le seul de son sentiment, qui n'est nullement probable, puisqu'il n'est pas croyable que *Frezzi* eut ainsi abandonné le Concile dans le tems que l'on en avoit conçu les plus belles esperances, pour le rétablissement de la paix dans l'Eglise.

Mais ce n'est pas là la seule erreur où *Jacobilli* soit tombé à son égard. Voici comment il s'exprime par rapport à ses Ouvrages. *Edidit*, dit-il, *Quatriregium sententiarum gravitate refertum, & de cursu vitæ humanæ carmine materno. Bononiæ anno 1494. in fol. Item quatuor libros Regum idiomate Italico.* *Jacobilli* attribue par ces paroles deux ouvrages à *Frezzi*, & cependant il est sûr qu'il n'en a fait qu'un, qu'il a couppé en deux, parce qu'il ne le connoissoit pas. Le P. *Echard* dans sa Bibliotheque des Auteurs de l'Ordre de S. Dominique a aggravé cette faute assez mal-à-propos, lorsqu'il a dit que *Jacobilli* n'ayant point vû l'ouvrage de de *Frezzi* s'eſt imaginé par le titre, que c'étoit un Commentaire ſur les quatre livres des Rois, ce que *Jacobilli* ne dit en aucune maniere. Le P. *Echard* s'eſt trompé auſſi en mettant la premiere édition du *Quatriregio* en 1511. celle-cy étant la ſixiéme.

La premiere a été faite à *Perouſe in ſol.* & en deux colonnes, de même que les cinq ſuivantes, en 1481. Le titre qui eſt mêlé de Latin & d'Italien ſuivant l'uſage du tems eſt conçu en ces termes : *Incomincia el libro intitulato Quatriregio del decurſu della vita humana, di meſſer Federico Fratre dell' Ordine de Sanċto Dominico eximio maeſtro in ſacra Theologia, & ja Veſcovo della citta de Foligni. Divideſi in quaċtro libri partiali ſecundo quaċtro Regni. Nel primo ſe tratta del Regno de Nio Cupido nel ſecundo del Regno de Sathan. Nel tertio de Regno delli vitii. Nel quarto & ultimo del Regno de Dea Minerva & de virtu.* Cette édition qui eſt fort rare auſſi-bien que les ſuivantes étoit à la Bibliotheque de M. *Bigot*, accompagnée de notes manuſcrites.

La 2ᵉ, qui eſt la meilléure des anciennes a été faite à *Boulogne* en 1494.

Tome VII. N

T. FREZ- *in fol.* Elle porte le même titre que
ZI. la premiere , & que les suivantes ,
qui y ont changé seulement quelque
chose dans l'ortographe.

La 3. est de *Venise* 1501. *fol.* La 4.
& la 5. ont été faites à *Florence*;
l'une en 1508; pour ce qui est de
l'autre, l'année n'y est point marquée.

Enfin la 6. est celle de *Venise* de
l'an 1511. que le P. *Echard* a citée ;
c'est la plus mauvaise & la plus fau-
tive de toutes ; elle ne l'est pas nean-
moins tant qu'on le jugeroit par le
dernier vers qui en est rapporté dans
la Bibliotheque Dominicaine , de
cette maniere, où il n'y a aucun sens.
Sere Dio mio , & di che al tonitru.
Au lieu qu'il y a dans le livre même :
Sara Dio mio el di che ad te ritorni.

Malgré ces six éditions faites dans
l'espace de trente ans, cet Ouvrage
étoit devenu si rare , que peu d'Auteurs le connoissoient , & que non
seulement *Maittaire* , mais encore
plusieurs Italiens qui ont fait l'Histoire de l'Imprimerie , les ont toutes
ignorées , & n'ont fait aucune mention de l'Ouvrage. C'est ce qui a engagé les Academiciens de *Foligno* de
le donner de nouveau au public sous

ce titre, qui fera connoître le mérite de leur édition qui eſt la meilleure de toutes

T. FREZ-ZI.

Il Quadriregio, ò Poëma de quatro Regni di Mr. Federico Frezzi, corretto, è col.'ajuto d'antichi codici Mſſ. alla ſua vera lettione ridotto. Con le annotazioni del P. M. Angelo Guglielmo Artegiani Agoſtiniano, le oſſervazioni Iſtoriche di Guiſtiniano Pagliarini, e le Dichiarazioni di alcune voci di Giovane Batiſta Boccolini. Aggiuntavi in fine la diſſertatione apologetica del P. Don Pietro Canneti Abate Camaldoleſe, intorno allo ſteſſo Poëma, e al ſuo vero Autore. In Foligno 1725. in 4°. 2. tomes. ＊ L'ortographe de cette édition eſt fort differente de celle des autres, & elle approche beaucoup plus de celle qui eſt en uſage à preſent parmi les meilleurs Auteurs Italiens.

＊*Ce Livre ſe trouve à Paris chez Briaſſon.*

Quoique ce Poëme ait eu d'abord une grande reputation, on en a dans la ſuite tellement oublié l'Auteur, qu'on l'a attribué à differentes perſonnes; mais le P. *Cannetti* fait voir qu'il eſt inconteſtablement de *Frezzi*. Il y a des choſes fort inſtructives, & la plûpart de ceux qui en ont parlé, l'ont mis immediatement aprés le

N ij

T. FREZ-
ZI.

Poëme du *Dante*, auquel il n'est
guéres inferieur.

Comme il est peu connu, j'en
donnerai ici un morceau qui fera
connoître le stile de l'Auteur, &
la maniere dont il traite son sujet.
Il est tiré du chapitre 10 du deuxiéme Livre, où il est parlé des maux
que l'homme se cause à lui même
par les differentes idées qu'il se forme
des choses.

Voi che Salite al secondo Reame, (a)
   Entrate qui per questa porta infer-
    na,
Che Sempre aperto tiene il suo serrame
Dentro vi sa la via una Caverna,
   La qual salendo sette miglia gira;
Ove nullo è, che chiaro Occhio dis-
   cerna.
Questa conduce al loco, ove Martira
   L'vomo se stesso, e di se sa ven-
    detta;
   E fassi il colpo, onde piange, e sos-
    pira.
Vista che avemmo la Scrittura e letta,
   Entrammo la Caverna alla man
    destra.

(a) Ces paroles étoient écrites sur une
porte.

Per una via oscura, ed anco stretta. **T. Frez**
Ma dietro all'Orme della mia Ma- zi.
    estra (b)
  Jo sempre andai, e per un sasso sesso
  Uscimmo fiora a guisa di finestra.
E su nell'Aere alquanto a noi appresso
  Vidi una Donna alata, e transmu-
    tarse
  In diverse figure spesso spesso.
Grande come Gigante prima apparse;
  Poi piccola si fece, e lieta, trista;
  Giovene, e Vecchia poi la vidi farse.
Chi se'? gridai, che piu cambi la
    vista
  Che Acchilogo, e nullo essere vero
  Par che'n te sia, ovver che'n te
    persista.
La falsa Opinion son del pensiero,
  Disse volando; e questo loco tegno,
  Ov'io dimostro il bianco per lo nero.
Qui sta la Fantasia, qui sta lo Sdegno,
  Speranza, Amor, Timor, e Alle-
    grezza,
  Sospizion, Resia sta in questo Regno.
Jo fo povero alcun nella richezza;
  E so la povertà allegra tanto,
  Ch'alcun la porta, e nulla n'ha gra-
    vezza.
(b) Minerve qui le conduisoit.

T.FREZ-
ZI.

Si come avvien, che'n poverta alquanto
    Egual son due ; e l'un non se ne
      cura,
    E l'altro si lamenta, e fa gran
      pianto.
Se da se fosse quella soma dura,
    Alli due pazienti egual seria,
    Se l'operante è di simil natura.
Opinion, ovver la Fantasia
    Per l'aer se n'ando movendo l'ale
    E mutava sembianti tuttavia.
Quella è la grave peste, e'l grave
    male,
    Disse Minerva a me, quella è Ca-
      gione
    Di molto duol, che l'Uom nel
      mondo assale.
S'alcuno è ricco, e la sua opinione
    A questa verità li contradice,
    Egli se stesso in povertà ripone.
Nessun puo esser'in stato Felice,
    Se a quello non concorre il suo pa-
      rere,
    Come concorre al frutto sua radice.
Come la Frenesia, che fa vedere
    Un per un'altro, e'l vin quando u-
      briaca
    Non lassa ben veder le cose vere;
Cosi tre passion, che son la raica

Di tuta vizi ; il troppo Amore , **T. FREZ-**
  e ſpeme,   **ZI.**
E'l timor anco all'Uom la mente
    opaca.
Per queſte tre , quando ſon troppe ,
    aviene
  Che ſi diſvia , ed erra l'intelletto
  Tanto che'l ver non puo conoſcer
    bene.
Come ſa alcun , che ha il palato in-
    fetto ,
  Che guſta il dolce , e parli che ſia
    amaro ,
  E giudica in contrario il proprio
    obbietto.
Altramente il ſuperbo, ovver l'avaro
  Eſtima alcuna coſa , ed altramente
  L'animo buono , e di vertu pre-
    claro.
  Secondo l'età , coſì la gente
  Credon le coſe , ed altramente ſti-
    ma
  Chi porta l'Odio , che chi d'amor
    ſente.
La puerizia , ovver l'etade prima
  Errando crede , che ſolazzo , e gioco
  Tra tutti i beni ben ſovran tenga la
    cima.
E , poiche quell'età tramuta loco ,
                N iiij

Dietro all'amor ne va l'adoles-
cenza,
E i ladi già passati stima poco.
Nell'età terza, c'ha più conoscenza,
Reputa i giochi e l'amor esser vano,
E solo stima onore, ed eccellenza.
Poi nella quarta età dal capo cano
S'avvede ch'ogni età era ingannata;
E pone all'avarizia allor la mano.
Se, quando è su la morte, addietro
guata,
Il Cammin della vita, il qual è ito,
Gli pare un'ombra, o cosa non mai
stata.
Svegliasi, quando del modo è partito;
E vede ciò, c'ha tempo, esser meno
sogna,
Rispetto all'eternal, che è infinito.
Sì come spesso avvien, quando alcun
sogna,
Che, mentre dorme, gli par mani-
festo,
Aver dell'oro in man quanto bisog-
na,
E, quando torna in sè, e ch'egli è
desto,
E qui si scorna, e dice nel suo
cuore:
Oimè, Oimè! perche non fu ver
questo?

Coſi l'anima umana , quando e fuore   T. FREZ-
   Della ſua carne , allor'ella com-   ZY.
     prende ,
Che'l mondo ȝè ſogno, e conoſce il ſuo
     errore.

V. La Diſſertation Apologeti-
que de *Canneti* , & le P. *Echard* Bibliotheque des Dominicains.

JEANFRANC,OIS NICERON.

JEAN FRANC,OIS NICERON   J. F. N1-
nâquit à *Paris* l'an 1613. Aprés   CERON.
avoir fait ſes études avec un ſuccés
qui fit concevoir de lui de grandes
eſperances ; il entra dans l'Ordre
des Minimes, où il fit Profeſſion en
1632 âgé de 19 ans. On lui avoit
donné au batême le nóm de *Jean,*
mais comme il avoit chez les Minimes un Oncle paternel qui le portoit, on y ajoûta, pour le diſtin-
guer de lui, celui de *François.*

La diſpoſition & le goût qu'il
avoit pour les Mathematiques ſe
déclarerent de bonne heure. Il commença à s'y appliquer en faiſant ſa
Philoſophie, & il s'y livra tout en-

tier, autant que ses autres occupations le lui permettoient, lorsqu'il
eut fini sa Théologie.

Toutes les parties de cette science
ne l'occuperent pas cependant, il se
borna à l'Optique, & n'apprit des
autres que ce qui lui étoit necessaire pour se rendre parfait dans celle-ci. On voit encore dans plusieurs
Maisons où il a demeuré, & principalement dans celle de *Paris*, des
morceaux excellens, qui font connoître son habileté en ce genre, &
qui font regretterqu'une plus longue
vie ne lui ait pas laissé le temps de
la pousser jusqu'au point où elle
pouvoit aller.

On sera au reste surpris qu'il ait
été si loin au milieu des occupations, & des voyages qui l'ont dis-
trait pendant le peu de temps qu'il
a vêcu. Il marque lui même dans la
Préface de son *Thaumaturgus Opticus*, qu'il fit deux fois le voyage de
Rome, que de retour en sa patrie,
on lui fit regenter la Théologie,
& qu'il fut choisi ensuite pour servir de compagnon au *P. François de
la Noüe*, Vicaire General de l'Or-

dre dans la visite des Couvens de toute la France. Mais on trouve toûjours du temps pour ce qui fait plaisir ; la passion qu'il avoit pour l'étude, lui faisoit menager les moindres momens qu'il avoit de libres, pour s'y appliquer, & cette sage économie lui en fournissoit assez pour se satisfaire.

Que ne devoit-on point attendre de lui avec ces heureuses dispositions ? Mais le Seigneur en disposa autrement. Car étant tombé malade à Aix en Provence, il y mourut le 22 Septembre 1646, n'étant encore âgé que de 33 ans.

Monconis, qui dans ses voyages visitoit les principaux Savans des lieux où il passoit, rapporte qu'il fut curieux de le voir lorsqu'il se trouva à *Aix* ; mais qu'il étoit alors à l'extremité, & qu'il mourut peu de temps après.

Catalogue de ses Ouvrages.

1°. *L'Interpretation des Chiffres, ou Regle pour bien entendre & expliquer facilement toutes sortes de chiffres simples, tirée de l'Italien du sieur Antoine Maria Cospi, Secretaire du*

J. F. NI-
CERON.

J.F. NI-
CERON.

Grand Duc de Toscane. Augmentée & accommodée particulierement à l'usage des Langues Françoise & Espagnole. Paris. 1641 *in* 8°. *pp.* 90 Ce Livre est rempli de fort bons préceptes sur la maniere de déchiffrer les Ecritures cachées, & ce fût ce qui engagea le P. *Niceron* à le traduire en François.

2°. La *Perspective curieuse, ou Magie Artificielle des effets merveilleux de l'Optique par la vision directe, de la Catoptrique par la Reflexion des Miroirs plats, Cylindriques & Coniques, de la Dioptrique par la refraction des cristaux.* Paris. 1638 *in fol.* Ce n'est qu'un essai de l'Ouvrage suivant.

3°. *Thamaturgus Opticus, sive admiranda Optices, Catoptrices, & Dioptrices. Pars* 1ª. *De iis quæ spectant ad visionem directam. Pariſ.* 1646 *in fol.* Le P. Niceron marque qu'il y avoit déja six ans qu'il avoit commencé cet Ouvrage, mais que d'autres occupations l'avoient empêché de le finir. Il devoit y avoir deux autres parties, mais sa mort arrivée la même année l'a empêché de les donner.

CHARLES DE SAINT EVREMOND.

Harles DE SAINT DENIS, CHAR-
ſieur *de Saint Evremond*, nâ- LES DE S,
quit à *Saint Denis le Guaſt*, terre à EVRE-
trois lieües de *Coutance* dans la Baſſe MOND,
Normandie le 1. Avril 1613. de
Charles de S. Denis & de *Charlotte*
de Rouville, tous deux de la meilleure Nobleſſe de Normandie.

Coinme il étoit cadet, on le deſ-
tina à la Robbe, & on l'envoya
dés l'âge de neuf ans à *Paris* pour
y faire ſes études. En quatre ans
qu'il étudia au College des Jeſuites
il fit ſes Humanitez & ſa Rhetorique. Il alla enſuite à *Caen* pour
y faire ſa Philoſophie, mais il
n'y demeura qu'un an, & il revint
à *Paris*, où il l'étudia encore une
année au College de Harcourt.

Dés qu'il eut achevé ſa Philoſophie, il commença l'étude du
Droit : mais ſoit que ſes parens euſ-

sent alors d'autres vûes, soit que son inclination le portât du côté des armes, il quitta cette étude, après s'y être appliqué un peu plus d'un an, & fut fait Enseigne, ayant à peine seize ans accomplis.

Après avoir servi deux ou trois campagnes, il obtint une Lieutenance, & on lui donna une Compagnie après le Siege de *Landrecy* en 1637.

Les armes n'empêcherent pas M. de *Saint Evremond* de cultiver la Philosophie & les Belles Lettres, il leur donnoit tout le tems qu'il pouvoit avoir libre, & s'en faisoit un agréable amusement.

Il se trouva au Siege d'*Arras* en 1640. & l'année suivante il entra dans la Cavalerie ; ce qui lui fournit de nouvelles occasions de se distinguer. M. le Duc d'*Enguien* fut si charmé de sa conversation, qu'il lui donna la Lieutenance de ses Gardes, afin de l'avoir toûjours auprès de lui. Ce jeune Prince avoit beaucoup de penetration, & aimoit les Belles Lettres. Il souhaitta que M. de *Saint Evremond* assistât à ses lectures, & M. de *Saint Evremond* n'oublia rien pour les lui rendre agréables & inſtructives.

Après la campagne de *Rocroy,* c'eſt-à-dire en 1643. il fit une eſpece de Satyre contre l'Academie Françoiſe, qu'on publia en 1650. ſous le titre de *Comedie des Academiſtes pour la Réformation de la Langue Françoiſe.* Elle avoit couru longtems manuſcrite, & l'on s'étoit donné la liberté d'y ajoûter, ou d'en retrancher ce qu'on avoit jugé à propos, de ſorte que quand elle fut imprimée, M. de *S. Evremond* ne s'y reconnoiſſoit plus. *Cette piece,* dit M. *Pelliſſon* dans ſon Hiſtoire de l'Academie Françoiſe, *quoique ſans art & ſans regles, & plûtôt digne du nom de Farce, que de celui de Comedie, n'eſt pas ſans eſprit, & a des endroits fort plaiſans.* Elle eſt devenue extrêmement rare ; mais M. *desMaizeaux* l'a redonnée au public, telle qu'elle eſt ſortie des mains de M. de *Saint Evremond* à la tête du Recueil de ſes Œuvres.

M. de *Saint Evremond* fit la Campagne de *Fribourg* en 1644. & l'an-

née suivante il se trouva à la ba-
taille de *Nortlingue*, & il y fut dange-
reusement blessé au genoüil gauche,
Son sort fut incertain pendant six
semaines, & la bonté de son tem-
perament ne contribua pas moins
sa guerison, que l'habileté des Chi-
rurgiens. Trente ans après sa play
se r'ouvrit à *Londres*, mais elle fu
si bien traitée, qu'il ne lui en e
jamais resté d'autre incommodité,
que celle d'avoir cette jambe plus
foible que l'autre.

Après la prise de *Furnes* en 1646.
le Duc d'*Enguien* qui avoit beaucoup de confiance en lui le choisit
pour en porter la nouvelle en Cour,
& comme il souhaittoit faire le Siege de *Dunkerque*, il le chargea d'en
faire la proposition au Cardinal
Mazarin, & de regler avec lui tout
ce qui étoit necessaire pour l'execution de ce grand projet. M. de
Saint Evremond sçut si bien menager l'esprit de ce Ministre, qu'il le
fit consentir à tout ce que le Duc
d'*Enguien* souhaittoit.

Quelque tems après il composa
trois petits Ouvrages à l'occasion
de

C. DE S.
EVRE-
MOND.

de quelques converſations qu'il avoit eues avec ſes amis. Ce ſont des Reflexions ſur les maximes ſuivantes : *Que l'Homme qui veut connoître toutes choſes ne ſe connoît pas lui-même; qu'il faut mépriſer la fortune, & ne ſe pas ſoucier de la Cour; qu'il ne faut jamais manquer à ſes amis.* On imprima ces trois pieces à *Paris* en 1668. mais toutes changées. Il a rétabli les deux premieres, & M. *des Maizeaux* les a inſérées dans le premier tome de ſes Œuvres.

M. de *Saint Evremond* perdit en 1648. la Charge qu'il avoit auprès du Prince de *Condé*; car c'eſt ainſi que ſe nommoit le Duc d'*Enguien* depuis la mort de ſon pere. Ce Prince ſe plaiſoit à chercher le ridicule des Hommes, & il s'enfermoit ſouvent avec le Comte de *Mioſſens*, & M. de *Saint Evremont* pour partager avec eux ce plaiſir. Un jour comme ils ſortoient d'une de ces converſations ſatyriques, il échappa à M. de *Saint Evremond* de demander à M. de *Mioſſens*, s'il croyoit que M. le Prince, qui aimoit ſi fort à découvrir le ridicule

Tome VII. O

C. DE S.
EVRE-
MOND.

des autres, n'eut pas lui-même le sien, & ils convinrent que cette paffion de chercher le ridicule des autres, lui en donnoit un d'une efpece toute nouvelle. Cette idée leur parut fi plaifante, qu'ils ne purent réfifter à la tentation de s'en divertir avec leurs amis. M. le Prince en fut informé, & leur donna bientôt des marques de fon reffentiment. Il ôta à M. de *Saint Evremond* la Lieutenance de fes Gardes, & ne voulut plus avoir de liaifons avec M. de *Mioffens.*

M. de *Saint Evremond* alla en Normandie en 1649. pour voir fa famille. M. *de Longueville*, qui s'étoit déclaré contre le Cardinal *Mazarin* n'oublia rien pour l'engager dans fon parti, & lui offrit le Commandement de l'Artillerie, mais il le refufa conftamment, & fit à cette occafion la Piece Satyrique intitulée: *Retraite de M. le Duc de Longueville dans fon Gouvernement de Normandie.* Cette Satyre qui fe trouve dans le premier tome de fes Œuvres plût fi fort au Cardinal *Mazarin*, que dans fa derniere mala-

die, il engagea pluſieurs fois M. de
Saint Evremond à lui en faire la
lecture.

L'année ſuivante il ſuivit la Cour
au *Havre-de-Grace*, & il eut dans
ce voyage avec le Duc de *Candale*
cette longue *converſation* qu'il a
écrite dans la ſuite, & où il a mêlé
aux conſeils judicieux qu'il donnoit
à ſon ami le portrait des Courti-
ſans, avec qui il avoit le plus de
liaiſon. Cette piece fait voir la connoiſſance qu'il avoit de la Cour,
ſon habileté à peindre les hommes,
& la maniere fine & délicate dont
il ſavoit s'inſinuer dans leur eſprit.

Un jour que le Duc de *Candale*,
le Comte de *Palluau*, le Comte de
Moret, M. de *Saint Evremond*, &
cinq ou ſix autres avoient ſoupé
enſemble, & ſe trouvoient de bonne
humeur, ils firent le plan d'une Satyre contre le Duc de *Beaufort*,
qu'ils appellerent l'*Apologie de M.
le Duc de Beaufort contre la Cour,
la Nobleſſe & le Peuple.* Chacun
fournit ce qu'il croyoit le plus capable de le rendre ridicule ; & on
chargea M. *Girard*, Auteur de la

C. DE S. vie du Duc d'*Epernon*, de rediger
EVRE- le tout par écrit. Cet ouvrage a été
MOND. mal-à-propos donné à M. de *Saint*
Evremond. On l'a inferé dans le mé-
lange des meilleures pieces qu'on
lui a attribuées.

La Guerre civile ayant commencé peu de tems après en 1652. le
Roi qui connoiſſoit ſon merite &
ſa bravoure, & qui ſavoit qu'il avoit
toûjours refuſé de prendre parti contre la Cour, le fit Maréchal de Camp
par un Brevet du 16. Septembre
de cette année, & lui donna le lendemain une penſion de 3000. livres.
Il ſervit ſous le Duc de *Candale*
dans la guerre de Guyenne ; mais
le Cardinal *Mazarin* l'ayant ſoup-
çonné d'avoir donné à ce Duc
des conſeils contraires à ſes volontez, lorſqu'on parla d'accomme-
dement, le fit mettre à la Baſtille,
où il demeura trois mois. Lorſqu'il
en ſortit, ce Cardinal qu'il alla re-
mercier de ſon élargiſſement, lui
dit fort obligeamment, *qu'il étoit per-*
ſuadé de ſon innocence, mais que dans
le poſte qu'il occupoit on ſe trouvoit
obligé d'écouter tant de choſes, qu'il

étoit bien difficile de distinguer le vrai C. DE S.
du faux ; & de ne pas maltraiter quel- E V R E-
quefois un honneste homme. MON D.

M. de *S. Evremond* fervit en Flandres l'année fuivante 1654. & ce fut
dans ce temps là que dinant chez le
Maréchal *d'Hoquincourt*, il fut témoin de fa converfation avec le P.
Canaye, Jefuite, qui avoit la direction de l'Hôpital de l'Armée du Roi.
Il trouva cette converfation fi plaifante qu'il l'écrivit quelque temps
après: elle fe trouve dans le 2. Tome
de fes œuvres.

La Reine *Chriftine* qui vint à *Paris* en 1656. y fit bientôt le fujet de
toutes les converfations ; on ne parloit que de fon abdication, de fon
favoir & de fes manieres, & l'on en
portoit des jugemens fort differens.
Ces converfations produifoient quelquefois des fcenes affez plaifantes.
Telle fut la difpute qu'il y eut un
jour entre le Comte de *Bautru*, le
Commandeur de *Jars*, & l'Evêque
du Mans. M. de S. Evremond, qui
y étoit prefent la trouva fi finguliere,
qu'il en fit une relation qu'on lit dans
le premier Tome de fes Œuvres.

C. DES. Dans le même temps, qui étoit le
EVRE-regne des Précieuses, il fit contre
MOND. elles une espece de satyre, intitulée
le Cercle. Elle se trouve au même
endroit.

En 1657. il se battit en duel contre
le Marquis de *Fore*. Quoiqu'il eut
pris toutes les précautions possibles
pour tenir cette affaire secrette, elle
ne laissa pas d'être sçûë à la Cour; ce
qui l'obligea de se retirer à la campagne, jusqu'à ce que ses amis eussent
obtenu son pardon. Il fit apparemment dans ce temps là le *Discours sur
les plaisirs*, inseré dans le 1. tome de
ses œuvres.

Le Duc de *Candale* étant mort en
1658. M. de *S. Evremond* vivement
touché de la perte d'un si bon ami,
fit sur lui un Elegie qu'on peut voir
dans le même volume.

Il servit en Flandres, jusqu'à la
Suspension d'Armes entre la France
& l'Espagne. Il suivit ensuite en
1659. le Cardinal *Mazarin*, lorsqu'il
alla traiter la Paix avec *D. Louis de
Haro* Ministre & Plenipotentiaire
d'Espagne. Il avoit promis en par-
tant au Marquis de *Crequi*, depuis

Marêchal de France, de l'inſtruire C. DE Sᵗ
exactement du détail & du ſuccès E v R E-
des conferences qui devoient ſe tenir M. O. N D.
à ce ſujet, & ſon exactitude à tenir
ſa parole lui coûta cher dans la ſuite.

Il ſe perſuada que le Cardinal *Ma-*
zarin, en faiſant la paix, avoit plus
ſongé à ſes interêts particuliers qu'à
ceux de l'Etat, & que la Paix pouvoit
être beaucoup plus avantageuſe &
glorieuſe, & il en dit librement ſon
ſentiment à M. de *Crequi* dans une
longue Lettre, qu'il lui écrivit, où il
raille le Cardinal d'une maniere ſpirituelle & maligne.

Cette Lettre fut cauſe de ſa diſ-
grace & de ſa retraite lorſqu'elle eut
été trouvée à l'occaſion que je vais
dire. Le Roi étant parti pour aller
en Bretagne quelques jours avant
qu'on arretât M. *Fouquet*, M. de
S. Evremond, qui avoit été nommé
pour être du voyage, laiſſa avant
que de partir à Madame du *Pleſſis-*
Belliere une caſſette où entre autres
choſes étoit cette Lettre fatale. Dès
que M. *Fouquet* eut été arrêté, on
mit le ſcellé chez toutes les perſonnes,
qu'on crut avoir eu part à ſa confi-

C. DE S.
E V R E-
M O N D.

dence. Madame du *Plessis-Belliere*, qui étoit amie du Surintendant ne fut point oubliée. On trouva chez elle la cassette de M. de *S. Evremond* & la Lettre sur la Paix des Pyrenées, qui n'avoit été jusques-là communiquée qu'à deux ou trois personnes.

Cette Lettre fut luë au Roi par des personnes à qui la reconnoissance rendoit chere la memoire du Cardinal, & qui n'oublierent rien pour l'indisposer contre M. de *S. Evremond*. Leurs discours firent impression sur l'esprit de ce Prince, & il ordonna que M. de *S. Evremond* fût mis à la Bastille.

Il étoit allé voir le Marêchal de *Clerembault* à la campagne, sans avoir aucun soupçon de ce qui se passoit. Mais M. de *Gourville*, ayant appris qu'on avoit donné ordre de l'arrêter, & sçachant qu'il revenoit à Paris avec M. de *Clerembault* lui envoya un homme en poste pour l'en avertir. Cet homme le joignit dans la Forêt d'Orleans, & sur cet avis il se retira en Normandie. Après s'y être tenu caché pendant quelque temps, il s'approcha secrettement des Forêtieres & resolut enfin de passer en
Hollande

Hollande où il arriva fur la fin de
l'année 1661.

Il avoit trop d'amis en Angleterre,
où il avoit fait un voyage l'année
d'auparavant avec le Comte de *Soif-*
fons , qui y avoit été complimenter
le Roi *Charles* II. à l'occafion de fon
rétabliffement fur le Trône de fes
ancêtres, pour fe fixer en *Hollande.*
Il paffa donc dans ce Royaume, où il
fut auffi bien reçû qu'il l'avoit été la
premiere fois. Il renouvella fes anciennes connoiffances & en fit de
nouvelles ; mais ceux à qui il s'attacha plus particulierement furent les
Duc de *Buckingham* M. & *d'Aubigny.*
Ils fe voyoient prefque tous les jours,
& leur converfation rouloit fouvent
fur les Pieces de Théatre. Ce qui
donna occafion aux Reflexions qu'il
a faites fur les Tragedies & les Comedies Angloifes, dans quelques-uns
de fes Ouvrages. Ils firent même enfemble une Piece intitulée : *Le pré-*
tendu Politique , dont chacun fournit
fa part des caracteres, & à laquelle
M. de *S. Evremond* donna la forme.
On la voit dans le Tome 2. de fes
Oeuvres.

Tome VII. P

C. D E S.
E V R E-
M O N D.

Il eut en 1663. avec M. *d'Aubi-*
gny une *conversation* sur le Jansenis-
me qu'il écrivit ensuite , & qui est
imprimée à la suite de celle du Marêchal *d'Hoquincourt* avec le P. *Ca-*
naye.

Dans ce temps là un de ses amis
lui ayant demandé *à quelles sciences*
il croyoit qu'un honnête homme put s'ap-
pliquer, il lui envoya un petit discours
où il réduit son étude à la Morale ,
à la Politique , & aux Belles Lettres.
Il se trouve dans le 1. Tome. Il fut
d'abord imprimé avec quelques Sa-
tyres de M. *Despreaux* sous ce Titre:
Recueil contenant plusieurs discours li-
bres & moraux en vers , & un Juge-
ment en Prose sur les Sciences où un hon-
nête homme peut s'occuper. 1666.

Les Reflexions sur les divers genies
du peuple Romain, que M. de *S. Evre-*
mond écrivit ensuite , lui méritèrent
l'applaudissement du Public , & ont
même obtenu une espece de préference sur tous ses autres Ouvrages.
Elles sont dans le 2. Volume. C'est
dommage qu'il se soit perdu presque
la moitié de cette Piece.

Il écrivit aussi dans le même temps

le Jugement ſur *Ceſar* & ſur *Alexan-*
dre, & le *Jugement ſur Seneque, Plu-*
tarque & Petrone. (Tome 2.)

En 1665. il lui ſurvint des vapeurs,
qui le jetterent dans une eſpece de
mélancolie, & qui l'affoiblirent beaucoup. Le ſeul moyen de guérir étoit
de changer d'air, & on lui conſeilla
d'aller faire un tour en *Hollande.* Il
eut d'autant moins de peine à prendre ce parti, que l'on commençoit
déja à ſe reſſentir, à *Londres* de l'in-
fection de l'air, qui cauſa peu après
la plus furieuſe peſte, qu'on ait jamais
vuë en Angletetre.

Il fut bientôt connu des perſonnes
les plus diſtinguées de la Hollande,
avec qui il forma des liaiſons particulieres. Il vit auſſi quelques Savans
& quelques Philoſophes celebres
qui étoient alors à la Haye, & principalement *Heinſius, Voſſius,* & *Spi-*
noſa.

Un Charlatan qui parut en Angleterre, & qui prétendoit guerir les
Maladies par le ſeul toucher, lui
donna alors occaſion d'écrire une
nouvelle intitulée *le Prophete Irlandois,*
où il raille finement la credulité du

C. DES. peuple, & l'esprit de superstition;
E V R E- (Tom. 2.).
M O N D.

Il se divertit aussi dans le même temps à faire le *Portrait de la femme qui ne se trouve point*, ou plûtôt à donner *l'idée d'une personne accomplie*, (Tom. 2.)

Quelques conversations qu'il eut avec *Vossius*, lui firent naître le dessein de jetter sur le papier des *observations*, qu'il avoit fait sur *Salluste* & sur *Tacite*, & il les addressa à *Vossius* qu'il appelloit son *Ami de Lettres*. [Tom. 2.]

Il fit encore pendant son séjour en Hollande une *Dissertation sur l'Alexandre le Grand, Tragedie de M. Racine*, (Tom 2) & trois petits discours sur *l'interest sale & vilain*, sur la *vertu toute pure*, avec le *sentiment d'un homme qui fait le temperamment*, & qui tire de l'un & de l'autre ce qui doit entrer *dans le commerce*. (Tom. 3.)

Sa vivacité naturelle ne lui permit pas de demeurer long-temps sédentaire dans un Pays où les divertissemens sont rares; il forma le dessein de voir la Flandre. Il fit quelque

des Hommes Illustres. 173

séjour à Breda où l'on négocioit la
Paix entre l'Angleterre & la Hollande. Il alla ensuite aux Eaux de
Spa, & de là à *Bruxelles*. En retour-
nant à la *Haye* il passa à *Liege*, & ce
fut là qu'il connut M. *Sluse*, Chanoine de *S. Lambert*, si celebre par
la grande connoissance qu'il avoit du
Droit & des Mathematiques.

M. de *S. Evremond* de retour en
Hollande ne songeoit qu'à y passer
tranquillement le reste de ses jours,
lors que M. le Chevalier *Temple* lui
rendit des Lettres du Comte d'*Ar-
lington*, qui lui apprenoit que le Roi
Charles II. souhaittoit qu'il retour-
nât en Angleterre.

Sur cet avis il repassa la Mer, &
le Prince lui donna une pension de
trois cens livres sterling.

Les bons traitemens qu'on lui faisoit en Angleterre ne lui firent pas
cependant oublier sa Patrie. Il auroit
fort souhaitté de revenir en France,
& il fit en differens temps des ten-
tatives pour cela ; mais elles ne purent jamais réussir, & le Roi lui en
refusa toûjours la permission.

M. le Marêchal de *Crequi* lui de-

P iij

C. DE S. EVREMOND.

C. D E S. manda alors *en quelle situation étoit*
E V R E- *son esprit, & ce qu'il pensoit sur toutes*
M O N D. *choses dans sa vieillesse,* & il lui répondit par un discours contenant
des réflexions sur les differentes si-
tuations de l'esprit de l'homme par
rapport à ses differens âges , sur la
lecture & le choix des Livres, sur
la Poësie, sur quelques Ouvrages
Espagnols, Italiens & François, sur
la conversation, sur les Belles Lettres & la Jurisprudence & sur la Religion. (Tom. 3.) De tous les Ouvrages de M. de S. Evremond , il
n'y en a point où il se soit mieux dé-
peint que dans celui ci. On y découvre tout à la fois le Courtisan, l'homme de Lettres , le Philosophe , & le
Theologien. On y trouve la beauté
du genie , la délicatesse du goût , la
justesse du discernement,

Mademoiselle de *Querouaille* depuis Duchesse de Portsmouth ,
étant passée en Angleterre en 1671.
M. de *S. Evremond* lui adressa un
Problême , à l'imitation des Espagnols, où il demande *lequel nuit le*
plus au bonheur de la vie des femmes,
ou de s'abandonner à tous les mouve-

mens de la passion, ou de suivre tous C. DES.
les sentimens de la vertu , & si leur E v R E-
abandonnement est suivi de plus de M O N D.
maux , que la contrainte ne leur ôte
de plaisirs. (Tom 3.)

L'année suivante 1672. M. de *S.*
Evremond écrivit sur la *Tragedie an-*
cienne & moderne, (Tom. 3.) & sur
les *caracteres de Tragedies*. (Tom. 3.)

Le discours qu'il composa en 1673.
sur les Historiens François (Tom. 3.)
ne sauroit être lû avec trop de soin
par ceux qui s'attachent à écrire
l'Histoire. Il fut suivi de *Reflexions*
fort sensées *sur nos Traducteurs.*

Madame *Mazarin* passa en Angleterre sur la fin de l'année 1675. &
le Prince de *Monaco*, qui y alla dans
le même temps, conçût une violente
passion pour elle. M. de *S. Evremond*
s'apperçût bientôt qu'elle n'y étoit
pas insensible ; mais comme il savoit
le secret de son voyage , & qu'il y
prenoit même quelque interêt, il
n'oublia rien pour prevenir une liai-
son si fatale , & lui adressa pour cela
un petit *discours sur l'amitié* (Tom. 3.)

Les conversations savantes qui se
tenoient chez Me. de *Mazarin* don-

C. DE S.
E V R E-
M O N D.

nerent occasion à plusieurs Ouvrages de Mr de S. Evremond. Tels
font : la *Défense de quelques pieces de
Theatre de Mr Corneille* (tom. 4.)
les *Réflexions sur les Tragedies & sur
les Comedies* Françoise, & Espagnole, Italienne, & Angloise, &
sur les Opera, la *Comedie des Opera*,
& la *Differtation sur le mot de Vas-
te.* (tom. 3e.)

Aprés la Paix de *Nimegue* (en
1679) Mr de *S. Evremond* écrivit
au Roi une *Epitre en vers* (tom. 4.)
où il lui demande indirectement
son retour, mais cela ne produifit
encore rien.

Il compofa l'année suivante un
petit Ouvrage, où il examine pourquoi les grands hommes de l'antiquité, *Alcibiade, Agefilas, Alexandre, Scipion, Gefar*, ont eu si peu
d'attachement pour les femmes,
pendant que *Salomon* ce Roi si fage
& si éclairé a été infenfible à tous
autres charmes que les leurs. (Tom.
4.) Mde *Mazarin* fit imprimer
cette piece à Londres, & l'intitula
malicieufement *l'amitié fans amitié*,
parce que Mr de *S. Evremond* y

fait voir les defordres que produit C. DE S.
quelquefois l'amitié, & les incon-E V R E-
veniens qui refultent d'un trop MON D.
grand nombre d'amis.

Il fit en 1684 quelques *Obferva-*
tions fur le goût & le difcernement des
François, où l'on trouve, comme
dans tout ce qui eft forti de fa plume, des reflexions fort fenfées
(tom. 4e.)

Mde *Mazarin*, étant revenuë
d'une grande maladie, cette même
année, dit un jour en riant qu'elle
feroit bien aife de fçavoir ce qu'on
diroit d'elle aprés fa mort. Il n'en
fallut pas d'avantage pour engager
Mr de *S. Evremond* à faire fon Pa-
negyrique fous le titre d'*Oraifon*
Funebre (tom. 4e.) Cet Ouvrage
fut fuivi de deux petits *difcours fur*
la Religion. Dans le premier il fait
voir le malheur de ceux qui vivent
dans le doute ; dans le fecond il montre que *la Religion eft le dernier de*
nos amours, & qu'un pecheur con-
verti mêle ordinairement l'idée de
fes paffions ufées aux plus tendres
fentimens de fa dévotion (tom. 4e.)

Charles II. étant mort en 1685,

C. D E S. Mr. de *S. Evremond* perdit la pen-
E V R E- fion qu'il recevoit de ce Prince, &
M O N D. comme il ne pouvoit pas s'affurer de
la faveur de *Jacques II.* quoique ce
Prince lui eut toûjours témoigné
beaucoup de bonté, il pria fes amis
de faire de nouveaux efforts pour
obtenir fon retour en France. Mr
le Maréchal de *Crequi* lui confeilla
d'écrire au Roi, & promit de rendre fa lettre, mais elle n'eut pas plus
d'éffet que les précedentes.

Il écrivit dans ce temps là fes *réflexions fur les Poëmes des anciens &
fur le merveilleux qu'on y trouve.*
(tom. 4e.) & un petit Ouvrage, où
il avoüe que de toutes les opinions
des Philofophes touchant le fouve-
rain bien, il n'y en a point qui lui
paroiffe fi raifonnable, que celle d'*E-
picure*, qui le fait confifter dans la
volupté (tom. 4e.)

En 1686 le Comte de *Sunderlan*
propofa au Roi d'Angleterre de
créer en faveur de Mr de *S. Evremond* une Charge de Sécretaire du
Cabinet. Elle devoit confifter à écrire les lettres particulieres de ce Prince aux Princes Etrangers. *Jacques II.*

agréa la propofition , mais Mr de
S. *Evremond* ne crut pas qu'il lui
convint d'accepter cet emploi.

Le difcours qu'il compofa alors
fur la Retraite, contient plufieurs réflexions fur les défauts ordinaires
aux vielles-gens , & les raifons qui
les doivent porter à fe retirer du
monde. (tom. 4e.)

Il écrivit en 1688, une lettre à Mr
le Fevre Medecin de *Londres* , où
il donne fon jugement fur les Rela-
tions de Siam du Chevalier de *Chau-
mont* , du P. *Tachard* & de l'Abbé
de *Choifi*, & fur le Livre de *Confu-
cius*. (tom. 4e.) & une petite piece
fur Mr de *Turenne* (tom. 5e.) Il ré-
toucha auffi le parallele de ce grand
homme & de Mr le Prince, qu'il
avoit compofé en Hollande (tom.
5e.)

La révolution qui éleva en 1689
Guillaume III. fur le trône d'Angleterre , fut avantageufe à Mr de *S.
Evremond*. Ce Prince lui avoit témoigné beaucoup de bonté en Hollande , & lorfqu'il fût devenu Roi
d'Angleterre , il lui donna plus d'une
fois des marques folides de fa faveur.
Il le mettoit fouvent de fes parties

C. DE S. de plaisir. Il aimoit à s'entretenir
E v R E - avec lui , & à l'entendre parler des
M O N D. grands Capitaines qu'il avoit vûs en
France , & des évenemens de la
guerre dont il avoit été témoin.

Mr de *S. Evremond* ne songeoit
plus qu'à finir tranquillement ses
jours en Angleterre , lorsqu'il reçût
des lettres du Comte de *Grammont*,
qui lui apprenoient que le Roi avoit
dit qu'*il pouvoit revenir, & qu'il seroit
bien reçû*, & qui le solicitoient de
hâter son retour ; plusieurs personnes de consideration lui écrivirent
aussi à ce sujet. Mais ils furent bien
surpris, quand ils virent qu'il n'étoit
plus disposé à quitter l'Angleterre.
Il répôndit au Comte de *Grammont*
qu'il avoit une profonde reconnoissance pour la grace que le Roi vouloit bien lui faire, & qu'il n'auroit
pas balancé à partir, s'il eut été en
état d'en profiter ; mais que les infirmitez presque inseparables de la
vieillesse ne lui permettoient pas
d'entreprendre ce voyage ; & de
quitter un pays où il trouvoit beaucoup de douceur.

En 1692. Il fit à l'occasion de

la difpute qui s'éleva en France fur C. DE S.
la préference des anciens & des EVRE-
modernes un petit écrit fur ce fujet MOND.
(tom. 5e.) Il y foûtient qu'en matiere de Philofophie, d'efprit, & de
galanterie, les modernes l'emportent
fur les anciens.

Madame *Mazarin* ayant été malade en 1693, Mr de *S. Evremond*
compofa un *Dialogue* en vers entre le vieillard, c'eft-à-dire, lui même, & la mort. C'eft une imitation du
Prologue de l'*Alcefte* d'*Euripide*, qui
l'emporte fur fon Original pour la
délicateffe du tour, & la fine fatire
dont la Piece eft pleine. Il s'agit
de favoir, fi quelqu'un voudra mourir pour Mde *Mazarin*. L'Auteur
paffe en revûë tous les amis, &
toutes les amies de l'illuftre malade, c'eft-à-dire, prefque toute la
Cour d'Angleterre. Leurs Caracteres font de main de maître, mais
la verfification plate & rampente gâ-
te abfolument un fi bel Ouvrage;
& fait regretter au Lecteur, que
l'Auteur ait fçû faire un vers, & n'ait
pas été réduit à n'écrire qu'en Profe. (tom. 5e.)

C. DE S. Mr de *S. Evremond* se trouvant
E V R E- en 1695 compris dans la taxe que
M O N D. le Parlement avoit mis sur les
Hommes qui n'étoient pas ma-
riez, composa à ce sujet une petite
Piece en vers, qui est pleine de
feu & d'enjouement (tom. 5e.)

En 1696. il fit une *Réponse au
Plaidoyé de Mr Erard Avocat de Mr
Mazarin*, qui n'étoit tombée que
cette année entre les mains de Mde
Mazarin, & cette réponse fut imprimée alors à *Londres*. Mr *Dubour-
dieu* Ministre de l'Eglise Françoise
de la Savoye y avoit fait une Préface, qui contenoit un éloge trés
bien tournée de Mde *Mazarin*, mais
Mr de *S. Evremond* la trouvant
trop longue l'avoit abrégée.

L'année suivante il écrivit une *réponse* au *Jugement du public sur le
Dictionaire Historique & Critique de
Bayle*, fait par l'Abbé *Renaudot*
(tom. 5e.)

En 1699. Il fit une perte considerable par la mort de Mde *Mazarin*. La maison de cette Dame étoit
devenuë comme la sienne, & il ne
pouvoit vivre sans elle ; elle de son

côté avoit beaucoup d'eſtime & de C. D E S.
conſideration pour lui , & ne pou- E V R E-
voit ſe paſſer de ſon entretien. Il fut M O N D.
ſi touché de ſa mort que pendant
longtemps il ne pouvoit parler d'elle , ſans donner des marques de ſa
douleur , & on a de lui des Stances,
où il a exprimé ſes regrets d'une
maniere fort touchante (tom. 5e.)

Les amis qu'il avoit en France renouvellerent alors leurs ſollicita-
tions pour l'engager à y revenir. Ils
crûrent que la mort de Mde *Maza-*
rin avoit rompu les liens qui l'atta-
choient ſi fortement à l'Angleterre ,
& qu'il feroit bien aiſe de venir re-
trouver ſes anciens amis, & de quitter des lieux qui ne faiſoient qu'en-
tretetenir ſa douleur : Mais il les pria
de conſiderer qu'à ſon âge on ne
pouvoit gueres changer de climat ſans
alterer ſa ſanté, qu'ainſi il ne croyoit
pas devoir ſortir d'un pays , où il ſe
portoit aſſez bien , & où il lui reſtoit encore beaucoup d'amis, pour ſe
tranſplanter dans une eſpece de nouveau monde ; & qu'après tout , ſes
affaires ſe trouvoient dans une ſitua-
tion , qui ne lui permettoit pas de
quitter l'Angleterre.

C. DE S. En 1703. il fut attaqué au mois
EVRE- de Septembre d'une ſtrangurie, qui
MOND. l'affoiblit beaucoup par les frequentes inſomnies qu'elle lui cauſa; l'appetit, qu'il avoit toûjours eu aſſez
bon, lui manqua alors, ce qui fit de-
ſeſperer de ſa vie. Enfin après avoir
ſouffert ſon mal avec beaucoup de
courage, & langui quelque temps,
il mourut le 20. Septembre 1703
âgé de 90 ans.

Il fut enterré ſans pompe, comme il l'avoit ſouhaité, mais on choiſit pour le lieu de ſa ſepulture l'Abbaye de Weſt-Minſter, celebre par
les tombeaux des Rois d'Angleterre
& par ceux d'un grand nombre de
perſonnes diſtinguées par leur naiſſance, ou par leur ſavoir & leur
eſprit. Il eſt enterré dans la nef auprès de *Caſaubon*, *Camden*, *Barovv*,
Chaucer, *Spencer*, *Covvley*, &c.

Mr de *S. Evremond* avoit les yeux
bleus, vifs & pleins de feu, le front
large, les ſourcils épais, la bouche
bien faite & le ſouris malin, la phi-
ſionomie agréable & ſpirituelle.
Vingt ans avant ſa mort il lui vint
entre les deux ſourcils une loupe qui
groſſit

groffit beaucoup. Il avoit eu deffein
de la faire couper ; mais comme
elle ne l'incommodoit point, &
que cette efpece de difformité ne
lui faifoit aucune peine, on lui confeilla de la laiffer, de peur que cette
operation n'eût de fâcheufes fuites
dans une perfonne de fon âge.

C. D E S.
E V R E-
M O N D.

Ses manieres étoient gracieufes
& engageantes, fa converfation vive & enjouée, fes réparties prom-
ptes & heureufes ; jamais homme ne
lût mieux que lui & ne fit plus
agréablement un conte.

Il railloit avec beaucoup de fi-
neffe, & pouffoit l'ironie d'une maniere fi ingenieufe, que le Maréchal de *Clerambault* ne trouvoit que
le feul Comte d'*Olonne*, qui fût capable de lui difputer le merite de
cette figure.

Il avoit naturellement beaucoup
de penchant à la Satyre, mais il
étoit devenu plus refervé fur la fin
de fa vie, préferant, comme il le
dit lui-même, le fecret de dire des
veritez obligeantes, à l'art de donner des louanges malignes.

Il a toûjours parlé de fa difgra-

Tome VII. Q

C. DE S.
EVRE-
MOND.

ce avec cette fermeté & cette assu-
rance, qui sied si bien à un honnête homme, & quelque passion
qu'il eut de revoir sa patrie, il n'a
jamais demandé son retour d'une
maniere basse & rampante.

Il avoit un fond de gayeté & de
bonne humeur, qui au lieu de diminuer dans sa vieillesse, sembloit
y prendre de nouvelles forces. Il aimoit la compagnie des jeunes gens,
il se plaisoit au recit de leurs avantures, & l'idée des divertissemens
qu'il n'étoit plus en état de gouter,
occupoit agréablement son esprit.
C'étoit par le même principe qu'il
remplissoit sa maison de chiens, de
chats, & de toutes sortes d'animaux,
sans en être dégoûté par leur mal-
propreté, disant que pour divertir
les ennuis de la vieillesse il falloit
avoir devant les yeux quelque chose
de vif & d'animé.

Il ne se piquoit point d'une morale rigide, quoiqu'il eut toutes les
qualitez d'un honnête homme du
monde. Il étoit équitable, gene-
reux, reconnoissant, plein de douceur & d'humanité.

Pour ce qui est de la Religion, il C. DE S.
a toûjours fait profession de la Ca- EVRE-
tholique, & il faut reconnoître à MOND.
sa louange qu'il ne lui échappoit
jamais dans sa conversation rien d'in-
decent ni de libre sur son sujet, &
qu'il souffroit même avec peine
qu'on en fit une matiere de plaisan-
terie. Mais la vie voluptueuse qu'il
a menée, & ses ouvrages font assez
connoître que sa Religion étoit bor-
née à un certain exterieur. On ne
pourra même se former que des
idées trés-desavantageuses de lui sur
ce point, si l'on s'arrête à ce que
Bayle dit de sa mort dans ses lettres.
Voici comme il parle dans la 234e.
» Il est de notorieté publique que
» M. de *Saint Evremond* n'a été pré-
» paré à la mort, ni par aucun
» Ministre, ni par aucun Prêtre.
» J'ai oui assurer que l'Envoyé de
» *Florence* lui offrit de lui envoyer
» un Ecclesiastique, ou même qu'il
» le lui envoya, & que cet Eccle-
» siastique lui ayant demandé s'il
» ne vouloit pas se reconcilier. *De*
» *tout mon cœur*, répondit le mala-
» de, *je voudrois me reconcilier avec*

Q ij

C. DE S.   » l'appetit, car mon estomac ne fait
EVRE-   » plus ses fonctions accoûtumées. J'ai
MOND.   » vû des vers qu'il composa quinze
    » jours avant sa mort, & il ne re-
    » grette que d'être réduit aux bouil-
    » lons, & de n'avoir plus la force
    » de digerer les Perdrix & les Fai-
    » sandeaux.

On voit par ses écrits qu'il avoit
de l'érudition ; mais c'étoit une érudition polie, & convenable à un
homme de sa profession & de sa
qualité.

Son stile a quelquefois de l'ob-
scurité & de l'affectation, on y voit
une mesure trop exacte & trop re-
cherchée, & des antithèses trop frequentes. Malgré ces défauts on ne
peut disconvenir qu'il ne soit un de
nos meilleurs Ecrivains ; il s'exprime toûjours avec esprit ; son tour
est ingenieux, sa diction pure, hardie & soûtenue, ses negligences
même sont heureuses ; il les connoissoit mieux que personne,
mais il ne vouloit pas s'assujettir
scrupuleusement aux regles intro-
duites par les Poëtes modernes.

Il s'en faut beaucoup que sa ver-

fification égale la beauté de fa Pro- C. DE S.
fe. Il n'y a ni tour ni harmonie dans EVRE-
fes vers , & l'on n'y voit rien de ce MOND.
feu qui donne à la Poëfie l'ame &
la vie.

On commença en 1668. à imprimer à *Paris* quelques ouvrages
de M. de *Saint Evremond*, mais fi
pleins de fautes, qu'il avoit de la
peine à s'y reconnoître. Ils furent
néanmoins fi bien réçûs du Public,
que le fieur *Barbin* qui les avoit
imprimez, employa toute forte de
moyens pour en avoir davantage,
& en donna dans la fuite plufieurs
éditions qui fe fuivirent de près,
& qu'on contrefit en plufieurs endroits.

Les beautez qui fe trouvoient
dans ces ouvrages, quoique défigurez, mettoient M. de *Saint Evremond* à couvert de la Critique des
connoiffeurs, & le difculpoient à
l'égard des fautes qui venoient de
l'ignorance des Copiftes. Il y eut
cependant un Auteur qui s'avifa de
les lui attribuer. Ce fut un Pro-
vençal nommé *Gotolendi*, qui prit
le nom de *Dumont*, pour publier
le livre fuivant.

Differtation fur les Oeuvres mêlées de M. de Saint Evremond. Avec l'Examen du Factum qu'il a fait pour Madame la Ducheffe Mazarin, contre M. le Duc Mazarin fon mari. Paris 1698. in 12. On croit que M. *Erard* piqué de la réponfe que M. de *Saint Evremond* avoit fait à fon Plaidoyé contre M. de *Mazarin* engagea le fieur *Cotolendi* à travailler à cet ouvrage, & qu'il y eut lui-même beaucoup de part. Voici le jugement qu'en fit M. de *Saint Evremond* » Je trouve beaucoup de cho-
» fes dans cette Critique fort bien
» cenfurées. Je ne puis nier que l'Au-
» teur n'écrive bien, mais fon zele
» pour la Religion & pour les bon-
» nes mœurs paffe tout; je gagne-
» rois moins à changer mon ftile
» contre le fien, que ma confcien-
» ce contre la fienne. J'eftime fort
» fon exactitude dans la critique.
» Il s'attache à cenfurer des Trai-
» tez même qui ne font pas de moi;
» des fautes dans ceux qui en font,
» que je n'ai pas faites. Il eft vrai
» qu'il me donne trop de louanges
» quelquefois; tout bien compenfé,

»la faveur paſſe la ſeverité du juge- C. DE S.
»ment, & je puis dire avec ſince- EVRE-
»rité que j'ai plus de reconnoiſſan- MOND.
»ce de la grace, que du reſſenti-
»ment de la rigueur.

Quelque tems après il parut une
réponſe à la Critique de *Cotolendi*,
intitulée : *Apologie des Oeuvres de
M. de Saint Evremond, avec ſon éloge & ſon portrait, & un diſcours ſur
les Critiques: Paris* 1698. *in* 12. M.
de *Saint Evremond* en parle ainſi.
» J'ai trouvé le diſcours ſur les Cri-
» tiques fort bon. L'Auteur écrit
» bien ; mais je ne me reconnois pas
» dans le portrait qu'il fait de moi.
» A m'honorer moins, il m'auroit
» moins défiguré ; je ne laiſſe pas
» de lui être fort obligé de ſon zele
» & de ſes ſoins. Je pourrois
» m'exempter de la reconnoiſſance,
» en diſant qu'il a écrit pour une
» autre perſonne que pour moi.

Le Sieur *Barbin* fit paroître en
1700. de *Nouvelles Oeuvres mêlées
de M. de Saint Evremond, in* 12.
dont l'Abbé *Raguenet* fit la Préface, mais ce qu'il y avoit de lui dans
ce volume n'en faiſoit que le tiers,

C. DE S. le reste ne servoit qu'à le grossir.
EVRE-
MOND.   Le Sieur *Cotolendi* publia l'année
suivante un livre, qu'il avoit d'a-
bord intitulé *Dialogues des nouveaux*
Dieux, mais dont il changea ensuite le titre en celui de *Saint Evre-*
moniana. Il assure dans la Préface
que c'est *un recueil de plusieurs cho-*
ses, que quelques personnes s'étoient
souvenues d'avoir oui dire autrefois à
M. de Saint Evremond. Mais c'est
une pure supposition, dont personne n'a été la dupe.

    La même année 1701. l'Abbé
Pic publia un livre intitulé : *Re-*
cueil d'Ouvrages de M. de Saint Evre-
mond, qui n'ont point encore été pu-
bliez. Paris in 12. Mais dans tout
ce volume, il n'y a de M. de *Saint*
Evremond, que le commencement
du *Parallele de M. le Prince & de*
M. de Turenne ; encore est-il tout
changé.

    Il avoit paru auparavant un Ro-
man très-bien écrit intitulé *Me-*
moires de la vie du Comte de....
avant sa retraite ; contenant diverses
avantures, qui peuvent servir d'ins-
truction à ceux qui ont à vivre

dans

dans le grand monde. Redigez par
M. de *Saint Evremond*. Paris 1696.
in 12. 2. *tom*. Mais ces mémoires
ne font pas de lui, ils font de M.
l'Abbé de *Villiers*.

C. DE S.
EVRE-
MOND.

C'eſt ainſi que pluſieurs Auteurs qui ne vouloient pas être
connus, faiſoient paſſer leur écrits
fous le nom de M. de *Saint
Evremond*, & ſe prévaloient de
la répugnance qu'il avoit à publier ſes veritables ouvrages. Il
n'ambitionnoit pas la gloire d'Auteur, mais il abandonnoit ſes com-
poſitions au hazard, ſans ſe mettre en peine de leur deſtinée. Ses
amis avoient beau lui reprocher ſon
indifference pour ſa propre réputation, il ſe mocquoit de leurs em-
preſſemens. A la fin il ſe rendit,
mais à l'extrêmité, & lorſqu'il étoit
prêt de mourir; il revit ſes manufcrits avec M. *des Maizeaux*, &
marqua lui-même les pieces qu'il
vouloit bien reconnoître. La mort
ne lui ayant pas permis d'achever,
il laiſſa ſes manuſcrits à M. *Silveſtre*,
qui forma le deſſein de les faire imprimer avec les pieces qui avoient

Tome VII. R

C. DE S.
EVRE-
MOND.

déja paru. Mais comme il favoit que M. *des Maizeaux* avoit déja travaillé dans cette vûe, & qu'il avoit plufieurs pieces qui lui man-quoient, de même que les correc-tions & les éclairciffemens que M. de *Saint Evremond* lui avoit donnés, il le fit prier de s'affocier avec lui pour donner une édition complette des Œuvres de M. de *Saint Evre-mond*, & il y confentit avec plai-fir. C'eft à ces deux Savans, & fur tout à M. *des Maizeaux*, que l'on eft redevable du Recueil complet & exact des Œuvres de ce grand homme.

La premiere édition parut à *Londres* 1705. *in* 4°. 2. tom. Les pieces y font placées felon l'ordre du tems où elles ont été écrites, & accompagnées de notes curieu-fes, lorfque le texte paroît le de-mander. Cette édition ayant été bien-tôt débitée, M. *des Maizeaux* prit le foin d'en revoir les feuilles, pour en ôter les fautes qui pou-voient y être demeurées, & de cor-riger & d'augmenter fes notes. C'eft fur cet exemplaire corrigé qu'on a

fait une nouvelle édition à Amſterdam 1706. en 5. volumes *in* 12.
On y a joint le *Mélange curieux
des meilleurs pieces attribuées à M.
de Saint Evremond, & de pluſieurs
autres Ouvrages rares ou nouveaux.
Amſterdam* 1706. *in* 12. 2. *vol.* On
voit à la tête une vie de M. de
Saint Evremond par M. *des Maizeaux,* qui eſt fort étendue & rem-
plie de choſes curieuſes & intereſſantes. Ces éditions ont été contrefaites en France. Elles ſont toutes effacées par la quatriéme qui
eſt *revûe, corrigée & augmentée, &
enrichie de figures par Bernard Picart
le Romain. Amſterdam* 1726. *in* 12.
5. *vol.* avec le *Melange curieux troiſiéme* édition, où l'on a retranché pluſieurs pieces pour en ajoûter de plus
intereſſantes, *in* 12. 2. *vol.* La vie
de M. de *Saint Evremond* eſt plus
exacte dans cette édition que dans
les autres, l'Auteur l'ayant remanié en beaucoup d'endroits.

*Cet article eſt tiré de cette vie,
dont je ſuis redevable à M. des Maizeaux, qui m'a fait l'honneur de me
l'envoyer.*

R ij

C. DE S.
EVRE-
MOND.

PAUL COLOMIE'S.

Paul *Colomiés* nâquit à *la Ro-chelle* de *Jean Colomiés* Mede-cin de cette Ville. On ne sait point au juste le tems de sa naissance, & personne n'a pris soin de nous en instruire.

Il employa fort bien sa jeunesse, & alla à *Saumur* étudier la Langue Hebraique sous le savant *Louis Cappel*.

Le desir de connoître les Savans lui fit parcourir la France; il vint à *Paris* en 1664. & y vit tout ce qu'il y avoit alors de plus fameux dans la Republique des Lettres.

Il fit en Hollande connoissance avec *Isaac Vossius*, qui fut dans la suite son patron, & dont il loue souvent la generosité & la bien-veillance à son égard. Il se retira après en Angleterre. *Bayle* croit que ce fut pour suivre *Vossius*, qui avoit été fait Chanoine de *Windsor*.

Lorsqu'on établit à *Londres* une Eglise Françoise Reformée, dont

M. *Allix* fut Ministre , *Colomiés* y
eut une place de Lecteur, qu'il quitta quelque tems après , pour être
Bibliothequaire de *Guillaume San-*
croft Archevêque de *Cantorbery.*

P. Co-
LOMIE'S.

Il perdit cet emploi en 1691.
lorsque cet Archevêque ayant refusé
de prêter serment de fidelité au
Roi *Guillaume* & à la Reine *Ma-*
rie fut dépouillé de sa dignité. On
lui en proposa alors un autre semblable chez le Duc de *Holstein-Got-*
torp , & il l'accepta ; mais avant
qu'il allât en prendre possession , il
fut attaqué d'une maladie , dont il
mourut à *Londres* le 13. Janvier
1692.

Colomiés n'étoit pas de ces Savans,
qui par la penetration de leur genie font de nouvelles découvertes.
Son talent étoit de profiter de ses
lectures, & de mettre à part plusieurs choses singulieres , ausquelles
la plûpart des Lecteurs ne prennent
pas garde, & qu'ils font ravis de
trouver quand quelqu'un les a ra-
massées. Il savoit discerner parfaitement les bons livres d'avec les
mauvais , & découvrir ce qu'il a

P. Co-de plus curieux dans la Litterature.
LOMIE'S. Ses livres font remplis de mille bonnes chofes, mais l'ordre y manque.

Catalogue de fes Ouvrages.

1. *Gallia Orientalis, five Gallorum, qui Linguam Hebraicam, vel alias Orientales excoluerunt vitæ variis hinc inde præfidiis adornata. Haga Comit.* 1665. *in* 4°. *pp.* 272. It. *dans l'édition de toutes fes Oeuvres, Hambourg* 1709. *in* 4°. Il avoit commencé cet ouvrage à *la Rochelle*, & l'avoit continué pendant fes voyages. Il le finit en Hollande, où il fe trouva en 1665. Quoiqu'il y foit parlé d'un grand nombre de Savans, on pourroit cependant l'augmenter de beaucoup; & *Colomiés* avoit deffein de le faire, mais la mort l'en a empêché. On ne fait pourquoi il n'a fait aucune mention d'*Ifaac Cafaubon*, qu'il favoit bien être très-habile dans les Langues Hebraique & Arabe. Cette omiffion lui a été bien reprochée. Les vies font fort courtes, auffi paroit-il que l'Auteur s'eft plûtôt propofé de ramaffer les éloges qui ont

été faits en differens livres des François qui ont ſçu les Langues Orientales, que de rapporter les particularitez de leur vie. Au reſte on
peut dire que ce ſont d'excellens
materiaux qui pourroient être d'un
grand uſage à ceux qui entrepren-
droient une Bibliotheque Univerſelle des Ecrivains de France.

2. *Opuſcula. Pariſ.* 1668. *iu* 12.
It. *Ultrajecti* 1669. *in* 12. It. *Am-*
ſtelodami 1700. *in* 12. It. *dans le*
Recueil de Hambourg. Les pieces
contenues dans ces Opuſcules ſont
1°. ΚΕΙΜΗΛΙΑ *Litteraria.* 2°. *Re-*
cueil de particularitez. Fabricius &
Morhof prétendent qu'on y trouve
bien des fauſſetez. 3°. *Clavis Epiſ-*
tolarum Scaligeri, Caſauboni, Sal-
maſii, & aliorum. 4°. *Notæ ad Quin-*
tilianum.

3. *Epigrammes & Madrigaux. La*
Rochelle 1668. *in* 12. Ce petit recüeil ne ſe trouve point dans celui
de *Hambourg.*

4. *Remarques ſur les ſeconds Sca-*
ligerana. Groningue 1669. *in* 12. It.
avec celles de M. *le Fevre à Cologne,*
ou plûtôt *Amſterdam* 1695, *in* 8°.

R iiij

P. CO-
LOMIE'S.

5. *La Vie du Pere Jacques Sirmond*, *La Rochelle* 1671. *in* 12. Il avoit deſſein de la donner fort augmentée, mais il ne l'a pas fait. On ne l'a pas inſerée dans le recueil de *Hambourg*.

6. *Exhortation de Tertullien aux Martyrs, traduite en François. La Rochelle* 1673. *in* 12. Elle n'eſt point dans le Recueil de *Hambourg*.

7. *Rome Proteſtante, ou témoignages de pluſieurs Catholiques Romains, en faveur de la creance & de la pratique des Proteſtans. Londres, ou* plûtôt, *Rouen* 1675. *in* 8°. It. *dans le Recueil*.

8. *Melanges Hiſtoriques. Orange* 1675. *in* 12. It. *Utrecht* 1692. *in* 12. It. ſous le titre de *Colomeſiana*, dans le *Melange curieux des meilleures pieces attribuées à M. de Saint Evremond* avec quelques notes de M. *des Maizeaux*. It. dans le recueil. C'eſt un recueil de pluſieurs petits traits ſavans, agréables & particuliers, qui regardent l'Hiſtoire, & ſur tout les Lettres & les Savans.

9. *Obſervationes Sacra. Amſtelodami* 1679. *in* 12. It. *2a editio auctior & emendatior. Londini* 1689. *in* 12.

avec les *Paralipomena de scriptori-* bus *Eccelsiasticis.* It. *dans le Recueil.* Ce sont des remarques sur quelques passages de l'Ecriture, & sur la maniere de les traduire. *Fabricius* prétend qu'il y donne trop à la Critique, qu'il y favorise trop la version des 70. & qu'il y est peu orthodoxe sur le dogme du Batême des enfans.

P. Co-LOMIE's.

10. *Theologorum Presbyterianorum Icon, ex Protestantium scriptis ad vivum expressa* 1682. *in* 12. It. *dans le Recueil. Colomiés* montre dans ce petit ouvrage, que selon les Protestans mêmes, il y a bien des choses à reprendre dans la prétendue Reforme.

11. *Parallele de la pratique de l'Eglise ancienne, & de celle des Protestans de France dans l'exercice de leur Religion* 1682. *in* 12. It. *dans le Recueil.* Ce parallele est une opposition parfaite en 24. points considerables entre l'ancienne Eglise & les Protestans. L'Auteur se fit beaucoup d'ennemis par ces deux Ouvrages, & se vit en butte aux invectives des Reformez, ausquelles

P. Co- il ne voulut jamais répondre, pour
LOMIE's. ne s'en point attirer de nouvelles.

12. *Bibliotheque choisie. La Ro-*
chelle 1682. *in* 12. It. *Amsterdam*
1699. *in* 12. avec des augmentations. It. *dans le Recueil.* L'Auteur y parle d'une centaine de livres.

13. *Ad Guilielmi Cave Chartophy-*
lacem Ecclesiasticum Paralipomena.
Accedit de scriptis Photii Dissertatio,
& passio S. Victoris Massiliensis. Lon-
dini 1686. *in* 8°. It. *Lipsiæ* 1687.
in 8°. avec le *Chartophylax.* It. *edi-*
tio IV. prioribus longe auctior &
emendatior. Londini 1689. *in* 12.
avec les *observationes Sacræ.* It. *dans*
le Recueil de Hambourg.

14. *Lettre à M. Justel touchant*
l'Histoire critique du vieux Testament
du P. Simon jointe à l'Appendix du
Pomponius Mela d'Isaac Vossius. Lon-
dres 1686. *in* 4°. It. *dans le Recueil.*
Quoique le P. *Simon* dans la Preface
de son *Histoire critique* eut traité
Colomiés de faiseur de *petits livrets,*
où il n'est parlé presque d'autre
chose, que du *grand Vossius,* Colomiés assure qu'il a écrit cette lettre,
moins pour refuter le Pere Simon,

que pour illuſtrer ſon ouvrage. P. Co-

15. *S. Clementis Epiſtolæ duæ ad Corinthios interpretibus Patricio Junio, Gottifredo Wendelino & Joh. Bap. Cotelerio. Recenſuit & notarum ſpicilegium adjecit P. Colomeſius. Accedit Th. Brunonis Canonici Windeſorienſis Diſſertatio de Therapeutis Philonis. His ſubnexæ ſunt Epiſtolæ aliquot ſingulares vel nunc primum editæ, vel non ita facile obviæ. Londini* 1681. *in* 8°.

16. *Lettres de la Reine de Suede* 1687. *in* 12. Elles ne ſont pas dans le Recueil.

17. *Gerardi Joannis Voſſii & clarorum virorum ad eum Epiſtolæ. Collectore Paulo Colomeſio. Londini* 1690. *in fol. It. Auguſtæ Vindelicorum.* On voit à la tête la Vie de *Voſſius* par *Colomiés.*

18. *Catalogus MSS. codicum Iſaaci Voſſii concinnatus à P. Colomeſio.* Inſeré dans le *Catalogue de tous les MSS. d'Angleterre. It. dans le Recueil.* Ce Catalogue contient les titres de 762. manuſcrits Grecs ou Latins. L'Univerſité de *Leyde* a acheté ces manuſcrits, & les poſſe-

P. Co-
LOMIE's.

de encore. Quoique plusieurs prétendent que ce tresor n'est pas passé
tout entier en Hollande, l'Angleterre cependant regrette de se l'être
laissé enlever.

19. *Animadversiones in Gyraldum
de Poetis.* Dans la belle édition des
Œuvres de *Gyraldi* faite à *Leyde* en
1696. par les soins de *Jean Jen-
sius in fol.*

Jean Albert Fabricius a fait réimprimer la plûpart de ces Ouvrages
en un volume sous ce titre : *Colo-
mesii opera Theologi, Critici, & His-
torici argumenti, junctim edita. Hamburgi* 1709. *in* 4°. *pp.* 896.

V. les Vies des Savans en Allemand par *Clarmund* ou *Rudiger* on-
ziéme partie *p.* 190.

CHRETIEN LUPUS.

CHRE-
TIENLU-
PUS.

CHretien LUPUS ou *Wolf*, comme il s'appelloit en sa Langue
maternelle, nâquit le 12. Juin 1612.
à *Ypres* en Flandres, d'une bonne
famille.

Il marqua dés sa premiere jeu-

neffe de l'inclination & des difpo- C. Lu-
fitions favorables pour les fciences, PUS.
& fit fes études avec beaucoup de
fuccès.

Il entra à l'âge de 15. ans dans
l'Ordre des Hermites de S. Auguftin où il fit profeffion en 1628. Lorfqu'il eut fait fa Theologie à *Louvain*, on l'envoya à *Cologne* pour
y enfeigner la Philofophie, & il s'y
fit une fi grande réputation, que
le Cardinal *Fabio Chigi* depuis Pape fous le nom d'*Alexandre VII.*
qui étoit alors Nonce & Legat *à
Latere* dans les quartiers du Rhin,
l'honora d'une amitié particuliere,
& lui donna, lorfqu'il fut parve-
nu au Pontificat, plufieurs marques de fon eftime.

De *Cologne* il paffa à *Louvain*,
pour y enfeigner la Theologie, & il
s'y appliqua avec tant d'ardeur, qu'il
employoit tous les jours quinze heures entieres à l'étude. Ses Superieurs
l'envoyerent enfuite à *Donay* pour
le même fujet, mais après y avoir
demeuré quelque tems, il revint
prendre fon premier pofte à *Louvain.*

Il fut alors accufé de Janfenifme,
& cette accufation empêcha pendant quelque tems qu'il ne reçût
le Bonnet de Docteur qu'il demandoit ; il n'eut pas cependant de peine à fe juftifier , & il obtint enfin
ce qu'il fouhaittoit. La ceremonie
s'en fit le 4. Fevrier 1653. Ses en-
vieux qui avoient voulu lui caufer
du chagrin fous le Pontificat d'*Innocent X.* fans pouvoir y réuffir ,
crurent pouvoir venir mieux à bout
de leurs deffeins fous *Alexandre VII.*
& tâcherent de prévenir ce Pontife
contre lui.

Lupus eut ordre d'aller à *Rome*
rendre raifon de fa Foi. Il y alla ,
& y parut tout autre qu'on ne l'y
avoit repréfenté. Sa foumiffion pour
les Conftitutions des Papes fur le
livre de *Janfenius* lui gagna les bonnes graces d'*Alexandre VII.* qui le
connoiffoit déja , & qui voulut qu'il
demeurât à *Rome.*

Il y paffa cinq années occupé à
compofer , à voir les Savans, & à
vifiter les Bibliotheques. Le défir
de revoir fa patrie l'y fit rétourner
après ce temps ; mais il n'y demeu-

ra pas oiſif. L'étude & le travail
faiſoient tout ſon plaiſir , & en
quelque lieu qu'il fut , il leur donnoit tout ſon temps.

En **1677** l'Univerſité de *Louvain* le députa avec *François van
Viane* , *Lambert le Drou* , & *Martin Steyaert* pour aller à *Rome* demander au Pape la condamnation
de pluſieurs propoſitions relâchées
ſur la morale. Ils agirent ſi bien auprès du Pape *Innocens XII.* qu'ils
obtinrent ce qu'ils demandoient : La
condamnation eſt du **29** Octobre
1679.

Pendant le ſejour que *Lupus* fit
à *Rome* , on y tint le Chapitre general de ſon Ordre, & il y fut fait
Provincial de la Flandre; il n'accepta cette charge qu'à regret, &
s'en démit peu de temps après ſon
retour en Flandres.

Gerard van Werm premier Profeſſeur de l'Univerſité de *Louvain*
étant venu à mourir dans ces entrefaites, *Lupus* fut choiſi pour lui ſuc-
ceder; mais avant qu'il prit poſſeſ-
ſion de ce poſte, il fut attaqué d'une
maladie fâcheuſe, cauſée par ſon

C. Lu-
p u s.

application trop continue à l'étude, dont il mourut le 10 Juillet
1681 âgé de 69 ans.

Catalogue de ses Ouvrages.

1°. *Apologia pro anima ovi sensi-
tiva. Colonia 1639. in 4°. Apologia
altera adversus Marpurgenses. Colonia 1641 in 4°.* Il fit cet Ouvrage
pendant qu'il regentoit la Philosophie.

2°. *Questio quodlibetica de Origine Eremitarum, Clericorum, ac Sanc-
timonialium S. Augustini, decisa ex
ipso S. Augustino, aliisque SS. Pa-
tribus ei coævis. In qua élucidantur
varii antiqui ritus Ecclesiæ Africa-
na, ac discutitur censura Lovanien-
sis Operum S. Augustini. Duaci.
1651 in 8°.*

3°. *Synodorum Generalium & Pro-
vincialium Statuta & Canones cum
notis & Historicis Dissertationibus.
Tom.* 1. *&* 2. *Lovanii* 1665. *in* 4°.
Tom. 3. 4. *&* 5. *Bruxellis* 1673.
in 4°. Le P. *Lupus* fait voir dans
cet Ouvrage sa grande lecture &
» son érudition, » Le principal but
» qu'il semble s'y être proposé, dit
» Mr. *Dupin* est de faire valoir les
                    » opinions

» opinions des Théologiens Ultra- C. L u-
» montains, & il y paroiſt ſi fort p u s.
» attaché, que peu s'en faut qu'il ne
» traite de ſchiſmatiques ceux qui
» ne ſont pas de ſon ſentiment. A
» cela près il y a quantité de queſ-
» tions & d'obſervations utiles dans
» cet Ouvrage, qui eſt une eſpece
» d'introduction à l'étude de l'Hiſ-
» toire & des Canons des Conciles.

4°. *Diſſertatio Dogmatica de germano ac avito ſenſu Sanctorum Patrum, univerſa Eccleſia, & præſer-
tim Tridentina Synodi, circa chriſ-
tianam contritionem & Attritionem.
Lovanii 1666. in 12 It. parmi ſes
Oeuvres poſtumes. Bruxelles. 1690 in
4°.* ſon Sentiment eſt que la con-
trition vive & animée de cette cha-
rité parfaite, qui fait aimer Dieu
ſur toutes choſes ſuffit pour juſtifier l'homme ſans l'abſolution du
Prêtre; mais qu'à l'égard de la con-
trition imparfaite, qui renferme
quelque amour, elle ne juſtifie qu'a-
vec l'abſolution du Prêtre, ſi ce
n'eſt à l'article de la mort, quand on
ne peut avoir de Prêtre, parce qu'a-
Tom. VII. S

lors Dieu supléé par sa misericor-
de au défaut des Sacremens.

5°. *Tertulliani liber de præscriptioni-
bus contra Hæreticos cum notis Bruxellis* 1675. *in* 4°.

6°. *Divinum ac immobile S. Petri
Apostolorum Principis, circa omnium
sub cœlo Fidelium ad Romanam ejus Ca-
thedram appellationes , adversum
profanas hodie vocum novitates asser-
tum Privilegium. Moguntiæ* 1681. *in*
4° Cet Ouvrage est contre ceux de
Mr. de *Marca*, de Mr. *Boileau*, &
de Mr. *Gerbais* sur le même sujet.

7°. *Ad Ephesinum Concilium Variorum Patrum Epistolæ ex manuscripto Cassinensis Bibliothecæ codice de-
sumptæ. Item ex Vaticana Bibliotheca
manuscripto Commonitorium Celes-
tini Papæ, Tituli Decretorum Hilarii Papæ, Neapolitanum Concilium,
Epistolæ Hanacleti Anti Papæ nunc
primum in lucem data per F. Christianum Lupum cum ejusdem scholiis &
notis ad Epistolas Acta Concilii Ephesi-
ni & Calcedonensis concernentes. Lovanii* 1682 *in* 4°. 2 volumes. La vie
du P. *Lupus* par le P. *Joseph Sabatini* Religieux de son Ordre se trou-

ve à la tête du volume des notes. C. L u-

8°. *Epiftolæ & vita D. Thomæ* P U S.
Martyris & Archiepifcopi Cantua-
rienfis, nec non Epiftolæ Alexandri III.
Pontificis, Galliæ Regis Ludovici VII.
Angliæ Regis Henrici II. aliarumque
plurium fublimium ex utroque foro per-
fonarum, concernentes Sacerdotii &
Imperii concordiam ; in lucem productæ
ex MS. Vaticano. Bruxellis, 1682.
in 4°.

9°. *Opufcula Pofthuma cura &*
Opera R. P. Guill. Winants ejuf-
dem Ordinis. Bruxellis 1690 *in* 4°.
L'Editeur avoit deffein de faire fui-
vre ce premier volume par plufieurs
autres, mais il ne l'a pas exécuté.

On a annoncé dans *l'Hiftoire Lit-*
teraire de la Republique des Lettres
Janvier 1726. une collection de tous
les Ouvrages du P. *Lupus*, qui
avoit été entreprife à *Venife* en 12
volumes *in fol.* le Jugement qu'on
y porte de ce Pere ne lui eft pas
avantageux. C'étoit, dit-on, un
habile homme, mais rempli de pré-
jugés, & opiniâtre à n'en jamais
démordre.

V. fa vie par le *P. Sabatini.*

GEORGE BUCHANAN.

GEORGE BUCHANAN nâquit au commencement de Février 1506 à *Kellerne* Paroisse du Duché de *Lennox* sur la riviere de *Blayn*, en Ecosse. Sa famille, quoiqu'ancienne, étoit alors peu accommodée des biens de la fortune.

Son pere mourut jeune, & laissa sa famille, qui étoit de cinq garçons & de trois filles, dans une assez grande pauvreté. *Buchanan* n'eût de ressource que dans *Jacques Heriot* son Oncle maternel, qui lui ayant trouvé de l'esprit & de la disposition pour les Sciences, se chargea de son éducation & l'envoya étudier à *Paris*.

Il s'appliqua là à la Poësie latine, tant par inclination, que parce que c'étoit en cela que consistoit alors l'étude des Belles Lettres dans l'Université de cette ville.

Il n'y avoit que deux ans qu'il y étoit, lorsque son Oncle vint à mourir & qu'il tomba lui même dans une maladie confiderable. Se trouvant alors deftitué de tout fe-cours, il retourna dans fon pays, où il demeura un an pour rétablir fa fanté.

Le délabrement des affaires de fa maifon lui fit naître la penfée d'ef-fayer à fe pouffer par la voye des Armes. L'Ecoffe fe trouvoit alors dans une trifte fituation, depuis la mort de *Jaques IV.* le Duc d'*Albanie* fils naturel de ce Prince & Regent du Royaume venoit d'arriver de France avec un renfort de troupes, pour tenir en bride les differentes factions, qui partageoient les Sei-gneurs Ecoffois, & pour les réunir contre les Anglois leurs ennemis communs. *Buchanan*, qui n'avoit alors que dix-huit ans, prit parti dans ces troupes au mois d'Octobre 1523.

Mais une chute prodigieufe de neige, qui arriva pendant une mar-che qu'il fallut faire la nuit, glaça tout d'un coup le courage de ce nou-veau foldat, & lui fit tomber pour toûjours les armes des mains.

Cet accident fut fuivi d'une ma-

G. Bu-
CHANAN.

ladie qui le retint au lit tout l'hyver.
Se trouvant gueri au commencement
du Printemps , il reprit ses études
& alla à *S. André* étudier sous *Jean
Major*, qui y enseignoit la Logique, ou
plûtôt comme le dit Buchanan , la So-
phistique, ou l'art de disputer selon l'ú-
sage de l'Ecole. L'Eté suivant *Major*
vint à *Paris*, & *Buchanan* l'y suivit,
quoiqu'il n'y ait pas grande apparence , qu'il fut entêté de la doctrine
de son maître , dont il s'est mocqué
dans une de ses Epigrammes.

Comme les sentimens de *Luther*
faisóient alors grand bruit à *Paris*,
Buchanan commença à les goûter ,
quoique par des raisons de politique il ne voulut pas encore en faire
profession.

Il demeura deux ans sans employ,
exposé à tout ce que l'indigence a
de fâcheux ; mais enfin en 1526 il
fut fait Regent d'une basse classe
dans le College de Ste Barbe.

Il demeura dans ce poste pendant
deux ans & demi : après lesquels
Gilbert Kedned Comte de *Pasfils*,
Ecoffois , le prit auprès de lui, &
l'emmena cinq ans après en Ecosse
vers l'an 1534. Après la mort de ce

Seigneur qui arriva deux ans après, G. B u -
Buchanan eut deſſein de retourner CHANAN.
en France, pour y continuer ſes
études : mais le Roi *Jacques V.* le
retint pour être Precepteur d'un de
ſes fils naturels, qui fut enſuite le
fameux *Jacques* Comte *de Murray*

Il s'aviſa vers ce temps là, de faire contre les Cordeliers une Elegie
ſatirique, intitulée *Somnium*, où il
feignoit que S. François d'Aſſiſe
lui étoit apparu & l'avoit invité à
ſe faire Franciſcain, mais qu'il lui
avoit repondu qu'il n'étoit pas propre pour cela ; ce qui lui donne lieu
de s'étendre ſur les mauvaiſes qua-
lités qu'il attribuoit aux Moines.
Quelqu'uns ont prétendu qu'il avoit
été lui même Cordelier, mais c'eſt
un conte qui eſt réfuté par cette
piece, & dont on ne voit pas dans
tout le cours de ſa vie aucune preuve. Ce n'eſt pas le ſeul qu'on ait inventé à ſon ſujet, pour le rendre
odieux.

L'on ne ſait la raiſon qui l'engagea à ſe déclarer contre les Cordeliers, & à écrire contre eux cette
premiere fois. On eſt mieux inſtruit

G. Bu-
CHANAN
sur le motif qui lui fit dans la suite prendre la plume contre eux.

Le Roi d'Écosse ayant découvert
une conspiration contre sa personne,
& s'étant persuadé que quelques
Cordeliers n'en avoient pas usé de
bonne foy dans cette occasion, lui
ordonna d'écrire contre eux, sans savoir qu'ils étoient déja mal ensemble.
Cet Ordre l'engagea à écrire ; mais
comme il ne voulut pas se broüiller
irreconciliablement avec eux , &
s'exposer aux suites que pourroit
avoir leur ressentiment, il usa de
quelques menagemens & se servit
de termes équivoques, qu'il put
dans le besoin interpreter favorablement. Le Roi n'en fut pas content,
& il fallut qu'il écrivit avec plus de
force. Il travailla donc à son *Fran-
ciscanus* , qui est une piece tout-à-
fait mordante , & où il ne menagea
en aucune manîere ceux qu'il attaquoit.

Il n'est pas surprenant qu'un Ouvrage si sanglant lui ait procuré des
ennemis. On crut que ce qu'il disoit
de quelques particuliers retom-
boit sur les Ordres Religieux en general

neral , & on l'accusa d'heresie. Le
Cardinal *David Beton*, Archevêque
de *S. André* se rendit le protecteur
des Religieux déchirés par ses Saty-
res , & porta leurs plaintes au Roi,
& les ordres furent donnés pour
l'arrêter. *Buchanan* le sçut, & songea à se retirer de la Cour pour se
mettre en sureté , mais il fut découvert & mis en prison au commencement de 1539.

 Il n'y demeura pas néanmoins
longtemps ; car persuadé qu'il avoit
tout à craindre , il songea fortement
à son évasion , & il eut le bonheur
d'y réussir Ayant trouvé le moyen
d'endormir ses gardes , il se sauva au
mois de Mars par la fenêtre de sa
chambre , & se retira en Angleterre,
où il trouva un azile chez le Chevalier de *Ransford*.

 Ce n'étoit pas là cependant un lieu
où il pût demeurer en sureté ;
car on y brûloit en un même jour
& dans un même feu les partisans de
Rome , & ceux qui favorisoient la
nouvelle Religion : *Buchanan* crût
devoir plûtôt se retirer en France,
où il avoit des habitudes , & dont

G. Bu- les manieres l'accommodoient d'a-
CHANAN, vantage.

Il y passa donc, mais il trouva
que le Cardinal *Beton* y étoit Am-
bassadeur pour le Roi d'Ecosse, ce
qui fit qu'il n'osa pas s'arrêter à *Paris*, & qu'il en partit aussi-tôt après
son arrivée pour aller à *Bordeaux*,
où *André de Govea* savant Portugais,
qui étoit Principal du nouveau College de cette Ville, l'attira.

Il y regenta trois ans, & se trouva en fonction au passage de l'Empereur *Charles-Quint*, à qui il presenta une piece de Poësie de sa façon. Il n'étoit pas là sans inquietude
le Cardinal *Beton* instruit du
lieu de sa demeure, écrivit à
l'Archevêque de *Bordeaux* pour
le faire arrêter ; mais quelques
amis de *Buchanan* à qui l'Archevêque donna par hazard la lettre du
Cardinal détournerent le coup: d'ailleurs le Roi d'Ecosse étant venu à
mourir, *Beton* fut obligé de retourner en Ecosse, où il eut trop d'affaires pour songer d'avantage à
Buchanan.

Une autre sorte d'allarme succeda bientôt à la precedente. La pefte qu'il avoit échapée dans le Northumberland , en s'enfuyant de fon Pays , vint le chaffer de *Bordeaux* en 1543.

Le jeune *Michel de Montagne,* qui y faifoit fes études, & qui avoit conçu beaucoup d'eftime pour lui , lui donna apparemment une retraite dans les Terres de fa Famille. Du moins il fe glorifie au premier Livre de fes Effais chap. 25. de l'avoir eû quelque temps chez lui pour Precepteur , & ce fait ne peut convenir à d'autre année qu'à celle ci.

Il n'y avoit plus de fûreté pour *Buchanan* de retourner à *Bordeaux,* depuis que l'Archevêque étoit inftruit de fa conduite & de fes fentimens fur la Religion. Il crût pouvoir être plus en repos à *Paris ,* & il y revint en 1544. Ce fut fans doute alors qu'il fe trouva Collegue de *Turnebe* & de *Muret* au College du Cardinal le Moine, où *Bourbon, Menage* & *Morery,* affûrent que dans le même temps *Turnebe* régentoit la première Claffe, *Buchanan* la feconde, & *Muret* la troifiéme. Il eft

T ij

G. Bu- aſſez vraiſemblable qu'il ſuppléa
CHANAN. pendant une partie de l'année pour
un des Profeſſeurs de ce College.

Les deux années ſuivantes, on ne
ſait pas trop ce que devint *Bucha-*
nan. Peut-être que la crainte de
quelques nouvelles pourſuites l'obligea de s'éloigner de Paris & d'errer
de côté & d'autre.

En 1547. il ſe préſenta une occaſion de quitter la France, & il
ne la laiſſa pas échaper. *Jean III.* Roi
de Portugal venoit d'ouvrir un nouveau College à *Conimbre,* & comme
il vouloit donner du luſtre à cet établiſſement naiſſant, il jetta les yeux
ſur *André de Govea* pour le mettre à
la tête de l'Academie, & lui manda
d'amener avec lui un certain nombre de Profeſſeurs habiles & de réputation. *Buchanan* fut de leur nombre & paſſa en Portugal.

Quand il fut arrivé avec les autres Profeſſeurs, tout alla d'abord
fort bien, & ils n'eurent pas ſujet
de ſe plaindre pendant la vie de
Govea, qui avoit du credit & qui
les protegeoit. Mais ce ſavant homme étant mort l'année ſuivante 1548.

on commença à inquietter les Re- G. Bu-
gens Etrangers, & *Buchanan* fut un CHANAN.
de ceux qui fouffrirent le plus,

On lui reprocha fon *Francifcanus* ,
on l'accufa de ne point obferver l'abf-
tinence du Carême , & d'avoir dit
que *S. Auguftin* étoit plus favorable
aux fentimens oppofez à ceux de
l'Eglife Romaine fur l'Euchariftie ,
qu'il ne l'étoit à la doctrine de cette
Eglife. Cela fuffit pour le faire mettre à l'Inquifition, où il fut un an &
demi , & d'où il ne fortit que fur
l'efperance qu'il donna de fa converfion , & à condition de fe faire
inftruire.

On le mit pour cela dans un Monaftere, où il commença à traduire
les Pfeaumes en vers latins. Il en fortit en 1552. & demanda au Roi un
Paffeport pour retourner en France ; mais le Roi tâcha de le retenir ,
& lui affigna une certaine fomme
par jour, jufqu'à ce qu'il lui eut donné de l'emploi. Cette efperance incertaine ne pût pas l'arrêter en Portugal. Il s'embarqua quelque temps
après fur un Vaiffeau qui alloit en
Angleterre , où il arriva heureufement.   T iij

G. BU-
CHANAN.

Le P. *Garasse* a tout confondu par rapport aux Voyages de *Buchanan* dans le conte qu'on lit dans sa *Doctrine curieuse* p. 50. Il y parle ainsi : ,, on dit que *George Bchanan* ,, faisant la premiere au Collège de ,, Guyenne dans *Bourdeaux*, ayant ,, pris un peu plus de vin que de ,, raison, s'en alla, le coup de claffe ,, étant sonné, promener jufqu'en ,, Angleterre avec fa robbe de cham- ,, bre & fes pantoufles, ayant tout- ,, à-propos fur le port des Chartreux ,, rencontré un Naviré qui levoit ,, l'ancre.

Buchanan ne s'arrêta pas en Angleterre, ce Royaume agité par les differentes factions que produifoit la minorité d'*Edouard VI.* ne lui promettoit pas cette tranquilité qu'il cherchoit; ainfi quelques offres qu'on lui fit pour l'y retenir, il revint en France au commencement de 1553. peu après la levée du Siege de *Mets*.

Au mois de Juillet 1554. il fit imprimer fa Tragedie de *Jephté*, qu'il dédia à *Charles de Coffé* Maréchal de France. Cette dédicace lui

valut quelque chofe ; car l'année fui-G. BU-
vante ce Seigneur le fit venir en CHANAN,
Piemont où il commandoit pour
le Roi , & lui confia l'éducation de
Timoleon de Coffé fon fils.

Pendant les cinq années qu'il demeura dans cet emploi , & pendant
les trois fuivantes , il s'appliqua à
l'étude de l'Ecriture Sainte & des
Controverfes, qui partagent le Chriftianifme ; ce qui ne l'empêcha pas de
faire de temps en temps quelques
Pieces de vers , & d'entreprendre un
grand Poëme en cinq livres fur la
Sphere.

Il retourna en Ecoffe en 1563.
vingt-quatre ans après en être forti.
Il y trouva les chofes bien changées
par rapport à la Religion ; comme
il ne couroit plus de rifques à
faire connoître la fienne , il leva le
mafque , & fe fépara publiquement
de la Communion de l'Eglife Romaine , dont il étoit déja féparé de
cœur depuis trente-neuf ans.

Au commencement de 1565. il
fit encore affez brufquement un
Voyage en France , dont on ne faic
pas le fujet, & il y demeura le refte

T iiij

G. Bu-
CHANAN.

de l'année, & une partie de la suivante.

La Reine *Marie Stuart* le fit rap-
peller dans le dessein de lui confier
un jour l'instruction du jeune Prince
Jacques V.I. En attendant elle le fit
Principal du College de S. *Leonard*
dans l'Université de *S. André* où il
demeura pendant quatre ans.

Les disgraces qui arriverent en ce
temps là à cette Princesse, firent
paroître dans tout son jour le mauvais cœur de *Buchanan.* Il fut un des
premiers à prendre parti contre sa
bienfaictrice, en s'attachant au Comte
de *Murrai* Regent du Royaume,
qu'il accompagna en 1568. à la conference d'*York*, où il alloit pour justifier sa revolte contre sa Souveraine.
Ce fut par l'ordre du Regent qu'il
composa un Ecrit violent intitulé
Detectio, où il s'applique à fletrir la
reputation de cette Reine par les plus
noires calomnies.

La qualité de Precepteur du jeune
Roi, que *Marie* lui avoit destinée
par estime pour son merite, lui fut
donnée pour fruit de sa perfidie par
le Conseil secret d'Ecosse & par

l'Affemblée des Etats. Depuis ce temps là fa plume venduë plus que jamais à l'iniquité, ne fut plus employée qu'à attaquer ceux qui n'étoient point dans les interêts des revoltés.

G. BUCHANAN.

Les douze ou treize dernieres années de fa vie fe font paffées à écrire l'Hiftoire de fon Pays, qu'il femble n'avoir entreprife que pour trouver l'occafion de juftifier la revolte des Ecoffois contre la Reine *Marie*.

Les infirmitez de la vieilleffe l'ayant obligé de quitter la Cour en 1581. il fe retira à *Edimbourg*, pour retoucher à loifir ce grand Ouvrage, & il y mourut le 28. Septembre 1582. âgé de 76. ans.

La maniere dont le P. *Garaffe* parle de fa mort eft trop finguliere & trop plaifante pour la paffer ici fous filence, quoi qu'elle n'ait de fondement que fon imagination. Je veux raconter, dit-il dans fa *Doctrine curieufe* p. 50. ,, à nos nouveaux Atheiftes ,, la malheureufe fin d'un homme de ,, leur créance & de leur humeur, ,, quant au manger & au boire. Ce ,, fut *George Buchanan*, parfait Epi-

G. BU- ,, curien durant sa vie & vrai Atheis-
CHANAN. ,, te à l'heure de sa mort. Ce libertin
,, ayant passé sa jeunesse débauchée
,, dans *Paris* & dans *Bordeaux*, plus
,, soigneux du lierre, des Cabarets,
,, & des bouchons de taverne, que
,, du laurier du Parnasse, & étant
,, sur la fin de ses jours, rappellé
,, en Ecosse pour instruire le jeune
,, Prince, qui est aujourd'hui le Se-
,, renissime Roi de la Grande-Bre-
,, tagne, continuant ses débauches
,, de gueule, fit si bien qu'il vint
,, hydropique à force de boire, quoi
,, qu'on disoit de lui par maniere de
,, gausserie, qu'il étoit travaillé *vino*
,, *intercute*, non pas *aqua intercute*
,, Tout malade qu'il étoit, il ne
,, s'abstenoit non plus de boire à
,, longs traits qu'il faisoit en santé,&
,, aussi pur qu'il le buvoit jadis dans
,, *Bordeaux*. Les Medecins qui
,, avoient charge de le traiter de la
,, part du Roi leur Maître, voyant
,, les excès de leur Malade, lui di-
,, rent assez sechement & en colere
,, qu'il faisoit tout ce qu'il pouvoit
,, pour se tuer, & que continuant ce
,, train de vie, il ne pouvoit pas traî-

,, ner plus de quinze jours ou trois G. Bu-
,, femaines. Il les pria de faire une CHANAN.
,, confultation par enfemble, pour
,, voir combien il pourroit vivre, en
,, s'abftenant de boire du vin ; ils le
,, firent & la réfolution fut qu'il
,, pourroit encore vivre cinq ou fix
,, ans, s'il fe pouvoit commander
,, jufques-là, à quoi il fit une ré-
,, ponfe digne de fon humeur. *Allez,*
,, dit-il, *avec vos ordonnances & re-*
,, *gimés, & fachez que j'aime mieux*
,, *vivre trois femaines, m'enyvrant*
,, *tous les jours, que fix ans fans boire*
,, *du vin* : & auffi-tôt ayant, en per-
,, fonne defefperée, donné congé à
,, fes Medeçins, il fe fit porter au
,, chevet de fon lit, un tonneau de
,, vin de Grave, refolu de voir le
,, fond devant que de mourir, &
,, s'y comporta fi valeureufement
,, qu'il l'épuifa jufques à la lie . . . .
,, Ayant la mort & le verre entre
,, les dents, les Miniftres le vifite-
,, rent pour lui remettre l'efprit, &
,, le réfoudre à mourir avec quelque
,, fentiment de Religion. Un d'en-
,, tr'eux pour toute exhortation
,, lui recommanda de reciter l'O-

G. Bu-,, raison Dominicale : & lui, ouvrant
CHANAN.,, les yeux, regarde affreusement le
,, Ministre, *Qu'est-ce que cela*, dit-
,, il, *que vous appellez l'Oraison Do-*
,, *minicale?* Les Assistans repartent
,, que c'est le *Pater noster*, & que
,, s'il n'a pas le moyen de prononcer
,, cette Oraison, qu'on le supplioit
,, à tout le moins de reciter quelque
,, Oraison chrétienne afin qu'il mou-
,, rût en homme de bien. *Pour moi*,
,, dit-il d'un sens ferme & assuré, *je*
,, *n'ai jamais sçu d'autre priere que*
,, *celle là.*
Cinthia prima suis miserum me cepit
   Ocellis.
Contractum nullis ante cupidinibus.
   ,, Et à peine eut-il recité dix ou
,, douze vers continués de cette
,, Elegie de *Properce* qu'il expira en-
,, tre les verres & les pintes.
   Melvil dans ses *Memoires* Livre 14e. fait ainsi le caractere de
Buchanan ,, *George Buchanan*, dit-
,, il, étoit un vrai Stoïcien, qui al-
,, loit toûjours son grand chemin,
,, & qui ne se mettoit point en peine
,, de l'avenir. C'étoit un homme de
,, grand savoir, & fort consideré

,, pour cela dans les Pays Etran-
,, gers. Il étoit agréable en compa-
,, gnie, & ſavoit bien employer les
,, Sentences & les bons mots des
,, Anciens, qu'il citoit fort à pro-
,, pos; & quand les Auteurs ne lui
,, fourniſſoient rien, ſon eſprit étoit
,, aſſez fertile de lui même, & n'é-
,, toit jamais en peine pour trouver
,, quelque belle penſée. Il étoit fort
,, devot, mais facile à ſe laiſſer
,, préoccuper, de ſorte qu'il épouſoit
,, preſque toûjours les opinions de
,, ceux qu'il frequentoit, ce qui le
,, rendit factieux ſur ſes vieux jours.
,, Il parloit & il écrivoit toûjours
,, ſelon les informations que lui don-
,, noient ceux qui étoient prés de
,, lui; car il étoit devenu négligent,
,, & il aimoit mieux s'en rappor-
,, ter aux opinions vulgaires, que ſe
,, donner la peine de les examiner.
,, D'ailleurs il étoit extrémement
,, vindicatif & ne pardonnoit jamais
,, à ceux qui l'avoient offenſé, ce qui
,, étoit ſon plus grand défaut.

Quoi que *Melevil* fut d'un parti
oppoſé à celui de *Buchanan*, puiſqu'il étoit dans les interêts de la

G. Bu-
CHANAN.

Reine *Marie*, & qu'il paroisse n'a-
voir point été son ami, ce caractere
est assez conforme à la verité.

Tous les Ouvrages de *Buchanan*
ont été imprimés ensemble en 1715,
sous ce titre *Georgi Buchanani, Scoti,
Poëtarum sui sæculi facile Principis
opera omnia ad optimorum codicum fi-
dem summo studio recognita & castiga-
ta: nunc primum in unum collecta, at
innumens pene mendis quibus plæræque
omnes editiones antea scatebant repur-
gatá, ac variis insuper notis aliisque
utilissimis accessionibus illustrata &
aucta, curante Thoma Rudimanno A.
M. Edimburgi apud Robertum Fre-
bairn 1715. fol. 2. tom.* M. *Rudiman* Garde de la Bibliotheque des
Avocats à *Edimbourg*, qui a travaillé
à cette addition, y a joint de bonnes
remarques & des éclaircissemens,
sur tout par rapport à l'Histoire
d'Ecosse, dont il paroit avoir une
grande connoissance.

Le 1. Volume contient.

1°. *Vita G. Buchanani ab ipso scripta.*
Cette vie que *Buchanan* écrivit deux
ans avant sa mort, a paru à la tête
de plusieurs éditions de ses poësies.

Elle eſt ici accompagnée de quanti- G. Bu-
té de notes pour l'éclaircir, & pour CHANAN.
ſuppléer à ce qui y manque. Elle
merite, ſuivant les Journaliſtes de
Trevoux, des éloges par plus d'un
endroit. Non ſeulement on y voit
cette pureté d'élocution, & cette
élegance de ſtile que *Buchanan* a employée dans ſes autres Ouvrages;
mais elle a de plus un air de modeſtie
& de ſincerité qui ſe trouve rare-
ment dans ces ſortes de compoſi-
tions. *Bayle* s'étonne de ce qu'il n'y
ait rien dit de ce qu'il fit après ſon
retour en Ecoſſe pendant le temps
de ſa proſperité. ,, Ce ſilence, dit-il,
,, pourroit paroître myſterieux à des
,, gens qui ſe plairoient à tourner
,, les choſes du mauvais ſens. Ils
,, ſeroient capables de croire que
,, *Buchanan* ſur ſes vieux jours plein
,, de confuſion & de repentir, de
,, s'être livré à la faction, qui chaf-
,, ſa la Reine *Marie*, dont il avoit
,, reçû tant de bienfaits, & qu'il a-
,, voit tant loüée, n'oſoit ſe faire con-
,, noître par ce temps là, ni reveiller
,, dans l'eſprit de ſes Lecteurs l'idée
,, des Livres qu'il avoit faits ſelon

G. Bu-
chanan.

» l'interêt de ceux qui étoient alors » les maîtres.

2. *Rerum Scoticarum Historia.* Les éditions de cette Histoire sont les suivantes. 1ª. *Edinburgi* 1582. *in fol.* 2ª. *Geneva* 1583. *in fol.* 3ª. *Edinburgi* 1593. *in* 8°. 4ª. *Francofurti ad Mœnum* 1594. *in* 8°. 5ª. *Lugd. Batav.* 1643. *in* 8°. 6ª. *Ultrajecti* 1668. *in* 8°. 7ª. *Lipsia* 1669. *in* 8°. 8ª. *Ultrajecti* 1697. *in* 8°. 9ª. *Edinburgi* 1700. *in* 12. Cette Histoire qui est en 20 livres commence à *Fergus* premier Roi d'Ecosse 330. ans avant *Jesus-Christ*, & va jusqu'à l'an 1553. L'Auteur y avoit travaillé depuis 1568. & elle fut achevée d'imprimer en 1582. un mois avant sa mort. Elle est écrite, selon M. *de Thou*, avec tant d'esprit, de pureté, & de discernement, qu'il semble que ce soit la production, non pas d'un homme qui a passé une partie de sa vie dans la poussiere de l'école, mais d'un Ministre qui a manié toute sa vie les affaires les plus difficiles & les plus importantes d'un Etat. Il y a joint la brieveté de *Salluste* à l'élegance & à la netteté de

de *Tite-Live* ; car ce font les deux G. Bu-
Auteurs qu'il s'eft propofé princi-CHANAN.
palement d'imiter. Le P. *Rapin* (*a*)
trouve cependant qu'il eft trop fer-
vile imitateur de *Tite-Live* , & qu'il
a dérobé aux Anciens ce qu'il a de
bon. » Il écrit, *ajoûte-t-il* , d'un
» grand fens , mais il a peu d'éle-
» vation pour les fentimens. Ses
» longues citations du troifiéme li-
» vre ne plaifent pas à tout le mon-
» de., non plus que le grand détail
» qu'il fait au livre deuxiéme de
» la notion du Pays dont il parle.
En effet , les trois premiers livres
font un ouvrage hors d'œuvre , &
ont dégouté beaucoup de perfonnes
de lire cette Hiftoire, quoique très-
digne d'être lûe , parce qu'ils contiennent des matieres qui n'interef-
fent que les Ecoffois., comme une
defcription Geographique du Pays,
une Differtation fur l'origine &
l'antiquité des Ecoffois , & les témoignages des Auteurs anciens fur
ce fujet. Ces défauts ne font cependant rien en comparaifon de la

[*a*] Inftruction pour l'Hift. p. 148.
Tome VII. V

G. BU-partialité que *Buchanan* fait voir par
CHANAN. tout contre l'autorité Royale, &
surtout contre la Reine *Marie*,
qu'il y a déchirée cruellement.
Quelques-uns ont prétendu qu'il
s'étoit repenti à la mort de ce qu'il
avoit écrit sur ce sujet dans cette
Histoire, & dans les ouvrages sui-
vans, & qu'il avoit alors souhaité de vivre autant de tems qu'il
lui étoit necessaire pour se retrac-
ter ; mais il n'y a rien de bien fon-
dé dans cette prétention. *Bayle* assure au contraire avoir oui dire à
un Seigneur Ecossois, que quand
on demanda à *Buchanan* au lit de la
mort, s'il ne se repentoit pas de ce
qu'il avoit écrit contre le droit des
Rois, & en particulier contre l'honneur de la Reine *Marie Stuart*, il
répondit : je m'en vais en un lieu
où il n'y a gueres de Rois. L'Histoire d'Ecosse a été traduite en Anglois & en Flamand.

3. *De Jure Regni apud Scotos*,
Dialogus. Imprimé pour la premiere
fois à *Edimbourg* 1579. *in* 4°. It.
1580. *in* 4°. It. avec l'Histoire d'E-
cosse dans toutes les éditions, ex-

cepté la premiere de 1582. Ce Dialogue eſt fait à l'imitation de ceux
de *Ciceron*, dont *Buchanan* imite
parfaitement bien le ſtile ſans le pil-
ler, ni le ſuivre ſervilement, comme faiſoient les Ciceroniens du
tems d'*Eraſme* ; il a ſçû y exprimer
ſes penſées en un ſtile auſſi ſimple
& auſſi naturel qu'élegant. Il l'écrivit pendant les plus grands troubles
d'Ecoſſe, & le dédia en 1579. au
Roi *Jacques* ſon diſciple. Les maximes dont il eſt rempli ſont trop ſé-
ditieuſes & trop oppoſées à la tranquillité des Etats, pour qu'il fût
bien reçû par d'autres que par ceux
en faveur de qui il avoit été fait.
Il fut bien-tôt refuté par differens
Auteurs. *Adam Blacvvod* Ecoſſois,
& Conſeiller au Preſidial de *Poi-
tiers* publia *Apologia pro Regibus*,
*contra Buchanani Dialogum de Jure
Regni apud Scotos. Pictavis* 1581. *in*
8°. Un Allemand nommé *Ninianus
Vinzetus* ſe mit auſſi ſur les rangs
pour combattre ces maximes, &
Barclai autre Ecoſſois les attaqua
encore plus fortement dans ſon livre intitulé : *De Regno & Regali*

G. BU-CHANAN.

potestate contra *Monarchomachos, Bu-chananum, Brutum, Boucherium, &c.* Sex libris. *Paris.* 1600. *in* 4°.

4. *De Maria Scotorum Regina, totaque ejus contra Regem conjuratione, foedo cum Bothuelio adulterio, nefaria in maritum crudelitate & rabie, horrendo insuper & deterrimo ejusdem parricidio, plena & tragica plane Historia.* Cette piece qui est des plus violentes & des plus satyriques contre l'honneur de la Reine Marie a été imprimée d'abord en 1571. *in* 8°. *pp.* 128. & bien-tôt après on en publia une traduction Angloise. Elle fut aussi imprimée en François à *Edimbourg* en 1572. *in* 8°. ensuite elle a été inserée avec des additions dans le premier volume des *Memoires de l'Etat de la France sous Charles IX.* imprimez à *Middelbourg* en 1578. *in* 12. Cet ouvrage étoit originairement intitulé *Detectio.*

5. *Avertissement aux Seigneurs qui sont les vrais défenseurs du Roi.* Cette piece, que *Buchanan* a écrite en sa Langue maternelle, est une satyre violente contre les *Hamiltons,* qui étoient alors les chefs du parti qui

s'oppofoit aux entreprifes de la Regence où *Buchanan* étoit engagé.
Le credit de cette famille l'a fait
fupprimer & ôter de la plûpart des
exemplaires.

6. *Cameleon.* C'eft une autre fa-
tyre contre un habile homme de
ce tems nommé *Maitland*, qui avoit
fouvent changé de parti , & qui
étoit alors de celui de la Reine.

Le deuxiéme volume contient.

1. *Pfalmorum Davidis Paraphrafis Poetica.* Il y avoit déja eu vingt-
fix éditions de cet excellent ouvrage , qui outre cela fe trouve dans
toutes celles qui ont été faites du
recueil de fes Poëfies. La premiere,
*apud Henricum Stephanum & Rober-
tum Stephanum in 8°. 2a. Cum ejuf-
dem Jephte Tragedia apud eofdem
1566. in 12. 3a Cum Jephte. Antuerpia ex Officina Chrift. Plantini 1566.
in 12. 4a. Cum Pfalmis aliquot in
verfus Gracos tranflatit. Argentorati. Joseph Rihelius 1566. in 12.
5a. Cum Jephte & Pfalmis aliquot
Gracis. Antuerpia. Chrift. Plantin
1567.* C'eft une des plus belles.
*6a. Cum ornamentis marginalibus &
argumentis Antonii Flaminii in fingu-*

G. Bu- *los Psalmos. Argentorati* 1572. *in* 8°.
CHANAN. 7ª *Cum Jephte. Lutetia Rob. Stepha-*
nus 1575. *in* 12. *in* 8°. *Cum Jephte.*
Lutetia Rob. Stephanus 1580. *in* 12.
9ª. *Cum Jephte. Londini.* 1580. *in* 12
10ª. *Cum Beza Psalmorum Paraphra-*
si & Jephte. Morgiis. Joan. le Preux.
1581. *in* 8°. 11ª. *Cum argumentis &*
melodiis N. Chytrai, ejusdemque Col-
lectaneis. Herbornia Nassoviorum.
1590. *in* 8°. Cette édition est la plus
utile de toutes, selon l'Auteur de
l'*Histoire critique de la Republique des*
Lettres, tant à cause des longs Argumens ou Sommaires, qui sont à
la tête de chaque Pseaume, que par
rapport aux Scholies de *Ghytrée*, où
il y a beaucoup de litterature
12ª *Cum Jephte & Baptiste. Typis.*
Jacobi Stoer. 1591. *in* 12. 13ª. *Cum*
Beza Psalmorum Paraphrasi, & Je-
phte, & Baptiste. Geneva. Fran-
cisc. le Creux. 1564, *in* 8°. 14ª. *Cum*
Jephte. Lugd. Bat. Fr. Caphelengius.
1595. *in* 12. 15a. *Cum argumentis*
& melodiis N. Chytrai ejusdemque
collectaneis. Herborna Nassoviorum.
1595. *in* 12. 16a. *Cathalauni. Claud.*
Guyot. 1601. *in* 12. *Cette Edition a*
ceci de particulier, qu'on y voit une

priere assez courte à la fin de chaque
Pseaume. 17ᵃ. *Cum Jephte ex Offici-*
na Plantiniana Raphelengii 1603. *in*
12.18a. *Cum Jephte & Baptiste, ex ea-*
dem Officina. 1609. *in* 24. 19a. *Cum*
Jephte & Baptiste. Sumtibus Henrici
Laurentii. 1617. *in* 12. 20ᵃ. *Cum ar-*
gumentis, melodiis, & collectaneis N.
Chyrtrei. Herb. Nass. 1619. *in* 12. 21ᵃ.
&c. *Cum Ecphrasi Alexandri Julii.*
Londini 1620. *in* 8⁰. 22ᵃ. *Cum Jephte*
& Baptiste. Edinburgi And. Cart.
1621. *in* 12. 23ᵃ. *Cum Jephte &*
Baptiste. Lugd. Cat. sumptibus Henr.
Laurentii 1621. *in* 12. 24ᵃ. *Cum Jephte*
& Baptiste. Edinburgi. 1660. *in* 8⁰.
25ᵃ *Cum Jephte & Baptiste. Edim-*
burgi 1694. *in* 12. 26. *Cum Ecphrasi*
Alexandri Julii Edimburgi 1694. *in* 12.

On a donné de plus separement
Psalmus CIV cum Judicio Gul. Bar-
daii de Certamine G. Eglisemmii cum
Buchanano pro dignitate paraphraseos
ejus Psalmi Londini. 1620 *in* 8⁰. *It.*
Edinburgi 1696 *in* 8⁰. *Psalmus CXX.*
cum Analys organica Joan. Jacobi
Beureri, & aliis aliorum ejusdem Psal-
mi Paraphrasibus. Basileæ. 1586. *in* 4⁰.

Cette Paraphrase des Pseaumes est

G. Bu-
CHANAN.

le chef-d'œuvre de *Buchanan*, & elle a toûjours fait l'admiration des personnes de bon goût. On dit même que *Nicolas Bourbon* le jeune, bon Poete, & bon Juge en fait de Poesie, la preferoit à l'Archevêché de *Paris*, de même que *Passerat* preferoit au Duché de *Milan* l'Ode que *Ronsard* a faite pour le Chancelier de l'*Hopital*, & que *Jules Scaliger* témoignoit qu'il auroit mieux aimé être l'Auteur de la 9e Ode du 3e Livre d'*Horace*, que d'être Roi de Perse, ou avoir fait la 3e du 4e Livre, que d'être Roi d'Arragon. Cette Paraphrase est assez fidelle pour le sens.

2°. *Jephte. Tragedia*. Cette piece a été imprimée plusieurs fois avec ses Poesies & separement avec sa paraphrase des Pseaumes, comme on a pû le voir plus haut.

3°. *Baptistes sive calumnia* .. Cette Tragedie fut imprimée pour la premiere fois à *Paris* en 1564, & l'a été depuis plusieurs fois avec la paraphrase des Pseaumes & dans le Recüeil des Poësies de *Buchanan*, & separement à *Francfort* en 1578 in 8°. *Buchanan* fit ces deux Pieces, pendant qu'il regentoit à *Bordeaux*.

Ce

G. Bu-
CHANAN.

Ce ne ſont pas les meilleures de ſes
Poëſies. *Grotius* (a) qui étoit bon
Juge en cette matiere, a raiſon dedi-
re que l'Auteur, quoiqu'un très-
grand homme dans les autres choſes, n'a pas aſſez ſoûtenu la gravi-
té du ſtile tragique, & l'on peut a-
joûter à cela que les regles du Poëme dragmatique n'y ſont pas aſſez
bien obſervées. Mais peu de gens
avoient alors de juſtes idées ſur ce
ſujet. Le *Jean-Baptiſte* a été fait le
premier, & *Buchanan* aſſûre que le
ſuccés de cette Piece lui fit entreprendre celle de *Jephté*, qu'il travailla avec plus de ſoin. Les Critiques
n'ont pas cependant remarqué beaucoup de différence entre elles, &
le Jephté ne leur a paru ni plus regulier, ni plus accompli, que le
Jean-Baptiſte.

4°. *Franciſcanus.* Cette Satyre a
été imprimée pluſieurs fois avec ſes
autres Poëſies.

5°. *Fratres Fraterrimi.* C'eſt un
Recüeild'Epigrammes, ouPieces ſatyriques au nombre de 57, principalement contre les Moines & autres
Eccleſiaſtiques. *Buchanan* leur a

(a) *Epiſt. V. ad Gallos.*

G. Bu- donné ce titre pour faire entendre
CHANAN. qu'ils se ressemblent tous. Elles ont
été imprimées plusieurs fois à la suite de l'ouvrage précedent.

6°. *El giæ, Sylva, Hendecassylla-
bi, Jambi, Epigramata, & Miscel-
lanei.* On voit dans toutes ces
Poësies beaucoup d'invention & un
stile pur, net, élegant, & relevé,
lorsque le sujet le demande. D'ailleurs le tour en est si facile & si heureux, que les plus beaux endroits
semblent n'avoir rien coûté à l'Auteur. On trouve cependant que ses
Odes sont fort inégales, & qu'il y
en a beaucoup de negligées, pendant que les autres sont parfaites &
dignes de l'antiquité. On prétend
aussi que la plûpart de ses Epigrammes sont vuides de sens, quoiqu'elles ayent du nombre & de la cadence, & quelles soient accompagnées
de beaucoup de douceur. M. *Menage* (*a*) a remarqué que *Buchanan* a
fait par inadvertance un solecisme
dans ce vers.

Illa meum *rudibus succendit pecto-
ra flammis.* C'est une faute capable
de faire honte à un Poëte mediocre,

(a) *Anti-Baillet, tome I. p.* 11.

mais qui ne fait rien à l'égard de Buchanan.

7°. *De Sphæra libri V.* imprimés
pour la premiere fois à *Herborn.* 1587
in 8°. *Buchanan* n'a pas eu le temps
d'achever ce Poëme. On trouve
pourtant dans ce qu'il en a fait de
très-beaux vers fur une matiere très-
difficile, qui a fouvent embaraffé
Manille même. On a ajoûté ici,
comme dans plufieurs autres éditions, les fuplémens de *Jean Pincier*
Medecin, aux livres IV. & V. qui
étoient reftés imparfaits, & les Argumens du même fur tous les cinq
livres; & deplus, ce qui n'étoit encore en nulle autre édition, les fuplémens & les Argumens *d'Adam
King* favant Avocat & Mathema-
ticien d'Ecoffe en fort bons vers
latins, & un Commentaire fur tout
l'Ouvrage, qui n'avoient jamais été
imprimés.

8°. *Medea & Alceftis.* Ce font
deux pieces traduites en vers latins
du Grec *d'Euripide* pour l'ufage
des Ecoliers de *Bordeaux. Henry
Etienne,* cité par Mr. *d'Almeloveen,*
(*a*) affure cependant, que *Bucha-*
(*a*) *Plagiar. Syllab.* p. 86.

X ij

G. Bu-*nan* n'a pas traduit la *Medée*, mais
CHANAN. qu'en ayant trouvé une traduction
dans une Bibliotheque, il la publia
comme un Ouvrage de sa façon;
c'est ce qui ne paroît gueres probable.

9°. *Satyra in Cardinalem Lotha-*
ringium. Cette piece a paru pour la
1re fois en 1690. *in* 8°. avec quelques
Poësies de *Buchanan*, c'est une satyre violente qu'il fit après le massa-
cre de la S. Barthelemi. On n'y voit
ni ce beau feu ni cette belle ver-
sification qui se trouve dans ses autres Poësies ; ce qui a fait croire à
d'habiles gens qu'elle n'étoit pas de
lui. Mais Mr. *Rudiman* fait voir qu'il
en est l'Auteur, & l'excuse en même temps à cause de son âge avancé, & de ses occupations qui ne lui
ont pas laissé le loisir de retoucher
& de polir cette piece, comme il
avoit fait d'autres.

Il ne sera pas inutile de donner ici
le détail des differentes éditions du
Recuëil de ses Poësies 1a. *Edinburgi*
1615. *in* 24. la *Medée* & l'*Alceste* n'y
sont pas. 2a. *Amstelod. Abraham*
Elzevier 1620 *in* 24. 3a. *Salmurii.*
1621. *in* 12. Cette édition est fort

jolie 4ª. *Ex Officina Elzeviriana* G. Bu-
1628. *in* 24. 5ª *Amſtelod. Joan. Jan-* CHANAN,
ſon 1640 *in* 24 6ª. *Amſtelod. Waeſ-*
berge. 1665. *in* 24. 7ª. *Amſtelod. Dan.*
Elzevier. 1676 *in* 24. 8ª. *Edinburgi*
1677. *in* 12. 9ª. *Londini* 1686 *in*
8°. 10ª. *Amſtelodami Henri Weiſ-*
tein. 1687. *in* 24.

10. *Rudimenta Grammatices Tho-*
ma Linacri, ex Anglico Sermone in
Latinum verſa, imprimés à Paris par
Robert Etienne en 1546. & en 1550.
in 8°. *Buchanan* traduiſit cetteGram-
maire vers l'an 1532 pour l'uſage
du Comte de *Caſſils,* dont il étoit
alors Precepteur.

11. *Georgi Buchanani ad viros ſui*
ſaculi clariſſimos, eorumque ad eun-
dem Epiſtola imprimées pour la premiere fois à *Londres* en 1711. *in* 8°.
pp. 93. par les ſoins de *Jacques Oli-*
phant. Ces lettres ſont au nombre
de 35. elles commencent vers l'an
1564. & finiſſent à l'an 1581. Il n'y a
rien de fort intereſſant.

V. Sa vie par lui même & les notes
de Mr. *Rudiman. Bibliot. choiſie to.*
8. *p.* 106. *Teiſſier Eloges des Hommes*
Savans. Bayle Dictionnaire.

C. PLINIUS SECUNDUS.

UN Savant qui a composé une Dissertation sur la Patrie de *Pline* (*a*) assûre qu'il étoit natif de *Veronne* ; il se fonde sur un ancien Auteur qui a fait un abregé de sa vie, & sur ce que *Pline* lui-même assûre dans la Preface de son Histoire naturelle, qu'il étoit du même Pays & de la même Terre que *Catulle*. (*b*) *Scaliger* pense comme lui. L'Auteur de la vie de *Pline* qui porte le nom de *Suetone* le fait naître à *Rome*. S. *Jerome* est du même sentiment. Cependant le P. *Hardouin* dans sa Preface de *Pline* soûtient qu'il n'a point eu d'autre Patrie que *Rome*, que cette ville étoit la demeure des familles *Plinia* & *Pomponia*. *Pline*, dit-il, parlant de *Rome*, l'appelle toûjours *notre Ville* ; ses Loix, & ses Annales, *nos loix, nos Annales* ; *Remus & Romulus, nos Fondateurs*, les Romains & leurs Magistrats, *nos Ancêtres, nos Magistrats*. Ces

(*a*) *Polycarpus parlermus.*
(*b*) *Catullum conterraneum meum.*

preuves & quelques autres ſembla- C. PLI-
bles lui paroiſſent démonſtratives, N I U S
mais le paroîtront-elles également SECUN-
à tous ceux qui feront reflexion, DUS.
que quoique la famille *Plinia* fit ſa
demeure à *Rome*, *Pline* pouvoit
avoir pris naiſſance ailleurs qu'à *Rome*? que tous ceux qui étoient ho-
norez de la qualité de Citoyens
Romains pouvoient tenir le langage qu'il tient; à plus forte raiſon un
homme comme lui qui faiſoit ſon
ſéjour ordinaire à *Rome*, & qui
avoit rempli les premieres Charges
de l'Empire.

Après avoir établi ſon ſentiment,
voici comme le *R. P. Hardouin* refute celui des autres. *S. Jerôme*,
dit-il, ne fait naître *Pline* à *Côme*,
que parce qu'il a été trompé par
Suetone, qu'il a crû être l'Auteur de
la vie qui porte ſon nom, ce qui
eſt faux. Il ajoûte dans une note que
le mot *Novocomenſis* ne ſe trouve
pas dans les bons MSS. Le mot de
Conterraneus ne l'embarraſſe pas
plus, il le prétend d'un tems inferieur à *Pline*; de là il infere que
la Preface où il ſe trouve n'eſt pas

de *Pline*. La difference de ftile, les contradictions avec fon Hiftoire qu'il croit y appercevoir le confirment dans fon fentiment.

Quoiqu'il en foit, *Pline* nâquit fous l'Empire de *Tibere* l'an 774. de *Rome* & la vingtiéme année de l'ere vulgaire. Il porta les noms de *C. Plinius Secundus*, il prit celui de *Plinius* de fon pere, & celui de *Secundus* de fa mere. Selon un des anciens Auteurs de fa vie que j'ai citez, celle-ci s'appelloit *Marcella* & celui-là *Celer*. Il vint au monde avec un genie propre à toutes les belles connoiffances, & il n'en negligea aucune. Comme il n'y eut pas de fon tems de plus habile homme que lui, felon le témoignage d'*Aulugelle*, il n'y en eût pas auffi de plus ftudieux fi nous en croyons *Pline le jeune. Auct. incert. Aul. Gell. Noct. Att. liv. 3. c. 16. Plin. Epift. 5. l. 3.*

Son amour pour l'étude ne l'empêcha pas de remplir plufieurs dignitez. Il fut Procureur de Cefar en *Efpagne* & en *Affrique*; il fut élevé

à la dignité d'*Augur* , efpece de Sa- C. PLI-
cerdoce qu'on confervoit toute la NIUS SE-
vie. Hortenfius , Ciceron & bien CUNDUS.
des grands hommes de la Republique l'avoient été avant lui. Il eut
auffi des emplois importans dans les
Armées ; & marchant fur les tra-
ces des plus illuftres Romains, après
s'être diftingué dans la guerre par
fa valeur , il ne fe diftingua pas
moins dans le Barreau par fon éloquence. *Auct. incert. Plin. ut fup.*
Plin. Hift. Nat. l. 17. fect. 3.

Sa maniere de vivre étoit certainement admirable , il fe mettoit
à l'étude en Eté dés que la nuit
étoit tout-à-fait venue. En Hyver à
une heure du matin , au plus tard à
deux , & fouvent à minuit. Le fommeil le prenoit quelquefois & le
quittoit fur les livres. Avant le jour
il fe rendoit chez l'Empereur *Vef-*
pafien qui paffoit auffi les nuits au
travail ; de là il alloit s'acquitter
de ce qui lui étoit ordonné. Ses
affaires faites il retournoit chez lui,
& ce qui lui reftoit de tems , il
l'employoit à l'étude. Après le dî-
ner toûjours fimple & leger , felon

C. PLI-
NIUS.
SECUN-
DUS.

la coûtume des anciens, s'il se trouvoit quelques momens de loisir en
Eté il se couchoit au Soleil, on lui
lisoit quelque livre, sur lequel il
faisoit ses remarques & ses extraits,
car jamais il n'a rien lû sans extrai-
re. Aussi avoit-il accoûtumé de dire,
*qu'il n'y a si mauvais livre où l'on ne
puisse apprendre quelque chose.* Après
s'être retiré de table il se mettoit le
plus souvent dans le bain d'eau froide, il mangeoit un morceau, & dor-
moit très-peu de tems. Ensuite,
& comme si un nouveau jour eût
recommencé il reprenoit l'étude jus-
ques au tems du souper. Pendant
qu'il soupoit, nouvelle lecture, nouveaux extraits, mais en courant. Un
jour le Lecteur ayant mal prononcé quelques mots, un de ceux qui
étoient à table l'obligea de recom-
mencer : *Quoi ne l'avez-vous pas
entendu*, lui dit-il ? *pardonnez-moi*,
répondit son ami ; *& pourquoi donc
le faire repeter*, repartit Pline ? *votre
interruption nous coûte plus de dix
lignes*, tant il étoit bon menager
du tems. L'Eté il sortoit de table
avant la fin du jour, en Hyver en-

tre ſept & huit, & tout cela il le C. PLI-
faiſoit au milieu du tumulte de *Ro-* N I U S
me, malgré toutes les occupations SECUN-
qu'on y trouvoit, & le faiſoit com-.DUS.
me ſi quelque loi l'y eut forcé. A
la campagne le ſeul tems du bain
étoit exempt de l'étude, c'eſt-à-
dire le ſeul tems auquel il étoit dans
l'eau; car pendant qu'il en ſortoit,
ou qu'il ſe faiſoit eſſuyer, il ne manquoit point ou de lire ou de dicter.
Dans ſes voyages c'étoit ſa ſeule
application, comme ſi alors il eût
été plus dégagé de tous les autres
ſoins. Il avoit toûjours à ſes côtez,
ſon livre, ſes tablettes & ſon co-
piſte, il lui faiſoit prendre ſes gants
en Hyver, afin que la rigueur même de la ſaiſon ne pût dérober un
moment à l'étude. C'étoit par cette
raiſon qu'à *Rome* il n'alloit jamais
qu'en chaiſe. Il comptoit pour perdu tous les momens qu'on n'employoit pas aux Sciences. *Pl. Ep.*
5. *l.* 3.

Avant d'en venir à ſes ouvrages
il eſt à propos de rapporter les circonſtances de ſa mort: elles ſont
ſi remarquables qu'on n'en doit ou-

C. PLI-
NIUS SE-
CUNDUS.

blier aucune. Il étoit a *Misene* où il commandoit la Flote, il avoit en sa compagnie sa sœur & *Pline le jeune* son neveu. Le 23. du mois d'Août environ une heure après midi après avoir été couché au Soleil pendant quelque tems & avoir bû de l'eau froide, il s'étoit jetté sur un lit où il étudioit, lorsque sa sœur l'avertit qu'il paroissoit un nuage d'une grandeur & d'une figure extraordinaire; il se leva aussi-tôt & monta en un lieu, d'où il pouvoit aisément observer ce prodige; il étoit difficile de deviner de loin de quelle montagne ce nuage sortoit, l'évenement découvrit ensuite que c'étoit du Mont-Vesuve. Sa figure approchoit de celle d'un arbre, & plus d'un pin que d'aucun autre. Car après s'être élevé fort haut en forme de tronc il étendoit des especes de branches, il sembloit qu'un vent souterrain le poussoit d'abord avec impétuosité & le soutenoit après. Mais soit que l'impression diminuât peu à peu, soit que ce nuage fût affaissé par son propre

poids, on le voyoit se dilater & se
répandre, il paroissoit tantôt blanc
tantôt noirâtre, & tantôt de diverses couleurs, selon qu'il étoit plus
chargé ou de cendre ou de terre.
Ce prodige le surprit, & il le crût
digne d'être examiné de plus près,
il commanda sur le champ qu'on
appareilla une fregate legere. Il sortoit de chez lui les tabletes à la
main, lorsque les troupes de la flote
qui étoit à *Retine*Bourg précisément
situé sous Misene effrayées par la
grandeur du danger, vinrent le con-
jurer de ne point s'exposer à un si af-
freux peril; il ne changea pas pour
cela de dessein, & poursuivit avec
un courage Heroïque, ce qu'il n'a-
voit d'abord entrepris que par simple curiosité. Il monta sur sa Ga-
lere, & partit dans le dessein de
voir lui-même quel secours on pourroit donner non-seulement à *Retine*,
mais encore à tous les autres Bourgs
de cette côte qui sont en grand nombre. Il se presse d'arriver aux lieux
d'où tout le monde fuyoit, & où
le peril paroissoit plus grand, mais
avec une telle liberté d'esprit qu'à

C. PLI-
NIUS
SECUN-
DUS.
mesure qu'il appercevoit quelque mouvement ou quelque figure extraordinaire, il faisoit ses observations & les dictoit. Sur ses Galeres voloit la cendre plus épaisse & plus chaude à mesure qu'ils s'approchoient, des pierres calcinées & des cailloux tout noirs, tout brûlez, tout pulverisez par la violence du feu, tomboient autour d'eux. La Mer sembloit refluer, & le rivage devenir inaccessible par des monceaux entiers de montagnes dont il étoit couvert. Lorsqu'après s'être arrêté quelques momens, incertain s'il retourneroit, il dit à son Pilote qui lui conseilloit de gagner la pleine Mer : *La fortune favorise le courage, tournez du côté de Pomponianus*; *Pomponianus* étoit à *Stabie* en un endroit separé par un petit golfe que ferme insensiblement la Mer. Là à la vûe du peril qui étoit encore éloigné, mais qui sembloit s'approcher toûjours, il avoit retiré tous ses meubles dans ses Vaisseaux & n'attendoit pour s'éloigner qu'un vent moins contraire. Pline à qui ce vent avoit été trés-favorable l'a-

borda , le trouvant effrayé l'em- C. P L I-
braffa , & pour diffiper par fa fe- N I U S
curité la crainte de fon ami , il fe S E CUN-
fit porter au bain, aprés s'être baigné D U S.
il fe mit à table, & foupa avec toute
fa gayeté , ou ce qui n'eft pas moins
grand, avec toutes les apparences defa
gayeté ordinaire, cependát on voïoit
luire de plufieurs endroits du Mont-
Vefuve de grandes flâmes & des em-
brafemens , dont les tenebres aug-
mentoiént l'éclat ; pour raffurer
ceux qui l'accompagnoient , il leur
difoit que ce qu'ils voyoient brûler,
s'étoient des villages que les payfans
allarmez avoient abandonnez, & qui
étoient demeurez fans fecours. Enfuite il fe coucha & dormit d'un
profond fommeil ; car comme il
étoit puiffant on l'entendoit ronfler
de l'Antichambre. Mais enfin la
cour par laquelle on entroit dans
fon appartement commençoit à fe
remplir fi fort de cendres que pour
peu qu'il eût refté plus long-temps,
il ne lui auroit plus été libre d'en
fortir. On fut l'éveiller , & il fut
rejoindre fur le champ *Pomponianus*
& les autres qui avoient veillé ; ils

C. PLI-
NIUS
SECUN-
DUS.

délibererent s'ils resteroient dans la maison ou s'ils tiendroient la campagne, car les maisons étoient tellement ébranlées par les frequens tremblemens de terre, que l'on auroit dit qu'elles étoient arrachées de leurs fondemens, jettez tantôt d'un côté, tantôt de l'autre, & puis remises en leur place. Hors de la Ville la chute des pierres quoique legeres & dessechées par le feu étoit à craindre. On choisit la raze campagne, ils sortirent après s'être couvert la tête d'oreillers attachez avec des mouchoirs. Le jour recommençoit ailleurs, mais dans le lieu où ils étoient, continuoit une nuit la plus sombre & la plus affreuse de toutes les nuits, & qui n'étoit un peu dissipée que par la lueur d'un grand nombre de flambeaux & d'autres lumieres. On trouva bon de s'approcher du rivage & d'examiner de près ce que la mer permettoit de tenter, mais on la trouva encore fort grosse & fort agitée d'un vent contraire : Alors il demanda de l'eau & but deux fois, se coucha sur un drap qu'il fit étendre, ensuite des flames qui parurent plus grandes & une odeur

odeur de foufre qui annonçoit leur
approche mirent tout le monde en
fuite. Il fe leva appuyé fur deux
valets & dans le moment il tomba
mort. (*a*) Je m'imagine, dit Pline
le jeune, qu'une fumée épaiffe le fuf-
foqua d'autant plus aifément qu'il
avoit la poitrine foible & fouvent
la refpiration embaraffée. Lorfqu'on
commença a revoir la lumiere, ce qui
n'arriva que trois jours aprés, on
retrouva au même endroit fon corps
entier couvert de la même robbe
qu'il portoit quand il mourut, & dans
la pofture plûtôt d'un homme qui
repofe que d'un homme qui eft mort.
Ainfi mourut Pline l'ancien le 24.
du mois d'Août l'an 831. de la fondation de *Rome* la 76e. de l'Ere
vulgaire, & la 56e. de fon âge ; il n'i-
gnoroit prefque aucune fcience,
car il étoit Grammairien, Orateur,
Geographe, Philofophe, Mathe-
maticien, Aftronome, Medecin,
Botanifte, & Hiftorien, ou pour

(*a*) L'Auteur de la vie de Pline, qui porte
le nom de Suetone, dit que quelques perfonnes croyoient qu'un de fes domeftiques dans
cette extremité, lui avoit abregé fes jours
& cela par fon ordre.

Tome VII. V

C. PLI-
NIUS
SECUN-
DUS.

C. Pli-
nius
Secun-
dus,

mieux dire que n'étoit-il pas? Il avoit une sœur qui avoit épousé *C. Cœcilius* ; de ce mariage nâquit *Pline le jeune*, il l'adopta, & le fit heritier de son nom, & de ses richesses, comme aussi de ses vertus.

Ce fut par une prodigieuse application que *Pline l'ancien* vint à bout de composer grand nombre d'Ouvrages dont il me reste à donner la liste, ce que je feray selon l'ordre du temps qu'ils ont été composez.

I. *De Jaculatione Equestri unus* (*L.*) Il composa cet art de lancer le javelot à cheval, lorsqu'il commandoit une Brigade de Cavalerie ; dans ce livre l'esprit & l'exactitude se font également remarquer, dit Pline le jeune, *in Epist.* 5. l. 3.

II. *De vita Pomponii secundi duo* (*L.*) ce fameux Poëte étoit son parent ; il en avoit été singulierement aimé, & il crût devoir cette marque de reconnoissance à la memoire de son ami ; il fait mention de cette vie dans son Histoire naturelle *l. L.* 14. *Sect.* 6.

III. *Bellorum Germaniæ XX.* (*L.*) Il a renfermé dans ces vingt livres des guerres d'*Allemagne* toutes celles

que les Romains ont eu avec les C. P L I-
peuples de ce pays. *Symmaque* en N I U S
parle comme d'un ouvrage extrê- S E C U N-
mement rare. Un fonge le lui fit D U S.
entreprendre, lorfqu'il fervoit dans
cette Province, il crût voir en fonge
Drufus Neron qui après avoir fait de
grandes conquêtes y étoit mort.
Ce Prince le conjuroit de ne le pas
laiffer enfevelir dans l'oubli. *Symac.*
L. 4. Epift. 18. *Plin. jun. ut fup.*

IV. *Studiofi tres L. in Sex volumi-*
na propter amplitudinem divifi. Cet
homme de Lettres lui a merité une
place parmi les Rheteurs de Quin-
tiliens, il prenddit Pline le jeune, l'O-
rateur au berceau & ne le quitte
point qu'il ne l'ait conduit à la plus
haute perfection. *Quint. l. 3. c. 1.*
Pl. jun. ut fup.

V. *Dubii fermonis Octo.* (L.) il
compofa cet ouvrage pendant les
dernieres années de l'Empire de
Neron, ou la tyrannie rendoit dan-
gereux tout genre d'Etude plus libre & plus élevé. *Prifcien.* & *Dio-*
mede le citent très fouvent, ils appel-
lent cet ouvrage le livre *des Arts,*
tantôt de *l'Art de la Grammaire,*
tantôt de *l'ambiguité du difcours.* Jean

C. P L I-
N I U S
SECUN-
D U S.

l'*Aretin* qui composa un gros ouvrage de l'ortographe, & qui vivoit
environ l'an 1450. assure que quelques fragmens de cet ouvrage
étoient parvenus jusqu'à lui. Le dessein de *Pline* étoit d'expliquer les
differentes manieres d'écrire qui pouvoient causer quelques disputes parmi les savans. *Harduin. in Testim. de
vit. Pl. N. 6. & 7. Plin. ut sup*

VI. *Historiarum à fine Auffidii Bassi.*
XXXI. (*L.*) trente & un livres
pour servir de suite à l'Histoire
d'*Auffidius Bassus.* C'étoit l'Histoire de son temps. Il la commençoit à
la derniere année de l'Empire de
Neron, comme il nous l'apprend lui
même dans le second liv. de son Histoire naturelle ; il nous apprend encore lui même dans sa Préface qu'il
avoit fait l'Histoire de Vespasien ,
de son pere. & de son fils. Cet ouvrage n'avoit pas encore paru il le
polissoit & le châtioit. *Tacite* le cite
aussi bien que *Pline le jeune* & l'Auteur de la vie de *Pline* qui porte le
nom de *Suetone. Quintilien* fait
mention du livre d'*Auffidius. Tacit.
l. 13. Annal. Pl. ut supr. suet. de vit.
ill. Quint. l. 10. c. 1.*

VII. *Hiftoria Naturalis* XXXVII. C. P L ɪ-
(*l.*) C'eft un ouvrage d'une éten- N ɪ U S
duë immenfe, d'une érudition in- SECUN-
finie, & prefque auffi varié que la na- D U S.
ture elle même : c'eft le feul qui nous
refte de lui. *Hermolaus Barbarus* écrivoit autrefois à Pic de la Mirande.
Celui-là eft un ignorant qui n'à pas
lû Pline; plus ignorant qui après l'a-
voir lû l'a negligé ; mais on ne peut
rien ajoûterà l'ignorance de celui *qui*
ne le goûte p as. (a).

VIII. 160 Tomes remplis de fes
Recherches, écrites fur la page &
fur le revers en trés-petit caractere,
ce qui les multiplie beaucoup :
c'eft ainfi que s'explique *Pline le*
jeune qui en herita, il ne tint qu'à
lui, ajoûte-il, pendant qu'il étoit Procureur de *Cefar* en *Efpagne* de les
vendre à *Larcius Lacinius* 40000 liv.
de notre monnoye, & alors ces mémoires n'étoient pas tout-à fait en fi
grand nombre. Quand on fera attention à cette immenfe lecture &
à ce grand nombre d'ouvrages on

(a) *Cenfetur in doctus qui Plinium*
non legit : indoctior qui lectum contemnit,
indoctiffimus cui non fapit. apud Hard, in
praf. ad Pl.

C. PLI-
NIUS
SECUN-
DUS.

pourra s'imaginer qu'il n'a jamais été dans les Charges , ni dans la faveur des Princes. En effet, quels obstacles ne forment pas aux études les Charges & la Cour. Mais aussi que ne peut pas une constante application à l'étude & une vigilance incroyable?

Rien ne prouve plus l'excellence de son Histoire Naturelle , que le grand nombre d'éditions qu'on en a faites, aussi bien que le grand nombre de commentaires ou de notes que les Sçavans y ont ajoûtés, soit pour corriger le texte , soit pour l'expliquer. Je n'ai garde de parler de toutes, je me contenterai d'indiquer les principales.

Jean André Evêque *d'Alerie* en *Corse* fut le premier qui la fit imprimer *à Rome* l'an 1470 *in fol.* elle le fut à *Venise* en 1472. 2e. en 1483. 3e. en 1509. *in fol.* 4e. en 1536. 4 vol. *in* 8°. 5e. en 1559 par *Paul Manuc.* avec les corrections de *Sigismond Gislenus in fol.* à *Parme* , en 1472. en 1481 à *Trevise* , en 1479. à *Bresse* sur les corrections *d'Hermolaüs Barbarus* Patriarche *d'Aquilée*, ensuite Cardinal, l'on y ajoûta quel-

ques petites notes aux marges des
dix premiers Livres compofés par
Guillaume Pelicier Evêque de *Mont-*
pelier, l'an 1498. *in fol.* à *Bafle*
avec les notes de *Sigifmond Giflenus*
& de *Guillaume Pelicier* l'an 1535
2. l'an 1539. 3. l'an 1545. *in fol. Fro-*
ben prit foin de cette derniere édition. *Lyon* 1. *in* 16 par les foins des
Juntes en 1561. 2. en 1563. *in fol.* 3.
en 1587 *in fol.* chez *Honorat* fur la
revifion du texte faite par *Jacques*
Dalechamp Medecin de *Caën*, avec
fes corrections & les differentes
leçons. *A Leyde*, 1. en 1582. *in*
fol. 2. l'an 1535. *Elzevier* fur
les corections de *Saumaife*, par les
foins de *Jean de Laet* 3. vol. *in* 24.
3. en 1669 avec les commentaires
des *Variorum* 3 vol. *in* 8°. *Franc-*
fort 1599 *in fol.* avec les notes d'un
Auteur inconnu ajoûtées à celles
de *Dalechamp*. *Paris*. 1. 1543. *in fol.*
2. *ad ufum Delphini* par *Jean Har-*
douin Jefuite 5 vol. *in* 4°. 1685. 3.
1723 avec les notes & les corrections du même, *Urbain Couftelier*
3 vol. *in fol.* cette édition eft la
plus confiderable & la meilleure de
toutes, tant pour la correction du

C. PLI-
NIUS
SECUN-
DUS.

C. PLI- texte, que pour les sçavantes notes
NIUS qui y sont, & les tables exactes qu'il
SECUN- y a mises. *M. Crevier* habile Pro-
DUS. fesseur de Paris en a relevé plusieurs endroits dans 3 lettres differentes qui meritent d'être lûës; elles
sont imprimées à Paris chez Chau-
bert, les années 1725. 1726. & 1727.
on trouve la réponse du *Pere Har-*
douin dans le Journal de *Trevoux*,
du mois d'Octobre 1726.

Pline a été traduit en Italien, &
cette traduction a été imprimée à
Venise l'an 1476. *in fol.* sous ce titre:
Historia Naturale Volgarizata da
Christophoro Landino. Antoine du Pi-
net Seigneur *de Noroy* en fit imprimer à *Lyon* une Traduction Françoise, l'an 1562. *in fol. Giron de*
Huerta en fit imprimer une Espagnole avec des scholies & des notes
Madrid 1524. *in fol.* On n'a traduit en
Allemand que les 10 premiers livres
qui ont été imprimés à *Francfort in*
fol. l'an 1561. Enfin *Philippe Holland*
Medecin l'a traduit en Anglois. On
travaille à Paris à une nouvelle traduction Françoise.

Cette vie est de. M. B. d l.
GEORGE

GEORGE PASCHIUS.

GEORGE PASCHIUS,
nâquit le 23 Septembre 1661
à *Dantzic*, de *Henry Paſchius* fameux
Marchand de cette ville. Aprés
qu'il eut fait ſes études dans ſa patrie, ſon pere l'envoya en 1676. à
Graudents, ville de la Pruſſe Royale, pour y apprendre la langue Po-
lonoiſe.

Il demeura deux ans en ce lieu ;
Mais il n'eut pas beſoin de tout ce
tems pour la ſavoir parfaitement ;
Au bout de ſix mois il la parloit
avec tant de facilité, qu'il auroit
pû en faire des leçons aux autres.
De retour à *Dantzic*, il fut reçû
dans l'Academie de cette Ville, &
ſoutint pluſieurs Theſes ſous *Gilles
Stuäuchius*, & ſous *Samuel Schelgri-
gius*.

En 1681 il viſita l'Academie de
Roſtock, d'où il paſſa l'année ſuivante à *Wittemberg*. Ce fut en ce
dernier endroit qu'il fut reçû Docteur en Philoſophie en 1684. aprés

Tome VII.   **Z**

G. PAS-
CHIUS.

avoir été faire un tour à *Konisgberg*
Ses voyages suivirent ses études.
Il parcourut plusieurs Villes d'Allemagne, qu'il n'avoit pas encore
vûës, alla à *Leyde*, où il demeura
quelque temps, vint ensuite en
France, & passa de là en Angleterre.

De retour en Allemagne, il alla à
Wolfenbutel, à *Helmstad*, à *Kiel*;
pour voir s'il n'y trouveroit point
de l'employ. Il s'arrêta dans cette
derniere Ville, où il fut fait Professeur en Morale en 1701. Cinq
ans aprés, c'est-à-dire en 1706.
il passa de ce poste à celui de Professeur extraordinaire en Théologie,
qu'il n'a pas gardé long-temps; car
il mourut le 30 Septembre de l'année suivante 1707. âgé de 56 ans.

Catalogue de ses Ouvrages.

1 *Schediasma de Curiosis cujus sæculi inventis, quorum accuratiori cul-
tui facem prætulit antiquitas. Kiloni*
1695. *in* 8°. *It. Editio* 2a. *priori
quarta parte auctior. Aditi sunt .In
dices Autorum & Rerum. Lipsiæ* 1700.
in 8°. Le dessein de ce Livre est des
plus utiles & des plus agréables.

D'autres que *Pafchius* avoient écrit G. P A s=
avec fuccés fur ce que les Arts & CHIUS.
les Sciences ont produit de nouveau;
mais on ne s'étoit point encore appliqué à découvrir, comme il a fait,
les anciennes connoiffances dont
les nouvelles font venues impercep-
tiblement. *Theodore Janfon d'Alme-*
loveen, qui avoit eu la même idée,
l'avoit fuivie feulement en ce qui
regarde la Medecine; encore n'étoit-
ce que par rapport aux chofes les
plus generales, au lieu que l'on def-
cend ici dans un plus grand détail,
pour faire voir que la plûpart de
celle que nous nous flattons d'avoir
inventées, ne nous doivent tout au
plus que leur perfection, qui fera
encore portée plus loin par nos def-
cendans. Si cela n'eft pas exactement vrai, du moins eft-ce un para-
doxe ingenieux, qui eft foutenu
dans tout cet Ouvrage par un grand
nombre de faits curieux fur l'Hiftoire & les progrés des Arts & des
Science s; de forte que le plaifir
qu'on trouve à les lire fupplée abon-
damment à celui qu'on auroit pû
encore gouter de les voir tous

Z ij

G. P As- rangez avec plus d'ordre. C'est le
C H I U S. jugement que les Journalistes de
Trevoux portent de cet Ouvrage.

2°. *Disputatio de Paradoxo Morali: Et qui accipit, & qui nihil vel pauca dat, liberalis est. Kilonii* 1702. *in* 4°.

3°. *Disputatio de fabulis Romanensibus Antiquis & recentioribus. Kilonii.* 1704. *in* 4°.

4°. *De Fictis Rebus Publicis. Kilonii* 1705. *in* 4°. L'Auteur parle des Republiques que differens Auteurs ont imaginées, comme la Republique de *Platon*, l'Utopie de *Thomas Morus*, la ville du Soleil de *Campanella* &c.

5°. *De Philosophia characteristica & Paranetica. Kilonii* 1705. *in* 4°.

6°. *Disputatio de re litteraria, pertinente ad Doctrinam Moralem Socratis. Kilonii* 1706. *in* 4°.

7°. *Brevis Introductio in Rem Litterariam pertinentem ad Doctrinam Moralem. Kilonii* 1706 *in* 4°.

8°. *Disputatio de Re Litteraria potissimum Morali Platonis. Kiloni.* 1707. *in* 4°.

9°. *De Scepticorum præcipuis Hy*

pothesibus. Kilonii 1707. *in* 4°. Tous G. PAS-
ces petits Oùvrages , dont la plû- CHIUS.
part font des Theses ou des difputes , ont été fondùs dans le Livre
fuivant.

10°. *De Variis Modis Moralia tra-
dendi. Accedit introductio in Rem Litterariam Moralem veterum sapientiæ
Antiftitum. Kilonii* 1707 *in* 4°. pp.
726. Cet Ouvrage n'eft qu'un recueil affez indigefte, où l'on trouve plusieurs chofes curieufes pour
ceux qui n'ont pas beaucoup lû.

11°. *Programma de difficultate Mu-
neris Theologici. Kilonii* 1707. *in* 4°.

V. *Andreæ Charitii Comment. de
viris eruditis Gedani Ortis.*

PHILIPPPE GUADAGNOLI.

P *Hilippe* GUADAGNOLI nâquit PHILIP-
vers l'an 1596. à *Magliano* dans PE GUA-
l'Abruzze ulterieure. Après avoir DAGNO-
fait fes études, il entra chez les Clercs LI.
Reguliers Mineurs , & fit Profeffion
à *Rome* dans l'Eglife de Saint Laurent *in Lucina* le 13. Mai 1612.

Son genie le portoit à l'étude des

P. GUA-DAGNOLI

Langues , & il s'y livra tout entier. Il apprit le Grec , l'Hebreu , le Chaldéen , le Syriaque , le Persan & l'Arabe. C'est principalement dans cette derniere Langue qu'il a excellé; il l'a enseignée pendant plusieurs années à *Rome* dans le College de la Sapience , & presque toute sa vie s'est passée à traduire des ouvrages de cette Langue, & à composer des livres pour en faciliter l'intelligence aux autres. Il la possedoit en effet si parfaitement qu'il prononça le 14. Janvier 1656. un discours en cette Langue en presence de la Reine de Suede.

Il est mort le 27. Mars 1656. âgé d'environ 60. ans.

Catalogue de ses Ouvrages.

1. *Biblia Sacra Arabica Sacra Congregationis de Propaganda fide jussu edita ad usum Ecclesiarum Orientalium. Additis è regione Bibliis Vulgatis Latinis. Romæ* 1671. *in fol.* 3. *vol.* Les Evêques & les Chrétiens d'Orient ayant demandé au Saint Siege une version Arabe de la Bible , on jetta les yeux sur *Guadagnoli*,comme le plus propre à réussir

dans une ſi grande entrepriſe. Il com-P. GUA-
mença à y travailler en 1622. & DAGNOLI
l'ouvrage ne fut achevé qu'après un
travail aſſidu de 27. ans, c'eſt-à-
dire en 1649. Pendant tout ce tems
il en rendoit compte deux fois toutes les ſemaines, en preſence d'une
Congregation établie pour ce ſujet.

2. *Breves inſtitutiones Linguæ Ara-
bicæ. Romæ* 1642. *in fol.* C'eſt une
Grammaire fort methodique, il a
fait auſſi un Dictionnaire en cette
Langue, mais ſa mort a empêché
qu'on ne le publiât : on le garde à
Rome dans le Couvent de S. Laurent *in Lucina.*

3. *Apologia pro Chriſtiana Reli-
gione, quâ reſpondetur ad objectiones
Ahmed filii Zin Alabedin Perſæ Aſ-
phaenſis contentas in libro inſcripto : Pc-
litor ſpeculi. Romæ* 1631. *in* 4°. Voici
l'origine de cet ouvrage. Un Eſpagnol avoit publié un ouvrage ſur
la Religion, intitulé : *Le Miroir veritable.* Un ſavant Perſan entre les
mains de qui il tomba, y fit une
réponſe en Perſan qu'il intitula : *Le
Poliſſeur du Miroir,* & ajoûta à la
fin, ces mots : *que le Pape y réponde.*

Z iiij

P. GUA-
DAGNOLI

Ce livre étant venu à *Rome* en 1625.
Urbain VIII. qui étoit alors sur la
Chaire de Saint Pierre , commit à
Guadagnoli le soin de le refuter. Ce
qu'il fit avec tant de succès , que
sa refutation convainquit entierement le Persan , à qui on l'envoya,
de la verité de la Religion Chrétienne , & que cet homme s'étant
fait baptiser , devint un zelé défen-
seur de la Foi , qu'il avoit com-
battue auparavant de toutes ses forces.

Le Pape ayant appris l'effet surprenant de cet ouvrage , voulut qu'il
fut imprimé à ses dépens en Latin
& en Arabe. Il l'a été en Latin en
1631. *in* 4°. & en Arabe en 1637.
in 4°.

4. *Considerations contre la Religion
Mahometane.* (En Arabe.) *Rome*
1649. *Guadagnoli* fait voir dans cet
ouvrage que l'Alcoran n'est qu'un
mélange d'impostures & de faussé-
tez.

V. *Toppi Bibl. Napolet. Petrus An-
tonius Corsignanus de viris illustribus
Marsorum.*

AUBERT LE MIRE.

AUbert LE MIRE (en Latin *Miræus*) nâquit à *Bruxelles* le 30. Novembre 1573. d'une très-bonne famille , qui étoit originaire de *Cambray.*

Il fit ſes Humanitez & ſa Philoſophie à *Douay* , & ſa Theologie à *Louvain.* Ses études finies il profeſſa quelque tems les Belles Lettres dans cette derniere Ville , où il profita beaucoup des inſtructions de *Lipſe.*

Jean Clarius , Docteur en Theologie, qui l'eſtimoit & l'aimoit , lui procura d'abord un Benefice ſimple , & le fit enſuite nommer en 1598. par l'Univerſité à un Canonicat de l'Egliſe Cathedrale d'*Anvers.*

Il alla donc demeurer dans cette Ville auprès de ſon oncle *Jean le Mire* , qui en étoit Evêque , & qui l'ayant fait ſon Secretaire , l'employa en pluſieurs affaires importantes. Mais toutes les occupations

A.
MIRE.

LE qu'il lui donna ne l'empêcherent de s'appliquer à l'étude, qui étoit sa passion favorite, & à laquelle il consacroit les heures de la nuit, quand il n'avoit pas pendant le jour le loisir de s'y donner.

Son oncle l'envoya en 1610. en Hollande & ensuite en France, pour menager les moyens de resister aux Religionaires qui songeoient à se soulever. Cet Evêque étant mort l'année suivante, *Aubert le Mire* alla à *Douay* pour travailler à l'établissement de six bourses, trois pour la Philosophie, & autant pour la Theologie, qu'il y avoit fondées par son testament. Mais ce n'étoit pas le seul motif de son voyage, puisqu'il s'y fit recevoir Docteur en Theologie le 4. Mai de cette année 1621. Ce fut *Guillaume Estius*, qui lui en donna le Bonnet.

Il fut ensuite honoré de plusieurs dignitez & emplois. L'Archiduc *Albert* le choisit pour être son premier Aumônier & son Bibliothecaire, & *Jean Delrio* étant mort en 1624. il fut fait à sa place Doyen de la Cathedrale d'*Anvers*, & Vicaire General de l'Evêque.

Il eſt mort à *Anvers* le 19. Oc- A. L**E**
tobre 1640. âgé de 67. ans., & a M**IRE**.
été enterré dans le Chœur de l'E-
g iſe Cathedrale de cette Ville.

Catalogue de ſes Ouvrages.

1. *Elogia illuſtrium Belgii ſcripto-*
rum., qui vel Ecclefiam Dei propugna-
runt, vel diſciplinas illuſtrarunt, cen-
turia decadibus diſtincta. Antuerpiæ
1602. *in* 12. It. *Auctus edita. An-*
tuerpiæ 1609. *in* 4°. Ce livre répond
au titre qu'il porte, puiſqu'il ne
renferme gueres que des éloges de
ceux dont il y eſt parlé, avec quelques legeres circonſtances, & quelques dates de leur vie.

2. *Elenchus Hiſtoricorum & alio-*
rum ſcriptorum nondum Typis edito-
rum, qui in Belgicis pot iſſimum Bi-
bliothecis manuſcripti extant. Antuer-
piæ 1606. *in* 8°. It. *Bruxellis* 1622.
in 8°.

3. *Vita V. C. Juſti Lipſii ex ipſius*
potiſſimum ſcriptis concinnata. Antuer-
piæ 1606. *in* 8°. It. dans ſes *Eloges*
in 4°. & dans l'ouvrage intitulé :
Fama Poſthuma Lipſii.

4. *Elogia illuſtrium Gentis Spinulæ.*
Antuerpiæ 1608. *in* 4°. It. *Coloniæ*
1611. *in* 4°.

A. LE MIRE. 5. *Origines Cænobiorum Benedic-tinorum in Belgio, quibus antiqua Religionis ortus progreſſuſque deducitur. Antuerpiæ* 1606. *in* 8°. Le Mire n'examine dans cet ouvrage que ce qui regarde l'établiſſement de l'Ordre de Saint Benoît, & l'état où il étoit de ſon tems dans les Pays-Bas ; mais il s'eſt propoſé un plan plus étendu dans l'ouvrage ſuivant.

6. *Origines Benedictinæ, ſive illuſtrium Cænobiorum Ordinis S. Benedicti per Italiam, Hiſpaniam, Galliam, Germaniam, Poloniam, Belgium, Britanniam, & alias Provincias exordia ac progreſſus. Coloniæ Agrippinæ* 1614. *in* 8°.

7. *Origines Cartuſianorum per orbem univerſum. Coloniæ* 1609. *in* 8°.

8. *Origines Ordinum equeſtrium ſive militarium libri duo. Antuerpiæ* 1609. *in* 4°. It. *Coloniæ* 1638. *in* 8°. It. traduite en François. *Anvers* 1609. *in* 8°.

9. *Origines Virginum Ordinis B. M. Virginis Annuntiatæ. Antuerpiæ* 1618. *in* 4°.

10. *Origines Ordinis Carmelitani ab Elia Propheta inchoati, ab Al-*

ſerto Patriarcha vita regula temperati,   A. LE
à S. Thereſa ad primævam diſciplinam MIRE.
revocati. Antuerpiæ 1610. *in* 8°.

11. *Origines Ordinum Auguſtinia-*
norum. Antuerpiæ 1611. *in* 8°.

12. *Origines Canonicorum Regu-*
larium Ordinis S. Auguſtini. Coloniæ
1614. *in* 8°.

13. *De Collegiis Canonicorum Re-*
gularium S. Auguſtini per Belgium ,
Franciam , Germaniam , Hiſpaniam ,
&c. Coloniæ 1614. *in* 8°.

14. *Codex Regularum & Conſtitu-*
tionum Clericorum , in quo forma inſ-
titutionis Canonicorum & ſanctimonia-
lium Canonice viventium , item Regu-
læ & conſtitutiones Clericorum in Con-
gregatione viventium in unum corpus
collectæ , notiſque illuſtratæ. Antuerpiæ
1638. *in fol.*

15. *Originum Monaſticarum libri*
IV. in quibus ordinum omnium Reli-
gioſorum initia & progreſſus breviter
deſcribuntur. Coloniæ 1620. *in* 8°. Cet
ouvrage eſt trop abregé.

16. *Laudatio S. Thomæ Aquina-*
tis. Coloniæ 1620. *in* 8°. *Le Mire*
a prononcé ce diſcours à *Bruxelles.*

17. *Ordinis Præmonſtratenſis Chro-*

A. LE
MIRE.

nicon, *in quo cænobiorum istius instituti per orbem Christianum origines & progressus recensentur. Coloniæ Agripp. 1613. in 8°.*

18. *Chronicon Cisterciense. Coloniæ 1614. in 8°.*

19. *Notitia Episcopatuum orbis universi. Antuerpiæ 1611. in 8°. It. auctior & emendatior. Antuerpiæ 1613. in 8°.*

20. *Politia Ecclesiastica, sive de statu Religionis Christianæ per totum orbem libri IV. Coloniæ 1609. in 8°. It. Lugduni 1620. in 12.*

21. *Geographia Ecclesiastica Ordine Alphabetico digesta. Lugduni 1620. in 12.*

22. *Oratio in exequiis Rudolphi II. Imperatoris. Antuerpiæ 1612. in 4°.* Il prononça ce discours à *Anvers.*

23. *Commentarius de Bello Bohemico. Bruxellis 1621. in 4°. It. Coloniæ 1622. in 8°. It. Lugduni 1621. in 12.*

24. *Galliæ Belgicæ sub Imperatoribus Romanis & viarum in ea militarium Typus. Antuerpiæ 1630. in fol.* C'est une carte de *Pirrhus Ligorius* que *le Mire* a publiée, & à laquelle il a ajoûté ses explications.

25. *Elogium & funus serenissimi* A. LE
Alberti Pii Principis. Bruxellis 1622. MIRE.

26. *Laudatio funebris Ser. Isabellæ clara Eugeniæ. Antuerpiæ* 1634. *in* 4°.

27. *Commentarius de Vira Alberti Claræ Eugeniæ. Antuerp.* 1634. *in fol.*

28. *Rerum toto orbe gestarum Chronica à Christo nato , Auctoribus Eusebio Episcopo Cæsariensi , B. Hieronymo Presbytero , Sigeberto Gemblacensi Monacho , Anselmo Gemblacensi Abbate, aliisque , cum Auctario Miræi ab anno* 1200. *ad annum* 1608. *Antuerpiæ* 1608. *in* 4°.

29. *Petri Divæi Historia Brabantica à Miræo eruta & illustrata cum Auctuariolo. Antuerpiæ* 1610. *in* 4°.

3. *Disquisitio de SS. Virginibus Coloniensibus. Antuerpiæ* 1608. *in* 4°.

31. *Annales Rerum Belgicarum à Julio Cæsare usque ad annum Christi* 1624. *Bruxellis* 1624. *in* 8°. It. augmentées sous ce titre : *Rerum Belgicarum Chronicon ab Julii Cæsaris in Galliam adventu usque ad annum Christi* 1636. *Antuerpiæ* 1636. *in fol.* Struve prétend que *le Mire* montre trop de passion dans cet ouvrage.

32. *Fasti Belgici & Burgundici , seu Historia rerum Belgicarum juxta*

A. LE
MIRE.

dies in quibus evenerunt. Bruxellis
1622. in 8°.

    33. *Stemmata Principum Belgii ex*
Diplomatibus & Tabulis publicis po-
tissimum concinnata. Bruxellis 1626.
in 8°.

    34. *Codex Donationum Piarum,*
præsertim Belgicarum. Bruxellis 1624.
in 4°.

    35. *Diplomata Belgica. Libri II.*
Bruxellis 1628. in 4°.

    36. *Donationes Belgicæ libri II.*
Antuerpiæ 1629. in 4°.

    37. *Notitia Ecclesiarum Belgii, in*
qua tabulis donationum longa annorum
serie digestis sacra Germaniæ inferioris
Historia recensetur. Antuerpiæ 1630.
in 4°. Le Mire qui a publié les
pieces qui composent ces quatre
volumes y a joint ses notes. Le
tout a été réimprimé par les soins
de *Jean-François Foppens* sous ce titre : *Opera Diplomatica & Historica*
in quibus continentur Chartæ Funda-
tionum ac donationum piarum, Testa-
menta, Privilegia, Fœdera Principum,
& alia tum Sacræ, tum Profanæ An-
tiquitatis monumenta à Pontificibus, Im-
peratoribus Regibus, PrincipibusqueBel-
                              gii

gii edita, & ad Germaniam inferiorem, A. LE
vicinasque Provincias spectantia, ex ipsis MIRE.
Tabularum publicarum fontibus eruta.
Editio 2ª. *Auctior & correctior, Joan-*
nes Franciscus Foppens. Bruxellensis
S. T. L. Cathedralis Ecclesiæ Bru-
gensis Canonicus, & in alma Univer-
sitate Lovaniensi Philosophiæ Professor
notas & indices addidit, diplomata
multa cum suis originalibus contulit,
aliaque plura hactenus inedita adjunxit.
Bruxellis 1723. *in fol.* 2. *vol.* Le premier volume contient les quatre
volumes de *le Mire*, & le deuxiéme
les additions & les tables de l'E-
diteur.

38. *Bibliotheca Ecclesiastica, sive*
nomenclatores septem veteres S. Hie-
ronymus, Gennadius Massiliensis, S. Il-
defonsus Toletanus, Sigebertus Gem-
blacensis, S. Isidorus Hispalensis, Ho-
norius Augustodunensis & Henricus
Gandavensis cum Scholiis Miræi. An-
tuerpiæ 1639. *in fol.*

39. *Bibliotheca Ecclesiastica pars*
altera sive de scriptoribus Ecclesiasti-
cis ab anno 1494. *usque ad sua tem-*
pora. Le *Mire* travailloit à ce sup-
plement lorsqu'il mourut. *Aubert*

Tome VII. A a

A. LE
MIRE.

Vanden Eede son neveu, Chanoine d'*Anvers*, & qui en a été depuis Evêque, le fit imprimer à *Anvers* en 1649. *in fol.* Le P. *Labbe* semble ne faire pas beaucoup de cas de cet ouvrage de *le Mire*, prétendant qu'il n'est riche que des dépouilles de *Bellarmin*, aux observations duquel il n'a ajoûté presque rien, si ce n'est quelques fautes. *Jean Albert Fabricius* a donné une nouvelle édition de cette Bibliotheque Ecclesiastique à *Hambourg* 1718. *in fol.* avec quelques augmentations.

Le jugement que *Baillet* fait des ouvrages de *le Mire* ne lui est pas fort favorable. » Il doit, dit-il, la » meilleure partie de sa grande ré- » putation à la beauté des matieres » curieuses qu'il a embrassées, plû- » tôt qu'à la forme qu'il y a don- » née, & quelque prévention qu'on » ait pour son merite, les person- » nes éclairées jugent qu'à la verité » il étoit diligent, curieux, & assez » laborieux, mais d'ailleurs peu » exact, & quelquefois même assez » peu judicieux.

A. LE
MIRE.

JEAN DOMINIQUE CASSINI.

JEAN DOMINIQUE CASSINI nâquit à *Périnaldo* dans le Comté
de Nice , de *Jacques Caſſini* Gentilhomme , & de *Julie Croveſi* le 8.
Juin 1625. *Michel Juſtiniani* dans
ſa Bibliotheque des Ecrivains de
Ligurie s'eſt trompé en le faiſant
naître en 1623. & en donnant à
ſa mere le nom de *Tulia Lucreſia.*
On lui donna dés ſon enfance un
Précepteur fort habile , ſous lequel
il commença ſes études. Il les continua à *Gennes* chez les Jeſuites ,
& quelques-unes de ſes Poëſies La-
tines y furent imprimées avec celles
de ſes Maîtres , dans un Récueil *in*
fol. en 1646.

 Il contracta en ce lieu une étroite liaiſon avec M. *Lercaro* , qui fut
depuis Doge de cette Republique.
Etant avec lui à une de ſes terres,
un Eccleſiaſtique lui prêta pour

JEAN
DOMINI-
QUE CAS-
SINI.

J. D.
CASSINI.

l'amufer quelques livres d'Aſtrologie Judiciaire. Sa curiofité en fût
frappée, & il en fit un extrait pour
fon ufage. L'inftinct naturel qui le
portoit à la connoiffance des Aſtres
le trompa alors, parce qu'il ne favoit pas diftinguer l'Aſtronomie
d'avec l'Aſtrologie. Il effaya de faire quelques prédictions, qui lui réuf-
firent; mais ce qui auroit pû engager un autre pour toûjours dans
l'erreur fut ce qui le détrompa. La
droiture de fon efprit lui fit fentir
que cet art de prédire ne pouvoit
être que chimerique, & il crai-
gnit par délicateffe de Religion que
les fuccès ne fuffent la punition de
ceux qui s'y appliquoient.

Il lût avec foin le bel ouvrage
de *Pic de la Mirande* contre les Aſ-
trologues, & jetta au feu les extraits
qu'il avoit faits. Mais au travers
des follies & du ridicule de l'Aſtrologie, il apperçût les beautez
folides de l'Aſtronomie, & commença alors à s'y appliquer avec
tant d'ardeur, qu'il y fit des pro-
grès merveilleux.

Il n'avoit encore que vingt-cinq

ans, lorsque le Marquis *Cornelio* J. D.
Malvasa Senateur de *Boulogne*, qui Cassini.
étoit très habile dans les Mathematiques, & particulierement dans
l'Astronomie, voulut l'avoir auprès
de lui, & l'invita à venir s'établir
à *Boulogne*, sous promesse de lui
faire avoir la Chaire d'Astronomie
qui étoit vacante depuis quelques
années par la mort du P. *Bona-*
venture Cavalieri de l'Ordre de Je-
suates, Auteur de la Geometrie des
indivisibles, & Précurseur de l'A-
nalise des infinimens petits, à qui
l'on n'avoit encore pû trouver de
digne successeur.

Cassini alla donc en 1650. à *Bou-*
logne, où dés la premiere année
de son séjour, il donna de si grandes marques de son habileté, que
le Senat lui confera la Chaire
qui lui avoit été promise, &
qui lui a été conservée jusqu'à sa
mort.

Vers la fin de l'année suivante,
c'est-à-dire le 19. Decembre 1652.
il parut une Comete qui lui fournit une occasion de s'exercer. Il
l'observa avec M. *Malvasia.* Elle

J, D. passa par leur zenit, ce qui est une
CASSINI. particularité assez rare. M. *Cassini*
après avoir fait ses observations
avec toute l'exactitude possible publia l'année suivante un traité sur
ce sujet.

Dans cet ouvrage il ne prend
les Cometes que pour des genera-
tions fortuites, pour des amas d'ex-
halaisons fournies par la terre, &
même par les Astres, lorsqu'elles
sont fort élevées, comme étoit celle
dont il s'agissoit. Mais il s'en forma bien-tôt une idée plus singuliere & plus noble. Il s'apperçût
que le mouvement de la Comete,
qui paroissoit inégal, pouvoit ne
l'être qu'en apparence, & se
réduire à une aussi grande égalité
que celle d'une Planete ; & de là il
conjectura que toutes les Cometes,
qui avoient toûjours passé pour des
Astres nouveaux, & entierement
exempts des Loix de tous les autres, pouvoient être de la même
regularité & de la même ancienne-
té que ces Planetes, qu'on est accoûtumé de voir.

Non content d'avoir avancé un

sentiment si nouveau, il eut encore la hardiesse d'entreprendre la
résolution d'un problême fonda-
mental pour l'Astronomie, mais
qui avoit déja été tenté sans succès par les plus habiles Mathematiciens, & que le fameux *Kepler* &
M. *Bouillaud* avoit même jugé im-
possible. *Deux intervalles entre le
lieu vrai & le lieu moyen d'une Planete
étant donnez, il falloit déterminer geo-
metriquement son Apogée & son ex-
centricité.* M. *Cassini* en vint à bout,
& surprit beaucoup tous les Savans.

J. D.
CASSINI.

La solution de ce Probleme commençoit à lui ouvrir une route à
une Astronomie nouvelle & plus
exacte; mais comme pour profiter
de sa propre invention il avoit besoin d'un plus grand nombre d'observations qu'il n'avoit encore eu
le tems d'en faire, ayant à peine
alors 26. ans, il écrivit en France
à *Gassendi*, & lui demanda celles
qu'il pouvoit avoir, principalement
sur les Planetes superieures, & il
les obtint facilement d'un homme
aussi zelé qu'il étoit pour les sciences.

Quoique M. *Cassini* eut fait des

J. D.
CASSINI.

découvertes fi importantes , il lui reſtoit encore de grandes difficultés à ſurmonter. Avant que de s'aſſûrer du mouvement des Planetes , il falloit connoître parfaitement celui du Soleil , & c'eſt ſurquoi il avoit encore des doutes qu'il falloit réſoudre. Il eſt ſûr que le Soleil paroît aller plus lentement en Eté , qu'en Hyver , & qu'il eſt plus éloigné de la terre en Hyver. Ce plus grand éloignement doit diminuer à la verité l'apparence de la viteſſe ; mais n'y a-t-il point de plus dans cette viteſſe une diminution réelle ? ç'a été le ſentiment de *Kepler* ou de *Bouillaud*. Mais tous les autres Aſtronomes ſont du ſentiment contraire.

Pour décider cette queſtion , il falloit obſerver , ſi lorſque le Soleil étoit plus éloigné de la terre, la diminution de ſon diametre , (car il doit alors paroître plus petit) ſuivoit exactement la même proportion que la diminution de ſa viteſſe ; en ce cas toute la diminution de viteſſe n'étoit qu'apparente ; mais la difficulté étoit de faire cet

J. D. Cassini.

teffe & de précifion pour ne point craindre de fe tromper. Comme il ne s'agiffoit que d'une minute de plus ou de moins dans la grandeur du diametre du Soleil, & que les inftrumens étoient trop petits pour la donner fûrement, chaque obfervateur pouvoit la mettre ou l'ôter à fon gré, & en difpofer en faveur de fon hypothefe, & la queftion demeuroit toûjours indécife.

Heureufement il fe prefenta à M. *Caffini* une occafion d'en avoir un, le plus grand qui eut jamais été, précifément lorfqu'il fongeoit à réformer entierement l'Aftronomie.

Le defordre où le Calendrier *Julien* étoit tombé, parce qu'on y avoit negligé quelques minutes, avoit réveillé l'attention des Aftronomes du feiziéme fiecle, qui pour y remedier voulurent avoir par obfervation les équinoxes & les folftices que ce Calendrier ne donnoit plus qu'à dix jours près. Pour cet effet *Ignace Danté*, Dominicain, Profeffeur d'Aftronomie à *Boulogne* avoit tiré en 1575. dans l'Eglife de S. Petrone une ligne qui

J. D. CASSINI. marquoit la route du Soleil pendant l'année, & principalement son arrivée aux solstices. On ne crût point employer cette Eglise à un usage profane, en la faisant servir à des observations necessaires pour la celebration des fêtes. Mais cette ligne ne fut pas d'un grand usage à cause de ses défauts, que le Pere *Riccioli* a relevez dans son *Almageste*, & dont le plus considerable étoit qu'elle déclinoit de plusieurs degrez de la Meridienne.

En 1653. on fit une augmentation au bâtiment de S. Petrone. Cela fit naître à M. *Cassini* la pensée de tirer dans un autre endroit de l'Eglise une ligne plus longue, plus utile & plus exacte que celle de *Dante*. Comme il falloit qu'elle fût parfaitement droite, & que par la necessité de sa position elle devoit passer entre deux colonnes, on crût d'abord qu'elle n'y pourroit passer, & qu'elle iroit se perdre contre l'une ou l'autre. Les Magistrats préposez à la Fabrique de S. Petrone doutoient s'ils consentiroient à une entreprise qui leur

paroiffoit incertaine & trop hardie.
M. *Caffini* voulut leur prouver qu'elle ne l'étoit pas , & compofa pour
cela un écrit intitulé : *De Novo
Gnomone Meridiano in D. Petronii
Templo conftruendo* , qu'il prefenta
manufcrit au Marquis *Innocent Fac-
chinetti* , Gonfalonier de *Boulogne*,
& Préfident perpetuel de la Fabrique de S. Pétrone. Les Magif-
trats fe rendirent à fes preuves , &
la réuffite fit voir qu'il ne s'étoit
pas trompé. La Meridienne alla ra-
fer les deux dangereufes colonnes,
qui avoient penfé faire tout manquer.

Un trou rond , horifontal , d'un
pouce de diametre , percé dans le
toit , & élevé perpendiculairement
de mille pouces au-deffus d'un pavé de marbre , où eft tracée la
Meridienne , qui a trois cens pal-
mes Romaines de longueur , reçoit
tous les jours & renvoye à midi
fur cette ligne l'image du Soleil ,
qui y devient ovale , & y avance
ou recule chaque jour , felon que
le Soleil s'approche ou s'éloigne du
zenit de *Boulogne*. Son utilité ne fe

J. D.
CASSINI.

borne pas à faire connoître les mouvemens de cet Astre, on s'en sert aussi pour observer ceux de la Lune, lorsqu'elle passe la nuit par le Meridien.

M. *Cassini* fit imprimer la même année un écrit sur les usages de ce Gnomon qu'il dédia à la Reine *Christine* de Suede à l'occasion de son arrivée en Italie.

Tous les Astronomes se sont accordez à faire des éloges de cet ouvrage, & le P. *Riccioli*, bon Juge en ces sortes de matieres, l'appelle une chose *plus Angélique qu'humaine.*

Pendant qu'on y travailloit, & qu'il étoit prêt d'être achevé, M. *Cassini* invita par un écrit public tous les Mathematiciens à l'observation du solstice d'Eté de 1655. Les remarques qu'il fit en cette occasion l'éclaircirent sur la variation de la vitesse du Soleil. Il se déclara en faveur de *Kepler* & de *Bouillaud*, & reconnut que cette variation étoit en partie réelle.

Il s'en servit aussi pour dresser des tables du mouvement du Soleil plus sûres que toutes celles qu'on

avoit eu jufques-là ; il s'y trouvoit
cependant encore un défaut que fa
Meridienne lui fit appercevoir.

Tycho s'étoit apperçû le premier
que les refractions augmentoient
les hauteurs apparentes des Aftres
fur l'horifon; mais il avoit crû qu'elles n'agiffoient que jufqu'au qua-
rante-cinquiéme degré , après quoi
elles ceffoient entierement. M. *Caffini* l'avoit fuivi fur ce point, mais
après de plus grandes recherches ,
& un examen Geometrique de la
nature des refractions , il trouva
qu'elles s'étendoient jufqu'au zenit. Cette nouveauté effuya quelques contradictions ; le P. *Riccioli*
fit lui-même quelque difficulté de
s'y rendre ; mais M. *Caffini* le convainquit par les obfervations de la
Meridienne , dont il le rendit témoin.

Il fe fervit de fa nouvelle theorie
des refractions , pour faire de fecondes tables plus exactes que les
premieres. Il y joignit la Parallaxe
du Soleil, qu'il croyoit , quoiqu'encore avec quelque incertitude, n'être
que de dix fecondes , & par là il

J. D•
CASSINI.

B b iij

éloignoit le Soleil de la terre six fois plus que quelques autres.

Il communiqua ces nouvelles tables au Marquis *Malvasia* , qui calcula sur elles des Ephemerides pour cinq ans, à commencer en 1661. M. *Montanari* , qui étoit alors Professeur en Mathematique à *Boulogne*, témoigne dans une de ses lettres à M. *Cassini* , qui se trouve dans ses Ephemerides de l'an 1666. que quand on avoit supputé par ces Ephemerides l'instant où le Soleil devoit arriver à un point déterminé de la Meridienne de S. Petrone, il ne manquoit jamais de s'y trouver.

Les occupations Astronomiques de M. *Cassini* furent en 1657. interrompues par des affaires d'un autre genre. Les inondations frequentes du *Po*, son cours incertain & irregulier , la division de ses branches sujettes au changement, les remedes même qu'on avoit voulu apporter au mal , & qui quelquefois n'avoient fait que l'augmenter , ou le transporter d'un pays dans un autre , tout cela étoit de-

puis long-tems une fource de differens entre les Etats voifins de cette
riviere, & principalement entre
Boulogne & *Ferrare*. Ces differens fe
renouvellerent fous le Pontificat
d'*Alexandre VII*. Les Ferrarois fou-
haitoient avec beaucoup d'empref-
fement qu'on détournât la riviere de
Reno des vallées de S. Martin, qui
font fur leurs terres, dans celles
de *Poggio* qui font du diftric de
Boulogne, comme on l'avoit réfolu
au commencement du Pontificat de
ce Pape; mais la Ville de *Boulogne*
s'y oppofoit à caufe du dommage
que cela pourroit leur caufer. Elle
envoya pour ce fujet en 1657. le
Marquis *Tanara* en qualité d'Ambaffadeur extraordinaire au Pape,
& voulut qu'il fût accompagné de
M. *Caffini*; puifque c'étoit une affaire où les Mathematiques devoient avoir beaucoup de part.

Pendant fon féjour à *Rome* il publia plufieurs écrits fur ce fujet,
dans lefquels il décrit le cours ancien du *Po* & des rivieres qui s'y
déchargent, les changemens qui s'y
font faits dans les derniers fiecles,

J.D.Cas-les dommages qu'on a causez
sini.   dans le Boulonois & dans le Ferrarois , en detournant le *Reno*
par ordre du Pape Clement *VIII.*
les moyens de le joindre au grand
Po , & les effets qui s'enfuivroient
fi on l'y joignoit à l'exemple du
Panaro. Il apporta en presence des
Cardinaux de la Congregation des
eaux des preuves de tout cela , qu'il
accompagna de plusieurs experience. Ce qui les détermina à ordon-
ner qu'on prendroit le niveau des
lieux par lesquels la ville de *Boulo-*
gne. vouloit qu'on fît entrer le *Reno*
dans le grand *Po*, & qu'on examine-
roit les effets qui refultoient de la dé-
charge du *Panaro* dans le même *Po.* Le
Cardinal Borromée Legat de la Romagne fut nommé pour préfider
à cet examen , auquel devoient
affifter les Miniftres de *Ferrare* , de
Boulogne , de la Romagne , & prin-
palement M. *Caffini.* Quelque ardeur qu'eut le Pape de voir finir
cette affaire , elle traîna fort en longueur par les oppofitions & les difficultés continuelles des Ferrarois.
M. *Caffini* eut pendant ce temps-là
plusieurs occafions de conferer

avec les Cardinaux Legats de Fer- J.D.Cas-
rare *Imperiali, Franzini* & *Buonvi-* sini.
ſi, & avec ceux de la Romagne,
Borromée, Bandinelli & *Piccolomi-*
ni ; & de faire connoître qu'il avoit
autant d'eſprit & d'adreſſe pour le
commerce du monde, que d'habileté dans les Sciences.

Les experiences qu'il fit pendant
toute cette affaire ſur le cours & le
mouvement des eaux lui inſpirerent
le deſſeind'en compoſer à ſes heures
de loiſir un Livre qu'il devoit intituler, *Idronomia nuova* ; mais d'autres
occupations l'en ont empêché.

En 1663. Dom *Mario Chigi,* frere
du Pape *Alexandre VII.* General de
la Sainte Egliſe, lui donna la ſurin-
tendance des fortifications du Fort
Urbain, à laquelle il n'eût jamais
penſé. Il ſe trouva donc tout d'un
coup tranſporté à une ſcience Mi-
litaire ; il s'attacha à reparer les anciens Ouvrages de ce lieu, & à en
faire de nouveaux : Mais au milieu
de ces occupations Hydrographi-
ques & Militaires qui ſe ſuccede-
rent les unes aux autres, il revenoit
de temps en temps à l'Aſtronomie.

A peine fut-il ſorti de cet embarras, qu'on l'engageât dans un autre. Il survint un differend pour les eaux de la *Chiana*, entre le Pape *Alexandre VII.* & le Grand Duc, qui nommerent des Commissaires pour les regler. Le Pape nomma le Cardinal *Carpegna*, & lui donna pour aide Mr. *Cassini*.

Pendant le séjour que M. *Cassini* fit en cette occasion à *Rome*, le Pape le faisoit souvent venir pour s'entretenir avec lui, & pour l'entendre parler de Science, & lui promit des avantages considerables, s'il vouloit embrasser l'état Ecclesiastique ; mais ne se sentant point appellé à cet état, il surmonta cette tentation, à laquelle un autre plus ambitieux que lui auroit facilement succombé.

Lorsque l'affaire de la *Chiana* eut été terminée par un accommodement, le Pape fit écrire par le Cardinal *Rospigliosi* à la Regence de *Boulogne*, qu'il étoit parfaitement satisfait de M. *Cassini*, & qu'il étoit dans le dessein de se servir de lui pour quelques autres affaires, sans préjudice cependant du poste qu'il remplissoit à *Boulogne*. M. *Cassini*

ſe vit par là obligé de demeurer à
Rome.

Son ſéjour en cette ville ne fut
pas oiſif. L'Eclipſe de Soleil qui
arriva en 1664, lui donna occaſion
de faire quelques obſervations qu'il
publia à *Ferrare.*

Il y avoit alors à *Rome* deux ſavans trés-habiles dans la Dioptrique, *Euſtache Divini,* & *Joſeph
Campani*; comme ils étoient tous
deux amis de M. *Caſſini*, ils lui prê-
terent pour ſes obſervations Aſ-
tronomiques de grandes Lunettes
de leur invention. Il découvrit au
mois de Juillet de la même année
avec une de *Campani* quelques taches dans Jupiter, qu'il ſe perſuada être l'ombre des ſatellites de cette planette, ou comme on les appelle en Italie, des Aſtres de Medicis, qui devoient alors ſelon ſon
calcul ſe trouver entre Jupiter &
le Soleil, & d'autres obſervations
qu'il fit dans la ſuite le convainqui-
rent qu'il avoit penſé juſte. Mais
comme les autres Aſtronomes re-
fuſoient d'y ajoûter foy; il atten-
dit pour s'expliquer entierement la

J.D.CAS-
SINI.

dessus , que quelque autre eut fait la même observation.

La joye que M. *Cassini* ressentoit de ces découvertes fut troublée cette année par la perte du Marquis *Malvasia* , qui mourut le 29 Mars 1664 dans la 61e année de son age , lorsqu'il se disposoit à publier la suite de ses Ephemerides.

Sur la fin de cette année 1664. il parut à *Rome* une nouvelle Comete , que M. *Cassini* observa dans le Palais *Chigi* en presence de la Reine de Suede , qui quelquesfois sacrifioit les nuits aux observations Astronomiques. Il se fioit tellement à son système des Cometes , qu'aprés avoir observé celle-ci les deux premieres nuits , qui furent celles du 18 & du 19 Decembre , il traça hardiment à la Reine sur le globe celeste la route qu'elle devoit tenir ; aprés la quatriéme nuit il assura qu'elle n'étoit pas encore dans sa plus grande proximité de la terre ; le 23e. il osa prédire qu'elle y arriveroit le 29. & quoiqu'alors elle surpassât la Lune en

viteffe, & femblât devoir faire J.D.Cas-
le tour du Ciel en peu de temps, sini.
il prétendit qu'elle s'arrêteroit dans
Aries, dont elle n'étoit gueres éloi-
gnée que de deux Signes, & qu'a-
prés qu'elle y auroit été ftationaire,
fon mouvement y deviendroit re-
trograde. Ces predictions trouve-
rent quantité d'incredules, qui foû-
tinrent que la Comete échaperoit à
l'Aftronome ; mais quand ils virent que fes predictions avoient été
juftes, ils dirent qu'il n'y avoit rien
de fi aifé que ce qu'il avoit fait.

Il parut une feconde Comete au
mois d'Avril 1665. M. *Caffini* fe
prepara auffi-tôt à en donner un
calcul ou une table, qui confirmât
ce qu'il avoit fait fur la precedentes. Quelques-uns de fes incredules devinrent fes imitateurs, mais
fans fuccés. Ils voulurent auffi former des fyftêmes, & prétendirent
que la nouvelle Comete étoit la
même que la precedente, mais les
obfervations firent connoître qu'ils
fe trompoient.

Pour lui, huit ou dix jours après
la premiere apparition, il publia fa

J.D.Cas-
sini.

Table où la Comete étoit calculée,
comme l'auroit pû être une ancienne Planete. Il fit imprimer aussi à
Rome la même année un Traité sur
la theorie de ces deux Cometes,
& quelques Lettres Italiennes adressées à l'Abbé *Falconieri*.

La Reine de Suede ayant reçû de
France une Ephemeride du mouvement de la premiere Comete, qu'a-
voit faite M. *Auzout* fameux Ma-
thematicien, la communiqua à M.
Cassini, qui y reconnut la même hy-
potese qu'il avoit employée avec tant
de succés, & ressentit plus de joye
de voir la verité de son systême con-
firmée par cette conformité, que
de chagrin de ce que la gloire en
pouvoit être partagée.

Il travailloit à la seconde partie
de la theorie des Cometes, lorsque le Pape l'envoya en Toscane
negotier seul avec les Ministres du
Grand Duc sur l'affaire de la *Chiana*, qui n'étoit pas encore terminée,
& lui donna en même tems la Surintendance des Eaux de l'Etat Ecclesiastique.

Ce fut à *Citta della Pieve* en

Toscane qu'il reconnut fûrement J. D. Cas-
le 9e Juillet 1665. fur le difque de sini.
Jupiter les ombres que les Satellites y jettent, lorfqu'ils paffent entre Jupiter & le Soleil. Il fallut dé-
mêler ces ombres d'avec les taches
de cette Planete, les unes fixes, les
autres paffageres, & il les demêla
fi bien, que ce fût par une tache
fixe bien averée qu'il découvrit que
Jupiter tourne fur fon axe en 9
heures 56 minutes.

Outre les emplois étrangers à
l'Aftronomie qu'il avoit déja, on
le chargea encore de l'infpection de
la Forterefle de *Perugia*, & de la
reparation de quelques autres Ouvrages. Lui-même poffedé d'un
amour general pour les Sciences fe
livroit quelquefois à des diftrac-
tions volontaires. Lorfqu'il fut traiter de l'affaire de la *Chiana* avec M.
Viviani, il fit fur les Infectes plufieurs obfervations Phyfiques, qu'*O-
vidio Montalbani*, à qui il les adref-
fa, fit imprimer dans les Ouvrages
d'*Aldrovandus*. Les experiences de
la transfufion du fang faites en
France & en Angleterre, faifant

J.D.Cas- alors du bruit, M. *Caßini* eut la
sini curiosité d'en faire auſſi chez lui à
Boulogne. Tant la paſſion de ſavoir
le portoit vivement à differens ob-
jets. Auſſi lorſque dans ſes voyages
de *Boulogne à Rome* il paſſoit par
Florence, le Grand Duc, & le Prince *Leopold* faiſoient tenir en ſa preſence les aſſemblées de leur Academie *del Cimento*, perſuadée qu'elle
profiteroit de ſes lumieres.

La Planete de Mars ſe trouvant
au commencement de 1666. proche
de la terre, donna lieu à M. *Caßini*
de faire de nouvelles obſervations,
par leſquelles il découvrit que
Mars tourne ſur ſon axe en 24 heures 40 minutes, & qu'il y a pluſieurs
taches differentes dans les deux fa-
ces ou hemiſpheres de cette Planete,
qui paroiſſent ſucceſſivement dans
cette revolution.

L'année ſuivante 1667. il decou-
vrit des taches ſur le diſque de Venus, & crut que ſa revolution pourroit être à peu près égale à celle de
Mars. Mais comme Venus, dont
l'orbe eſt entre le Soleil & la Terre, eſt ſujette aux mêmes variations
de

de phafes que la Lune, & que par
là les retours de fes taches font très
difficiles à reconnoître fûrement,
il ne voulut rien déterminer fur ce
fujet.

Mr. *Colbert* qui avoit par ordre
du Roi formé l'Academie des
Sciences en 1666, defira que M.
Caffini fût en correfpondance avec
elle ; mais il alla bien-tôt plus loin,
car il lui fit propofer par le Comte *Graziani* Miniftre & Secretaire
d'Etat du Duc de *Modene* de venir
en France, où il auroit une Penfion du Roi proportionnée aux emplois qu'il avoit en Italie. Comme
il répondit qu'il ne pouvoit difpofer de lui fans l'agrément du Pape & du Senat de Boulogne, le Roi
le fit demander par M. l'Abbé de
Bourlémont alors Auditeur de Rote,
mais feulement pour quelques
années ; reftriction qu'on crut
neceffaire pour l'obtenir plus aife-
ment.

Il arriva à *Paris* au commencement de 1669, fans avoir deffein
de fe fixer en France, mais il s'y
trouva fi bien qu'il ne fongea plus

dans la suite à retourner en Italie, & M. *Colbert* lui fit expedier en 1673. des Lettres de Naturalité.

La même année il épousa *Gene-vieve Delaitre* fille du Lieutenant General de *Clermont en Beauvoisis*, & le Roi en agréant son mariage lui dit qu'il étoit bien aise de le voir devenu François pour toûjours. Depuis ce temps-là M. *Cassini* a fait de nouveaux efforts pour soutenir sa grande reputation par de nouvelles dècouvertes.

Au mois de Decembre 1680. il parut une Comete, qui a été fameuse. Mr. *Cassini* ne l'ayant encore observée qu'une fois, prédit au Roy qu'elle suivroit la même route qu'une autre Comete observée par *Tycho - Brahé* en 1577. Ce qui le rendit si hardi, c'est qu'il avoit remarqué que la plûpart des Cometes, soit de celles qu'il avoit vûës, soit de celles qui l'avoient été par d'autres Astronomes, avoient dans le Ciel un chemin particulier, qu'il appelloit par cette raison le Zodiaque des Cometes; & comme celle de 1680. se trouva dans ce

Zodiaque, ainfi que celle de 1577. J.D. Cas-
il crut qu'elle le fuivroit, & elle sini.
le fuivît effectivement.

En 1683. il apperçut pour la
premiere fois dans le Zodiaque
une lumiere, qui peut-être avoit
déja été vûë, quoique très-rarement,
mais qui en ce cas là n'avoit été pri-
fe que pour un Phenomene paffa-
ger, & par confequent n'avoit pas
été fuivie. Il conjectura d'abord par
les circonftances de cette lumiere
qu'elle pouvoit être d'une nature
durable ; il en ébaucha une théorie,
qui lui apprenoit les temps, où elle
pouvoit reparoître dégagée des Cre-
pufcules, avec lefquels elle fe con-
fond le plus fouvent, & il trouva
dans la fuite qu'elle pouvoit être
renvoyée à nos yeux par une matiere que le Soleil poufferoit hors
de lui beaucoup au-delà de l'Orbite
de Venus, & dont il feroit enve-
loppé jufqu'à cette diftance. Comme cette lumiere n'eft pas toûjours
vifible dans les tems où elle de-
vroit l'être, il paroit que cet écou-
lement de matiere doit être inégal
& irrégulier, de même que la pro-

J.D.CAS-duction des taches du Soleil. Ce
SINI. Phénomene fut obfervé depuis en
divers lieux, & même aux Indes
Orientales.

Il avoit jugé dès le commencement que fi cette lumiere pouvoit
être vûe en prefence du Soleil, elle
lui feroit une chevelure, c'étoit une
fuite de fon Syftême, qui fut ve-
rifiée en 1706. Il y eut cette année
une Eclipfe de Soleil, & l'on vit
dans les lieux où elle fut totale une
chevelure lumineufe autour de cet
Aftre, telle précifement que M.
Caffini l'avoit prédite, & qui à moins
d'être celle qu'il avoit prédite,
étoit inexplicable.

En 1684. il mit la derniere main
au monde de Saturne, qui étoit
demeuré fots imparfait. M. *Hughens*
avoit découvert en 1655. un Satel-
lite de cette Planete, qui fut long-
temps le feul, & qui depuis s'eft
trouvé n'être que le quatriéme à les
compter depuis Saturne ; en 1671.
M. Caffini découvrit le troifiéme
& le cinquiéme, dont il acheva
de s'affurer en 1673; enfin en 1684. il
découvrit le premier & deuxiéme,
aprés quoi on n'en a plus trouvé. La

découverte de ces Satellites a paru fi
confiderable, que l'on en a frappé une
Médaille avec cette légende : *Saturni
Satellites primum cogniti.*

En 1695. M. *Caffini* fit un Voyage
en Italie , & il ne manqua pas d'y
aller revoir fa Méridienne de faint
Petrone qui avoit befoin de lui. La
voûte qui recevoit le Soleil s'étoit
baiffée , & le trou qui y étoit percé
n'étoit plus dans la perpendiculaire
où il devoit être , M. *Guglielmini*
avoit remedié à ce défaut ; mais le
pavé où étoit tirée la Meridienne
étoit forti depuis du niveau exact.
Mr. *Caffini* arriva à propos pour reparer fon premier Ouvrage & le
feul qu'il laiffât à l'Italie. Il voulut
étendre fes foins jufques dans l'avenir , & engagea Mr. *Guglielmini* à
publier une inftruction fur ce qu'il
y avoit à faire pour la confervation
& la reparation de ce grand Ouvrage.

Cette Meridienne de faint Petrone étoit la fix cent millieme partie de la circonference de la Terre ;
mais on en avoit entrepris une autre en France, qui devoit être la

-45e. partie de cette même circonference, & qui par conſequent devoit donner dans une préciſion juſqu'alors inconnuë, la grandeur du
demidiametre de la terre. C'eſt
la fameuſe Meridienne de l'Obſer-
vatoire commencée par Mr. *Picard*
en 1669. & continuée en 1683.
du côté du Nord de *Paris* par Mr.
de la *Hire*, & en 1700. du côté
du Sud juſqu'à l'extremité de Rouſ-
ſillon par Mr. *Caſſini*, qui a eû
la gloire de finir cette grande entrepriſe.

L'Aſtronomie lui eſt encore redevable d'un grand nombre de Metho-
des ingenieuſes ; telles ſont l'invention des longitudes par les éclipſes
du Soleil, qui ne paroiſſoient pas y
pouvoir jamais être employées; l'explication de la libration de la Lune
par la combinaiſon de deux mouvemens, dont l'un eſt celui d'un
mois, & l'autre ſe fait autour dé
ſon axe en un temps à-peu-prés
égal ; la maniere de trouver la veritable poſition des taches du Soleil
ſur ſon Globe, celle de décrire
des eſpeces de ſpirales, qui repre-

J.D.CAS-
S I N I.

sentent toutes les bizarreries apparentes du mouvement des Planetes,
& donnent leurs lieux dans le Zodiaque jour pour jour, & un grand
nombre d'autres.

Dans les dernieres années de sa
vie, il perdit la vuë ; malheur qui
lui a été commun avec *Galilée*, &
peut être par la même raison ; car
les Observations subtiles deman-
dent un grand effort des yeux.

Il mourut le 14. Septembre 1712.
âgé de 87. ans & demi, sans maladie, sans douleur, & par la seule
necessité de mourir. Il étoit d'une
constitution trés saine & trés-robus-
te ; & quoique les frequentes veil-
les necessaires pour l'observation
soient dangereuses & fatiguantes,
il n'avoit jamais connu aucune sorte
d'infirmité. La constitution de son
esprit ressembloit à celle de son
corps ; il l'avoit égal, & tranquille ; son aveuglement ne lui ôta même rien de sa gayeté ordinaire. Un
grand fond de religion aidoit beaucoup à l'entretenir dans cette disposition. Sa modestie, sa candeur,
sa simplicité le rendoient aimable à

J.D.Cas- tout le monde. Il communiquoit
sini. sans peine ses découvertes & ses
vûës, au hazard de se les voir enlever, plus attentif aux progrés des
sciences qu'à sa propre gloire.

Catalogue de ses Ouvrages.

1°. *De Cometa anni 1652. & 1653.
Mutinæ. 1653. in fol.*

2°. *Specimen observationum Bono-
niensium, quæ novissime in D. Petronii templo ad Astronomiæ novæ cons-
tructionem haberi cœpere, videlicet
observatio æquinoxii verni anni 1656.
ejusdemque cum aliis, cum propriis, tum
aliorum observationibus, & cum novis
tabulis Bononiensibus comparatio. Bononiæ. 1656. in fol.* le P. *Riccioli*
dans son *Astronomia reformata* a fait
un grand usage de ces Observations
& des Tables dressées par leur
moyen ; ces Observations n'étoient
cependant qu'un essai, comme il le
dit lui-même, & non un traité
complet.

3°. *Novissimæ motuum solis Ephe-
merides ex recentioribus tabulis V. Cl.
Joannis Dominici Cassini à Marchione
Malvasia supputatæ, cum Epistolis
Auctoris ad Cassinum ejusque res-
ponsis*

ponfis. Mutinæ 1662. *in fol.* Ce font J.D.CAS-
des Ephemerides pour cinq ans à SINI.
commencer en 1661. qui font accompagnées des tables de Mr. *Caffini* , & qui en font tirées.

4°. *Alla fantita di N.S. Papa Ale-
ffandro VII. per la facra congregazio-
ne dell'acque il Reggimento di Bologna. In Roma* 1657. *fol.* C'eſt un
Recueil de toutes les piéces qu'il fit
fur le tranfport du *Reno.* On y voit
une Hiſtoire complette du *Po,* tirée
des Livres tant anciens que Modernes, & des Monumens anciens qui
nous reſtent.

5°. *Theoriæ motus Cometæ anni*
1664. *pars* 1. *ea proferens, quæ ex pri-
mis obfervationibus ad futurorum motuum prænotionem deduci potuere, cum
nova inveftigationis Methodo , tum in
eodem, tum in Cometa noviffimo anni*
1665. *ad praxim revocata. Roma* 1665.
in fol. Il dedia cet Ouvrage à la Reine
de Suede , par l'ordre de laquelle il
l'avoit compofé. Il y prétend qu'on
peut décrire le mouvement des
Cometes , comme on fait celui des
Planetes. Il a été réimprimé dans les
Mifcellanea Mathematica du P.
Roberti , *p.* 343.

    Tom. *VII.*   D d

6°. *Lettere Astronomiche al sig. Abbate Ottavio Falconieri sopra il con-
fronto d'alcune Osservationi delle Comete di quest' anno* 1665. *in Roma*
1665. *fol.* Il découvre dans les deux
Lettres qui composent ce Volume,
de même que dans l'ouvrage precedent , son secret sur la connoissance du cours des Cometes.

7°. *Lettera Astronomicha al sig. Abbate
Ottavio Falconieri sopra le ombre de Pia-
netti Medicei in Giove. in Roma* 1665.

8°. *Astronomica Epistolæ duæ,
altera R. P. Agidii Francisci Gottignez soc. J. ad D. Cassinum, altera
ejusdem D. Cassini responsiva ad P.
Gottignez , in quibus continentur
nonnullæ difficultates circa Eclipses in
Jove a Mediceis Planetis effectas cum
earum solutionibus. Bononiæ* 1665.
Lorsque M. *Cassini* eut découvert
les ombres que les Satellites de Jupiter jettent sur son Disque, lorsqu'ils passent entre lui & le Soleil
& qu'il eut fait part au public de
cette découverte , il trouva bien
des contradicteurs. Le P. *Gottignez*
entre autres, prétendit que ce qu'il
avoit pris pour des ombres étoient

des taches, & ne voulut point se J. D. CAS-
rendre aux preuves que Mr. *Cassini* SINI.
lui apporta de la vérité de sa découverte ; ce qui engagea ce sçavant
à faire réimprimer ces Lettres avec
de nouvelles remarques, sous le titre de *Dissertatio apologetica de Um-*
bris Mediceorum Siderum in Jove.

9°. *Lettere Astronomiche al sig. Ab-*
bate Ottavio Falconieri sopra la varie-
ta delle macchie osservate in Giove ,
e loro diurne revolutioni. 1655. Ces
Lettres sont au nombre de trois.

10°. *Tabulæ quotidianæ revolutio-*
nis macularum Jovis nuperrim: ad-
inventæ à J. D. Cassino. Roma 1665

11°. *De solaribus Hypothesibus &*
refractionibus Epistolæ tres 1665. in
4°. Et dans les *Miscellanea Mathe-*
matica de Roberti. Bononia 1692.
in 4°. La 1ᵉ. de ces Lettres est Latine
& écrite à *Germiniano Montanari.*
Les deux autres sont Italiennes, &
adressées, l'une à *Charles Rinaldi*
Professeur en Philosophie à *Padoue*
& l'autre à *A. P.* Mr. *Cassini* y
répond à quelques difficultés qu'on
lui avoit faites sur les refractions.

12°. *De Solis Hypothesibus & de*

J.D. Cas- *refractionibus Siderum ad dubia R. P.*
si ni. *Joan. B. Riccioli Soc. J. Bonon. 1666.*

13°. *Disceptatio apologetica de Maculis Jovis & Martis. Bononiæ* 1666. Des Mathematiciens de *Rome* avoient voulu lui dérober ses decouvertes sur les taches de Jupiter & de Mars ; il fait voir ici qu'ils ont tort en toutes manieres, puisque leurs Observations étoient posterieures aux siennes, & même peu exactes.

14°. *Martis circa proprium Axem revolubilis Observationes Bononiæ habita Romæ* 1666.

15°. *Lettre à Mr. Petit Intendant des Fortifications*, touchant la découverte du *Mouvement de la Planete de Venus autour de son Axe* ... inserée dans le *Journal des Sçavans* du 12e. Décembre 1667.

16 *Ephemerides Bononienses Mediceorum Siderum ex Hypothesibus & tabulis J. D. Cassini ad Observationum opportunitates præmonstrandas deducta. Bononiæ* 1668. *in fol.*

17. *Apparizioni celesti dell'anno* 1668 *osservate in Bolog. In Bolog.* 1668. *in* 4°.

18. *Spina Celeste, Meteorro Osservato in Bologna l'anno* 1668. *In Bologna* 1668. *fol.*

19. *Nova Ratio inveniendi Geo-* J.D.CAS-
metrice & directe Apogea, Excentri- SINI.
citates, & Anomalias motus Plane-
tarum. Bononiæ 1669.

20°. *Découverte de deux nouvelles*
Planetes autour de Saturne. Paris
1673. *fol.*

21°. *Reglement des temps par une*
methode facile & nouvelle, propofée
par M. Caffini, par laquelle il fixe
pour toûjours les Equinoxes au même
jour de l'année, & rétablit l'ufage
du Nombre d'Or pour regler toûjours
les Epactes d'une même façon. Paris.
1679.

22°. *Obfervations & Reflexions*
fur la Comete de 1680. *Paris* 1681.
in 4°.

23°. *Planifphere fait & prefenté*
au Roi par M. Caffini. Sa defcription
& fon ufage. Paris 1681.

24. *La Meridiana del Tempio di*
S. Petronio, tirata, e preparata per
le Offervazioni Aftronomiche l'anno
1655. *rivifta e riftaurata l'anno* 1695.
In Bologna 1695. *fol.*

Outre ces Ouvrages, on trouve
encore dans les Memoires de l'*Aca-*
demie des Sciences & dans les *Jour-*

J. D. CAS-
SINI.

naux des *Savans* plusieurs pieces curieuses de sa façon.

V. Son Eloge dans le *Journal de Venise* to. 27e. & 28e. Hist. de l'Acad. des Sciences an. 1712.

ANDRE' DUCHESNE

ANDRE'
DU CHES-
NE.

ANDRE' DU CHESNE nâquit à l'*Isle Bouchard* en Touraine au mois de May 1584, & fut le quatriéme des enfans mâles de *Tanneguy du Chesne*, Eguyer, Seigneur de la *Sansoniere*. Son nom a été diversement rendu en Latin. Il s'est nommé lui même *Quernæus*, *Quercetanus*, *Duchenius*. D'autres l'ont appellé *Querceus*, à *Quercu*, *Chesneus*, *Chesnius*.

Il commença ses études à Loudun; aprés y avoir fait sa Rhetorique il vint à *Paris*, & fit son cours de Philosophie au College de Boncourt sous *Jules Cesar Boulanger*, grand Philosophe de ce temps-là, & bon Historien.

Il commença dés l'age de 18 ans à donner des Ouvrages au public.

& toute fa vie s'eft paffée à ecrire. A. DU-
Il n'a pris dans fes Hiftoirés d'autre CHESNE.
qualité que celle de Geographe du
Roi , excepté dans celle de la maifon de Bethune, imprimée en 1639,
où il s'eft qualifié d'Hiftoriographe
du Roi.

Quelque foit le nombre de fes
Ouvrages , on pouvoit s'en pro-
mettre bien davantage , fi un accident funefte ne l'avoit enlevé dans
la force de fon age. Car il fut écra-
fé par une charette le 30. May
1640. en allant à fa Maifon de
Campagne à *Verriere* ; il n'étoit alors
agé que de 54. ans.

Il s'étoit marié en 1608 , & il n'a
eu de ce mariage qu'un fils nommé *François du Chefne.*

Catalogue de fes Ouvrages.

1°. *Andreæ Quernæi Egregiorum*
feu Electarum Lectionum & Anti-
quitatum Liber. P a r i f. 1602. in 12.
C'eft le coup d'effai de *du Chefne*
qui le publia à l'âge de dix-huit ans,
& le dedia à *Jules-Cefar Boulan-*
ger fon maître.

2°. *Januariæ Kalendæ, feu de fo-*
lemnitate anni tam Ethnica quam Chrif-

D d iiij

tiana brevis Tractatus, avec un Poëme Latin intitulé *Gryphus de nume-
ro Ternario. Paris.* 1602. *in* 12. *Du
Chesne* a dedié ce Livre à M. de
Cerisi Archevêque de *Tours.*

3°. *Les Figures Mystiques du riche & precieux Cabinet des Dames,
où sont representées au vif tant les beau-
tés , parures , & pompes du corps fe-
minin , que les perfections, ornemens
& atours spirituels de l'ame. Paris*
1605. Il fit cet Ouvrage pour la
Demoiselle qu'il épousa trois ans
aprés.

4°. *Satires de Juvenal traduites en
François avec des notes. Paris* 1606.
in 8°. Cette traduction est fort rare.

5°. *Les Antiquités & Recherches
de la grandeur & Majesté des Rois
de France par A. D. C. T.* (André
du Chesne Tourangeau) *Paris*
1609. *in* 8°. It. *Paris* 1621. *fol.* Ce
Traité est curieux & rare.

6°. *Les Antiquités & Recherches des Villes, Châteaux, & Places remarquables de
toute la France , suivant l'ordre des
huit Parlemens. Paris* 1610. *in* 8°.
Cette premiere édition a été suivie
de celles des années 1614. 1622.

1629. 1631. 1637. in 8°. It. revuës,
corrigées & augmentées par François
du Chefne. Paris 1647. in 8°. &
1668. 2. vol. in 12. Ce Livre eft
mal écrit, mais il contient des chofes curieufes ; la derniere édition,
que *du Chefne* le fils a procurée,
eft la meilleure.

7°. *Les Controverfes & Recherches
Magiques de Martin Delrio*, traduites & abregées du Latin. Paris
1611. in 8°.

8°. *Hiftoire d'Angleterre, d'Ecoffe
& d'Irlande.* Paris 1614. in fol. It.
augmentée. Paris 1634. in fol. It.
continuée jufqu'en 1640. Paris 1657.
fol. 2 vol. Cette Hiftoire n'eft point
eftimée.

9°. *Bibliotheca Cluniacenfis, com-
plectens SS. Patrum Cluniacenfium
Vitas, miracula, fcripta, ftatuta,
Privilegia &c. collecta à Martino
Marrier, edente cum notis Andrea
Quercetano.* Parif. 1614. in fol.

10°. *Hiftoire des Papes jufqu'à
Paul V.* Paris 1616. in 4°. 2 vol.
It. Paris 1645. fol. Comme cette
derniere édition étoit pleine de fautes, *François du Chefne* en don-

A. DU
CHESNE.

A. D u na une troisiéme *revue corrigée, au-*
Chesne. gmentée & *illustrée de Portraits. Paris*
1653 *fol.* 2 *vol.* On ne fait pas grand
cas de cette Histoire.

11°. *Petri Abælardi & Heloiſsa*
conjugis ejus Opera nunc primum edi-
ta ex MSS. Cod. & in Lucem edita
studio & diligentia Andrea Querce-
tani. Pariſ. 1616. *in* 4°. Il y a une
chose assez singuliere à remarquer
sur ce livre. Il y a des exemplaires
qui portent le nom de *François*
d'Amboiſe, & d'autres où l'on voit
celui d'*André du Cheſne*. Il est
probable que c'est à ce dernier
que nous devons cette édition.
Dans l'abregé du Privilege, qui est
au commencement de l'exemplaire
qui porte le nom de *du Cheſne*, on
n'a pas manqué d'y dire que ces
Œuvres étoient imprimées par ses
foins, au lieu que dans l'exemplaire qui a le nom d'*Amboiſe*, le
Privilege ne dit pas un mot de celui qui a pris foin de recüeillir ces
Œuvres. S'il étoit permis de con-
jecturer, on pourroit croire que
par quelque motif secret, & qu'on
n'a pas jugé à propos de transmet-

tre à la pofterité, *du Chefne* auroit cedé la gloire de fon Ouvrage à *d'Amboife*, qui étoit alors en état de reconnoître un facrifice de cette nature. Quoiqu'il en foit, les deux exemplaires de *du Chefne* & *d'Amboife* ne font pas femblables en tout : par exemple celui de *du Chefne* commence par une Epitre Dedicatoire adreffée à M. *Benjamin de Brichanteau* Evêque de *Laon*, & Abbé de Ste Genevieve, qui manque dans la prétenduë édition de *François d'Amboife*, auffi bien que la Préface que *du Chefne* ajoûta, où aprés avoir dit en general ce qu'étoient *Abelard* & *Eloïfe*, il rend compte de ce qu'il a fait pour rendre l'édition de ce celebre Dialecticien la meilleure qu'il a pû : il parle honorablement de tous ceux qui l'ont adé de leurs manufcrits, & avouë devoir à M. *Fr. d'Amboife* les Lettres & quelques autres petites Pieces. Aprés cette Préface fuivent les *Teftimonia veterum de Abelardo & Heloiffa*, qui manquent auffi dans l'exemplaire de *d'Amboife*. L'édition de celui-ci a de fon

A. DU-
CHESNE. côté une Préface Apologetique pour *Abelard* qui manque dans l'édition de *du Chesne*. Tout le reste est semblable, & ces deux sortes d'exemplaires se répondent page pour page, ils ne sont qu'une seule & unique édition (*Bayle Dict. V. d'Amboise.*)

12°. *Histoire de la Maison de Luxembourg*, de *Nicolas Vignier*, mise en lumiere avec autres pieces sur le même sujet, par *André du Chesne*. Paris 1617. in 8°.

13°. *Les Oeuvres de M. Alain Chartier*, contenant l'Histoire de son temps, & du Regne de Charles VII. depuis 1402. jusqu'en 1460. & ses autres traitez en vers & en prose, revûs & corrigés, avec des Annotations par *A. du Chesne*. Paris 1617. in 4°.

14°. *Alcuini Abbatis Opera edita per A. du Chesne Paris. 1617. fol.*

15°. *Dessein de la Déscription du Royaume de France Paris 1617. in 4°.* Du Chesne entreprit en 1617. la Déscription de la France dont il donna le projet par ce petit Ouvrage; on commença même à l'im-

primer en Hollande, mais cette A. Du-
édition fut interrompue, on ne Chesne.
fçait par quelle raifon, & l'Ouvrage n'a point paru.

16. *Bibliotheque des Auteurs*
qui ont écrit l'Hiftoire & Topographie
de la France. Paris. 1618. in 8°. 2ᵉ.
Edition revuë & augmentée de plus
de deux cens Hiftoriens. Paris. 1627.
in 8°. Du Chefne entreprit cette Bibliotheque pour fe difpofer à l'execution du deffein qu'il avoit de publier les Hiftoriens de France :
Mais elle eft fort peu de chofe,
fi on la compare à celle qu'a donnée le P. *le Long* fur le même
fujet.

17. *Hiftoire des Rois, Ducs &*
Comtes de Bourgogne depuis l'an de
J. C. 408. jufqu'en 1350. extraite
de diverfes Chartes & Chroniques an-
ciennes ; avec plufieurs Tables Genea-
logiques. Paris. 1619. in 4°. Ce
Volume fut fuivi d'un fecond en
1628.

18. *Les Lettres d'Etienne Pafquier*
Paris 1619. in 8°. 3. Vol. C'eft du
Chefne qui a donné cette Edition.

19. *Hiftoria Normannorum fcrip-*

A. DU-
CHESNE.

*tores antiqui, res ab illis per Galliam,
Angliam, Apuliam, Capuæ principa-
tum, Siciliam, & Orientem gestas
explicantes ab anno Christi 838. ad
annum 1320. ex MSS. cod. omnia
nunc fere primum edidit A. Duchenius.*
Paris. 1619. fol. Duchesne devoit
publier trois Volumes de ces Histoires, mais il n'a paru que celui-
ci, qui fait un des Tomes de sa
grande Collection des Historiens
de France. Ce Livre est curieux &
rare.

20°. *Histoire Genealogique de la
Maison de Chatillon sur Marne, justifiée par Titres & bonnes preuves,
avec les Genealogies & les Armes
des Illustres familles de France & des
Pays-Bas, lesquelles ont été alliées à
celle de Chatillon.* Paris 1621. in fol.
C'est un des sept Volumes de Genealogies que *Duchesne* a publiés.
Ils sont tous estimés & rares.

21°. *Genealogie des Seigneurs de
Rais de Breil.* Paris. 1621. in 4°.
Avec le *Factum du Procés entre le
sieur de S. Laurent & Gui de Breille
Seigneurs du Plessis de Rais.*

22°. *Histoire Genealogique de la
Maison de Montmorency & de La*

val, *justifiée par Titres & bonne.* A. D U-
preuves avec figures. Paris 1624. *fol.* CHESNE.
C'est un Chef - d'œuvre en ce
genre.

23°. *Histoire Genealogique de la Mai-*
son de Vergi avec ses preuves. Paris
1625. *fol.*

24°. *Histoire des Comtes d'Albon, &*
Dauphins de Viennois, justifiée par Ti-
tres, Memoires & autres bonnes
preuves Paris. 1628. *in* 4°. C'est
le second Volume de *l'Histoire de*
Bourgogne.

25°. *Histoire Genealogique des Mai-*
sons de Guines, d'Ardres, de Gand,
& de Coucy, & de quelques autres
Familles qui y sont alliées. Paris 1631
fol.

26°, *Histoire Genealogique des Mai-*
sons de Dreux Bar-le-Duc, Luxem-
bourg, Limbourg, le Plessis, Richelieu
Broyes, & Château-Vilain; avec les
preuves. Paris *fol.* On a reproché à
Duchesne d'avoir composé la Genealogie de *du Plessis-Richelieu*, pour
faire descendre de *Louis le Gros* par
les femmes le Cardinal de ce nom;
mais *le Laboureur* dans ses additions
aux *Memoires de Catelnau* l'a fort

A. Du bien justifié là-dessus On peut mê-
Chesne. me dire qu'il a fait la Genealogie des principales Maisons de France, sans donner atteinte à la vérité.

27. *Series Auctorum omnium,*
qui de Francorum Historia, & de re-
bus Francicis cum Ecclesiasticis, tum
secularibus ab exordio regni ad nostra
usque tempora, quorum editionem
pollicetur Andreas du Chesne. Paris.
1633. fol. 2a. editio. Paris. 1635 fol.
C'est le Plan de son recueil des
Historiens François. Suivant la premiere édition de ce Plan, le recueil
devoit avoir 20. Volumes *in fol.* la
seconde l'a poussé jusqu'à 24. quoiqu'on y eut retranché l'Histoire
des Goths par *Jernandes*, celle
des Lombards par *Paul Diacre*, &
l'Histoire de France de Mr. *de*
Thou, qui étoit dans la premiere,
parce qu'on y a ajoûté plus de deux
cens nouvelles piéces. *François du*
Chesne publia une 3.e Edition de
ce projet à Paris 1663. *in* 12. &
Jean Albert Fabricius l'a inseré suivant cette Edition dans son Ouvrage intitulé : *Isagoge in Historiam*
scriptorum Historia Gallica Hambur-
gi

gi 1708. *in* 8°. Le recueil ſuivant A. DU-
la 3e. édition du projet devoit CHESNE.
auſſi contenir 24. Volumes in fol.
Mais quoiqu'on marque dans le titre qu'elle eſt plus ample que le
ſecond, ce n'eſt tout au plus que
de dix pieces.

28. *Hiſtoire Genealogique de la*
Maiſon des Chaſtegniers, Sieurs de la
Chataigneraye, avec les preuves. Pa-
ris fol. 1639.

29. *Hiſtoire Genealogique de la*
Maiſon de Bethune, juſtifiée par
Chartes de diverſes Egliſes & Ab-
bayes, Arreſts du Parlement, Titres
particuliers, Epitaphes &c. Paris
1639. *fol.*

30. *Hiſtoria Francorum ſcriptores*
Coatanei, quorum plurimi nunc pri-
mum ex variis codicibus manuſcriptis
prodeunt, alii vero auctiores & emen-
datiores. Tomus 1. *ab ipſius gentis*
origine ad Pipinum Regem. Pariſ.
1636. *fol. Tomus* II. *à Pipino Caroli*
Magni Imperatoris patre uſque ad
Hugonem Capetum. Pariſ. 1636. *fol.*
Tom. III. *à Carolo Martello Pipini*
Regis patre, uſque ad Hugonis &
Roberti tempora, opera & ſtudio filii

Tom. VII. Ee

A. DU-
CHESNE.

post patrem Francisci du Chesne. Paris.
1641. *fol.* Ce 3ᵉ. Volume & le 4ᵉ.
étoient sous presse, lorsque *André
du Chesne* mourut, & son fils en
fit achever l'édition. *Tom. IV. ab
Hugone & Roberto regibus usque ad
Philippi Augusti tempora. Paris.* 1641
*fol. Tom. V. à Philippo Augusto re-
ge usque ad Philippi IV. dicti pul-
chri tempora. Paris.* 1649, *fol.* Le dernier Volume fut aussi imprimé
par les soins de *François du Chesne.*
Cette collection des Historiens de
France est la plus considerable qu'on
ait encore faite, il faut y joindre le
Volume des Historiens de Normandie.

31. *Genealogie de la Maison de
la Rochefoucault, dressée sur les
Chartres, Titres & Histoires les plus
fideles. Paris* 1622. *fol.* Ce n'est
qu'une feuille.

32. Il avoit commencé *l'Histoire
des Cardinaux François* par ordre du
Cardinal de *Richelieu*, qui l'appelloit toûjours son bon voisin, à
cause de la proximité du lieu de
leur naissance; mais il n'a pû l'a-
chever. Son fils en a publié 2. vo

lumes *in fol. Paris* 1660. 1666. **A. DU-**
Ce n'eft que la moitié de l'ouvrage **CHESNE.**
qui devoit en avoir quatre. Le premier Volume contient l'Hiftoire
& le fecond les preuves, entre lefquelles il y a bien des piéces curieufes.

33°. Il a fait auffi l'*Hiftoire des Chanceliers & Gardes des Sceaux de France*, que fon fils a publiée en 1680. *Paris fol.*

34°. On lui eft redevable des vies des Saints de France, qui ont été publiées pour la plus grande partie par les foins de *Nicolas Camufat*, des Bollandiftes, du P. *Labbe*, & du P. *Mabillon*.

35°. Il avoit compofé une *Hiftoire des Miniftres d'Etat depuis le Roy Robert*. Le P. *le Long* croit que ce peut être la même que *Charles Combault*, Baron *d'Auteuil* a publiée en 1642. en 2. Vol. in 12. parce qu'on y ttouve l'ordre & le ftile de *du Chefne*.

Outre fes Ouvrages Manuferits, qui ont été trouvés aprés fa mort, on a trouvé encore plus de cent Volumes *in fol.* tous écrits de

A.
CHESNE.

du sa main, qui contiennent des Recueils de Pieces, des Extraits de Titres, ou des Observations, Remarques, Genealogies &c. Tout cela fait voir que c'étoit un Ecrivain infatigable, & qu'il a merité le titre de *Pere de l'Histoire de France*, que les Sçavans lui ont donné.

V. le Memoire inseré à la fin de la *Bibliotheque Historique de la France* du P. *le Long* p. 952.

JEAN MABILLON.

J. MABIL-
LON,

JEan MABILLON nâquit le 23 Novembre 1632. à *Pierre-Mont*, lieu situé sur les Frontieres de la Champagne entre *Mouzon* sur la Meuse & la Chartreuse du *Mont-Dieu* Diocese de *Reims*.

Un de ses Oncles, Curé du voisinage, lui enseigna les premiers élemens de la langue Latine ; & quand il fut en état d'entrer au College, on l'envoya à *Reims* pour y faire ses Etudes. Il s'y distingua bien-tôt par la vivacité de son es-

prit , & par fon application à l'E-
tude.

J. MA-
BILLON.

Ces qualitez jointes à une grande
pieté lui procurerent une place
dans le Seminaire de l'Eglife Cathedrale , où l'on éleve des jeunes gens,
que l'on veut attacher au Service
du Diocefe. Il y demeura trois ans
& n'en fortit que pour fe confa-
crer à Dieu dans l'Abbaye des Benedictins de S. Remy , où il prit
l'Habit le 5. Septembre 1653. &
fit Profeffion le 6. Septembre de
l'année fuivante.

On le regarda dès-lors comme un
fujet qui feroit beaucoup d'honneur
à fa Congregation ; fes talens & fa
ferveur en étoient de bons garans ;
mais de violens maux de tête qui
lui furvinrent , & qu'aucuns remedes ne pût dompter , firent prefque perdre les efperances que l'on
avoit conçûes de lui. Il devint in-
capable du moindre travail , & fe
trouva prefque réduit à n'ofer penfer à rien. Il fallut fufpendre fes études , & lui interdire tout ce qui
demandoit quelque application.

On l'envoya à un Monaftere de

J. MA-
BILLON.

la Campágne, appellé *Nogent-sous-Coucy*, où il demeura quelque tems, & ensuite en 1658. à *Corbie*. Il reçût l'Ordre de Prêtrise à *Amiens* en 1660. & comme sa santé ne se rétablissoit point, on le destina aux fonctions exterieures & au soin du temporel. Il fut chargé des emplois de Dépositaire & de Celerier, qu'il remplit avec beaucoup d'exactitude, mais toûjours avec une extrême repugnance. Si la dissipation que lui causoient ses occupations convenoient à ses infirmitez, elle choquoit son inclination naturelle pour l'étude, & l'amour que la pieté lui inspiroit pour le recueillement.

Il pressa ses Superieurs de le retirer de ces emplois trop exterieurs, pour le rendre à une vie plus reguliere ; mais il n'obtint qu'une partie de ce qu'il souhaittoit, on le déchargea du soin des affaires temporelles, mais la crainte qu'on eut que la solitude ne préjudiciât à sa santé détermina à lui imposer la necessité de se dissiper un peu. On l'envoya

à S. Denis où l'on occupa toute J. MA-
l'année 1663. à montrer le Tresor BILLON.
& les Tombeaux de nos Rois.

Il y cassa par malheur un miroir
qu'on prétendoit avoir appartenu à
Virgile ; ce qui disposa ses Superieurs
à lui accorder la grace qu'il demandoit d'être déchargé d'un emploi
qui l'engageoit souvent à dire bien
des choses qu'il ne croyoit pas.

Au milieu de ses infirmitez, il
ne laissoit pas de profiter des bons
momens qu'elles lui laissoient, pour
se donner à la lecture, & il avoit
déja, lorsqu'il demeuroit à S. Denis, lû une bonne partie des ouvrages des Saints Peres & des meilleurs Auteurs : il en étoit même
tellement rempli, qu'il parloit des
matieres de Theologie les plus difficiles avec beaucoup de précision
& de netteté.

Le Pere d'Acheri, qui travailloit
alors à son Spicilege, ayant demandé quelque jeune Religieux,
qui pût l'aider dans ce travail, on
jetta les yeux sur Dom *Mabillon*,
qui vint en 1664. demeurer à *Paris*, & le servit très-utilement. Ce

J. MA-
BILLON.

qu'il fit alors commença à mettre au jour ses talens, & à découvrir ce qu'on devoit en attendre.

Une nouvelle matiere se presenta bien-tôt à lui. La Congregation de S. Maur avoit formé le dessein de donner de nouvelles éditions des ouvrages des Peres, revûes sur les manuscrits, dont les Bibliotheques de l'Ordre de S. Benoît, comme les plus anciennes, font aussi les mieux fournies. D. *Mabillon* fut chargé de travailler sur *S. Bernard*, & comme il commençoit à jouir d'une meilleure santé, il en prépara l'édition avec une diligence extraordinaire.

Depuis ce tems là, on vit paroître un grand nombre d'ouvrages de sa façon, qui sont des preuves de son habileté & de son application à l'étude.

En 1682. il fit un voyage en Bourgogne, dans lequel M. *Colbert* se servit de lui pour examiner quelques anciens titres, qui regardoient la Maison Royale. Le Ministre en eut toute la satisfaction qu'il pouvoit en attendre, & persuadé de son experience & de son habileté

en cette matiere, il l'envoya l'an- **J. Ma-**
née ſuivante en Allemagne, pour **BILLON.**
y chercher dans les Archives & dans
les Bibliotheques des anciennes Ab-
bayes, ce qu'il y auroit de curieux
& de plus propre à enrichir l'Hiſtoire de l'Egliſe en general, & celle
de France en particulier. Ce voyage dura cinq mois, & il en a donné la relation.

Il en fit un autre en Italie en
1685. par ordre du Roi, & revint
l'année ſuivante chargé d'une ample moiſſon. Il mit à la Bibliotheque du Roi plus de trois mille volumes de livres rares, tant imprimez que manuſcrits, & compoſa
deux volumes des pieces qu'il avoit
découvertes en ce pays.

Une rétention d'urine, qui d'a-
bord n'allarma pas, fut le commencement de ſa derniere maladie. Elle
l'attaqua le 1. Decembre 1707. &
il en mourut le 27. du même mois,
âgé de 75. ans.

Son merite l'avoit fait choiſir en
1701. pour remplir une place d'A-
cademicien honoraire dans l'Academie des Inſcriptions.

J. MA-
BILLON.

» Il seroit difficile , dit M. *du Pin*
» de louer le P. *Mabillon* comme il
» le merite. La voix du Public , &
» l'estime generale de tous les Savans
» font son éloge beaucoup mieux
» que tout ce que nous en pour-
» rions dire. Sa profonde érudition
» est connue par ses ouvrages : sa
» modestie , son humilité , sa dou-
» ceur & sa pieté ne le font pas
» moins de tous ceux qui l'ont tant
» soit peu pratiqué. Son stile est
» mâle , pur , clair & methodique
» sans affectation & sans ornemens
» superflus , tel qu'il convient aux
» Ouvrages qu'il a composez.

Catalogue de ses Ouvrages.

1. *S. Bernardi Abbatis primi Cla-*
ravallensis Opera, post Horstium denuo
recognita , aucta , & in meliorem or-
dinem digesta , nec non novis Præ-
fationibus , notis , & observationibus,
indicibusque copiosissimis locupletata &
illustrata. Paris. 1667. in fol. 2. vol.
& in 8°. 9. vol. It. secundis curis.
Paris. 1690. in fol. 2. vol. Quoique
l'édition de *S. Bernard* publiée en
1641. par les soins d'*Horstius* fût
beaucoup meilleure que les préce-

dentes, il y étoit néanmoins reſté J. MA-
bien des fautes, qu'on pouvoit cor- BILLON.
riger par le ſecours des manuſcrits,
& il y manquoit des lettres & des
traitez qui n'etoient pas tombez entre les mains d'*Horſtius*. Le P. *Claude Chantelou* Benedictin en entreprit la reviſion, & donna au Public les Sermons du tems & des
Saints, corrigés en pluſieurs endroits. Mais étant mort ſans avoir
été plus loin, le P. *Mabillon*, qui
étoit alors à *Paris* occupé à aider
le P. d'*Acheri* dans la compilation
de ſon Spicilege, & qui avoit déja
travaillé pendant ſon ſéjour à Saint
Denis à revoir les Oeuvres de *S. Bernard*, fut chargé par ſes Superieurs
de donner une édition complette de
ce Pere. L'exactitude, la penetration, le jugement & l'érudition,
avec leſquelles il s'acquitta de cette
commiſſion firent dés-lors juger aux
connoiſſeurs qu'il tiendroit dans la
ſuite un rang conſiderable parmi les
Savans de ſon ſiecle. La ſeconde édition qu'il donna en 1690. eſt augmentée de près de cinquante Lettres, de nouvelles diſſertations pré-

J. MA- liminaires, & de nouvelles remar-
BILLON. ques. Il se disposoit à en donner
une troisiéme, lorsqu'il est mort.
Elle a été publiée en 1719. par les
soins du P. *Massuet*, & du P. *Ti-*
xier, qui y a ajoûté une Préface.
Mais elle n'est en rien differente de
celle de 1690. si l'on en excepte
deux lettres nouvellement ajoûtées
au premier volume, & une troisiéme qui avoit été publiée par M.
Baluze, deux Chartes pour le Monastere de *Luxeuil*, & un troisiéme
livre, ou une troisiéme partie de
la Lettre *ad Fratres de Monte Dei*.
Le second volume est terminé par
une lettre aussi nouvellement ajoû-
tée du Moine *Frotmond* touchant la
Canonisation de *S. Bernard*, qui
n'avoit point encore été imprimée.

2. *S. Bernardi Abbatis de conside-*
ratione ad Eugenium Papam libri V.
nova editio. Paris. 1701. in 8°. Le
P. *Mabillon* dédia ce Traité au
Pape *Clement XI.*

3. *Acta Sanctorum Ordinis S. Be-*
nedicti in sæculorum classes distributa.
Sæculum I. quod est ab anno Christi
590. ad 600. Collegit D. Lucas

d'*Achery*, ac cum eo edidit D. *Johan-* J. MA-
nes *Mabillon*, qui & univerfum opus BILLON.
notis, obfervationibus, indicibufque ne-
ceffariis illuftravit. *Parif.* 1668. Billaine, in fol.

Sæculum II. quod eft ab anno *Chrifti*
600. ad 700. *Parif. Savreux* 1669.
in fol.

Sæculum III. quod eft ab anno 700.
ad 800. *Parif. Billaine* 1672. in fol.
2. vol.

Sæculum IV. quod eft ab anno 800.
ad 900. *Parif. Billaine*, in fol. 2. vol.
Le premier en 1677. & le deuxié-
me en 1680.

Sæculum V. quod eft ab anno 900.
ad 1000. *Parif. Vidua Edmundi Mar-*
tin 1685. in fol.

Sæculum VI. quod eft ab anno 1000.
ad 1100. *Parif. Robuftel*, in fol. 2.
vol. Le premier en 1701. & le deuxiéme en 1702.

Le P. *Mabillon* n'eût pas plûtôt
publié la premiere édition de fon
S. Bernard que fa Congregation le
chargea de travailler à l'édition des
Actes des Saints de l'Ordre de Saint
Benoît. Il y avoit déja plufieurs
années que les Peres de cette Con-

J. Ma- gregation avoient recherché avéc
soin dans les Bibliotheques les originaux des Vies des Saints, & les
Actes qui pouvoient les concerner.
D. *Luc d'Acheri* & D. *Claude Chan-*
telou avoient travaillé à les trans-
crire, & à les ranger par ordre,
mais ce dernier étant mort, & le
premier devenu infirme, le P. *Ma-*
billon fut choisi pour mettre au jour
toutes ces pieces avec des observations & des Préfaces, & il rendit
compte de son travail dans une lettre circulaire, qui fut imprimée
sous le nom du P. *d'Acheri* & le
sien en 1667. & qui fut suivie au
bout d'un an de l'impression du
premier volume. » On doit regar-
» der, disent les Journalistes de
» *Trevoux*, cette collection, non
» comme un simple recueil de Me-
» moires pour l'Histoire Monasti-
» que, mais comme un précieux amas
» de monumens anciens, qui éclair-
» cis par de savantes notes répan-
» dent un grand jour sur la par-
» tie la plus obscure de l'Histoire
» Ecclesiastique. Les Préfaces seu-
» les assureroient à l'Auteur une

» gloire immortelle. Les mœurs &
» les ufages de ces fiecles tene-
» breux y font recherchés, avec
» foin, & cent queftions importan-
» tes difcutées avec une critique
» exacte & folide. Cet ouvrage, qui
eût l'approbation du Public, ne fût
pas fi bien reçû par quelques-uns
de fes Confreres. Le P. *Baftide* prefenta une requête au Chapitre general de 1677. où il demandoit que
le P. *Mabillon* fît une retractation
publique de ce qu'il avoit avancé
dans le premier volume, où il n'af-
fûre inconteftable à l'Ordre de Saint
Benoît que 25. Saints de 80. qui
compofent fon recueil. La réputation du P. *Mabillon* ne pût le mettre entierement à l'abri des coups
de cet adverfaire, il fût obligé de
fe juftifier, mais il le fit d'une maniere fi perfuafive, que fes Superieurs défaprouverent le zele mal
reglé du dénonciateur, & donnerent à fon amour pour la verité les
louanges qu'il meritoit.

4. *De Pane Euchariftico Azimo &*
fermentato Differtatio. Parif. 1674. 8°.
It. avec les *Analectes* réimprimées à

Paris 1723. *in fol.* It. avec ses *Ouvrages Posthumes. Paris* 1724. *in-*4º.
Voici l'origine de cet Ouvrage. Le
P. *Sirmond* avoit soûtenu dans une
Dissertation sur les *Azymes* que
l'Eglise Latine s'étoit servie de
pain levé dans la Consécration de
l'Eucharistie pendant plusieurs siécles, qu'elle n'usoit point encore
de pain Azyme au temps du Schif-
me de *Photius*, & que son usage ne
s'étoit introduit que depuis. Le P.
Mabillon ayant eû occasion d'examiner cette question dans la Préface du 3. siécle de ses Actes des
Saints, fit des Observations, où
il combattoit le sentiment du P.
Sirmond, en soutenant deux choses:
La première, que le pain sans lé-
vain avoit été en usage dans l'E-
glise Latine avant *Photius*; La 2e.
que les preuves que le P. *Sirmond*
alléguoit au contraire n'étoient pas
décisives. Le Cardinal *Bona* publia
dans le même temps son Livre des
Liturgies, où il prit un sentiment
mitoyen, en soutenant que le pain
levé & le pain sans levain avoient
été employez indifferemment jus-

33333333333

J. MA-
BILLON.

qu'au Schime de *Photius* : Le Livre
du P. *Mabillon* lui étant peu de
temps aprés tombé entre les mains,
il lui écrivit une Lettre dans laquelle il répondit à fes raifons, &
l'exhorta à traiter encore une fois
cette queftion ; ce qui produifit la
Differtation dont j'ai rapporté le
Titre, & qu'il dédia à ce Cardinal.
Le dernier Chapitre, qui eft le
12. n'a paru que parmi les Oeuvres
Pofthumes du P. *Mabillon*, parce
qu'il le fupprima à la priere du
Cardinal *Bona.* Il contient une réponfe à un Livre du P. *Macedo*,
intitulé : *Azymus Euchariſticus*, où
ce Cordelier maltraitoit fort le
Cardinal,

5°. *Veterum Analectorum Tomus* I.
Complectens varia fragmenta & Epif-
tolia ſcriptorum Eccleſiaſticorum tam
proſa quam metro, hactenus inedita
cum adnotationibus & aliquot diſquiſi-
tionibus. Pariſ. 1675. *in* 8°. Tom. II
1676. *Tom. III.* 1682. *Tom. IV.*
Complectens iter Germanicum D. Jo-
hannis Mabillon, & D. Michaelis
Germain 1685. *It. nova editio, cui ac-*
ceſſere Mabillonii vita, & aliquot

J. MA-
BILLON. *opuscula, scilicet Dissertatio de pane Eucharistico Azymo & fermentato, opusculum Eldefonsis Hispani nsis Episcopi de eodem argumento, & Eusebii Romani ad Theophilum Gallum Epistola de cultu sanctorum ignotorum. Paris* 1723. *in fol.* M. *de la Barre* à qui on est redevable de cette nouvelle édition des Analectes du P. *Mabillon* en a distribué en trois Classes toutes les pieces qui étoient auparavant sans ordre. La 1e. comprend differens Opuscules d'Auteurs anciens ; la 2^c. renferme des Diplomes des Titres & des Lettres ; & l'on trouve dans la 3e. plusieurs dissertations du P. *Mabillon.*

Jean Albert Fabricius a fait réimprimer *Iter Germanicum* avec quelques autres ouvrages à *Hambourg* 1717. *in* 8°.

6°. *Animadversiones in vindicias Kempenses. Paris.* 1677. *in* 8°. *It. Paris.* 1712. *in* 16. *It.* avec ses œuvres *Posthumes. Paris* 1724. *in*-4°. Le P. *François Delfau* Benedictin publia en 1674. un Livre intitulé : *Libri de Imitatione Christi Joanni Gerseni, Abbati ordinis* S. *Benedicti iterato as-*

ferti, maximè & fide Mss. Exempla- J. Ma-
rium. Paris. in 8°. Personne ne l'at- BILLON.
taqua pendant son vivant : Mais
aprés sa mort le P. *Testelette* Chanoine Regulier de sainte Genevieve
y fit une réponse fort vive, qu'il
intitula *Vindiciæ Kempenses*, & à laquelle le P. *Mabillon* repliqua sous
le Titre que j'ai rapporté.

7°. *De re diplomatica libri VI. in
quibus quidquid ad veterum instrumen-
torum antiquitatem, materiam, scrip-
turam & stilum ; quidquid ad sigilla,
monogrammata, subscriptiones, ac notas chronologicas, quidquid inde ad
antiquariam, Historicam, Forensemque
disciplinam pertinet explicatur & il-
lustratur. Accedunt commentarius de
Antiquis Regum Francorum Palatiis,
veterum scripturarum varia specimina
tabulis LX. comprehensa, nova du-
centorum & amplius monumentorum
collectio. Paris* 1681. *fol. Maj.* Cet
Ouvrage est celui qui a fait le plus
d'honneur au P. *Mabillon.* L'examen d'un nombre presque infini de
Chartes & d'anciens Titres qui
lui avoient passé par les mains, lui firent former le dessein de soumet-

J. MA-
BILLON.

tre à des regles, & de réduire à des principes, un art dont on n'avoit eu jusqu'alors que des idées trés - confuses ; entreprise hardie, mais qu'il exec u ta si heureusement, qu'on la crut poussée dés le premier coup à sa perfection. Son Ouvrage jouit pendant vingt - deux ans d'une approbation universelle; mais enfin le P. *Germon* Jesuite l'attaqua & donna lieu à une guerre litteraire, dont je donnerai ici le détail.

Le premier Ouvrage que le P. *Germon* publia est intitulé: *De veteribus Regum Francorum diplomatibus & arte secernendi antiqua diplomata vera à falsis disceptatio ad R. P. Joan. Mabillonium. Paris.* 1703. *in-* 12. *pp.* 360. Il prétend y démontrer que les anciens Manuscrits , les Chartes & les Titres sur lesquels le P. *Mabillon* veut fonder son nouvel art, n'étant pas autant hors d'atteinte & de soupçon de fausseté qu'il l'assure , il s'ensuit que ses regles n'ont pas un fondement plus legitime. Le P. Mabillon lui répondit dans le Livre suivant.

8°. *Librorum de re diplomatica ſup-* J. MA-
plementum , in quo Archetypa in his BILLON.
libris pro regulis propoſita , ipſaque
regula denuo confirmantur noviſque ſpe-
ciminibus & argumentis aſſeruntur
& illuſtrantur. Pariſ. 1704. fol. pp.
116. Les matieres que contiennent
ce ſupplément , quoi qu'épineuſes
& embaraſſées d'elles-mêmes , y
font traitées avec un ordre & une
netteté admirables.

Le P. *Germon* ne ſe rendit pas
pour cela , il publia une ſuite de
ſon premier Ouvrage ſous le même
titre *Diſceptatio ſecunda. Pariſ. 1706.*
in-12. pp. 409. où il répond au
Supplément du P. Mabillon.

Les Ouvrages qui parurent aprés
en faveur du P. *Mabillon* & contre le P. *Germon*, ou à l'occaſion de
eur dſpute , furent les ſuivants.
Juſti Fontanin i Forojulienſis vindiciæ
antiquorum diplomatum adverſus Barth.
Germonii diſceptationem de vete-
ribus Regum Francorum diplomatibus
&c. Libri duo quibus accedit vete-
rum actorum appendix. Romæ. 1705.
in 4°. pp. 287. Mr. *Fontanini* alors
Profeſſeur d'Eloquence à *Rome* n'at-

J. MA-taque que la premiere differtation
BILLON. du P. *Germon*, & il le fait avec
beaucoup de vivacité.

*Ecclefia Parifienfis vindicata ad-
verfus R. P. B. Germon duas difcep-
tationes de antiquis Regum Francorum
diplomatibus. Parif.* 1706. *in-12.* pp.
93. Le P. *Ruinart* Benedictin Auteur de cet Ouvrage, qui eft écrit
avec beaucoup d'ordre & de netteté, n'entreprend que de prouver
la verité d'un titre fameux rapporté
dans la diplomatique, qui contient
plufieurs donations très confiderables faites à des Eglifes & à des
Monafteres, & contre lequel le P.
Germon s'étoit infcrit en faux.

*Dominici Lazzarini ex nobilibus
de Murro Epiftola ad Amicum Pari-
fienfem, pro vindiciis antiquorum diplomatum Jufti Fontanini. Roma* 1706.
in 12. *pp.* 38.

*M. Antonii Gatti Jurifconfulti
Epiftola ad V. C. Jacobum Bernardum pro vindiciis antiquorum diplomatum Jufti Fontanini. Amftelodami.*
1707. *in* 16. *p.* 16. Ces deux Lettres
font écrites en faveur de M. *Fontanini*, la premiere contre les Jour-

naliſtes de *Trevoux*, la 2. contre **J. MA-**
ceux des Savans & *M. Bernard* qu'on **BILLON.**
y accuſe d'avoir donné des extraits
peu favorables de l'Ouvrage de M.
Fontani & d'en avoir parléd'une maniere mepriſante.

Vindiciæ Manuſcriptorum Codicum à
R. P. B. Germon impugnatorum ; cum
Appendice in qua S. Hilarii quidam
loci ab Anonymo obſcurati & deprava-
ti illuſtrantur & explicantur. Auctore
D. Petro Couſtant. Ord. D. Benedicti.
Pariſ. 1706. *in* 8°. *pp.* 306. Le P.
*Mabillon*dans le ſupplémentde ſa diplomatique a fait un chapitre exprés
ſur le merite des anciens Manuſcrits,
& le P. *Germon* à la fin de ſa Replique à traité le même ſujet dans une
Diſſertation à part d'une maniere
peu avantageuſe pour les Manuſcrits en general , & pour ceux de
S. Auguſtin en particulier.C'eſt pour
lui répondre que le P. *Couſtant* a
compoſé ce Livre.

De veteribus Regum Francorum
diplomatibus & Arte ſecernendi an-
tiqua diplomata vera à falſis diſcepta-
tiones adverſus R. P. Theodorici Rui-
nartii, & Cl. V. Juſti. Fontanini vin-

J. MA-
BILLON.

dicias, atque Epistolas Cl. Vir. Dominici Lazzarini, & M. Antonii Gatti. Parif. 1707. in 12 pp. 439. C'est
un troisiéme Ouvrage du P. Germon, qui s'y est proposé de répondre aux precedens.

*De veteribus Hæreticis Ecclesiastico-
rum Codicum corruptoribus.* Parif.
1713. in 8°. pp. 629. C'est un nouvel Ouvrage du P. *Germon*, pour servir de réponse à celui du P. *Coustant*,
qui lui a repliqué dans le suivant

*Vindiciæ veterum Codicum confir-
matæ, in quibus plures Patrum atque
Conciliorum illustrantur loci, Ecclesiæ
de Trina Deitate dicendæ traditio
aperitur; Ratramnus & Gotescalcus
purgantur ab injectis suspicionibus;
& quædam Pyrrhonismi semina novissime sparsa reteguntur & convelluntur.*
Parif. 1715. in 8°. pp. 720.

*Deffense d'un Acte qui fait foy
qu'un Moine de S. Medard de Soissons,
nommé Guernon, fabriqua de faux
Privileges au nom du S. Siege, en faveur de plusieurs Eglises vers le commencement du 12e. siécle, contre les
Remarques du R. P. Coustant, qui
prétend que cet Acte est supposé.* Inferé dans les *Memoires de*

Trevoux. Mars 1716. p. 501. J. MA-
BILLON.
Dominici Lazzarini Defenfio in P.
Bart. Germonium edita ftudio Cajeta-
ni Lombard Pihilofophi & Medici Na-
politani. Venetiis 1708. in 12. pp. 41.
C'eft une Replique de Làzzarini à la
Réponfe du P. *Germon ;* il n'y a rien
qui merite de l'attention.

Scipionis Marantæ Meffanenfis Ex-
poftulatio in Bartholomæum Germonium
pro antiquis diplomatibus ac Codicibus
Manufcriptis. Meffanæ 1708. in 12.
pp. 4°. Le ftile de cette brochure eft
fi femblable à celui de la precedente-
te, qu'on pourroit croire qu'elles
viennent toutes deux de la même
main. On y voit la même aigreur
& auffi peu de raifons.

Lettere ad un Cavaliere erudito
fopra i tre primi tometti del nuovo
Giornale de' Letterati d'Italia, in 12.
pp. 251. C'eft une critique de ce
que le Journal de *Venife* a dit en faveur
du P. *Mabillon* & contre le P. *Germon.*

Hiftoire des Conteftations fur la diplo-
matique avec l'Analyfe de cet Ouvrage
compofé par le R. P. D. *Jean Mabil-*
lon. Paris 1708. in 12. p. 322.

9°. *De re diplomatica Libri VI.*

Tome VII. G g

J, MA- *Editio 2a. ab ipso autore recognita;*
BILLON. *emendata & aucta Paris. 1709. fol.*
Le P. *Mabillon* preparoit cette nouvelle édition, lorsqu'il est mort. C'est leP. *Ruinart* qui l'a donnée au Public.

10°. *De Liturgia Gallicana Libri III. in quibus veteris Missæ, quæ ante annos mille apud Gallos in usu erat, forma, ritusque erueutur ex antiquis Monumentis, Lectionario Gallicano hactenus inedito, cum tribus Missalibus Thomasianis, quæ integra referuntur: accedit disquisitio de cursu Gallicano; seu de divinorum Officiorum origine & progressu in Ecclesiis Gallicanis. Paris. 1685. in 4°.*

+ 11°. *Musæum Italicum, seu Collectio veterum scriptorum ex Bibliothecis Italicis eruta: Tomus 1. in duas partes distinctus: prima pars complectitur Iter litterarium, altera vero varia Patrum Opuscula, & vetera Monumenta cum Sacramentario & Pœnitentiali Gallicano. Paris. 1687. in 4°. Tomus II. complectens antiquos libros rituales Sanctæ Romanæ Ecclesiæ, cum Commentario prævio in Ordinem Romanum. Ib. 1589. It. Paris. 1724. 2. vol. in 4°. 2 Edit.*

12e. *Réponse des Religieux Bene-*

dictins de la *Province* de Bourgogne à J. MA-
un écrit des Chanoines Reguliers BILLON.
de la même Province, *touchant la pre-
ſéance dans les Ets.* 1687. *in* 4°.

13°. *Replique des Religieux Benedictins de la Province de Bourgogne
au ſecond écrit des Chanoines Reguliers de la même Province,* 1687. *in* 4°.
Ces deux Memoires qui ont été
réimprimés parmi les *Oeuvres Poſtumes* du P. *Mabillon* , ſont moins des
Factums que des Diſſertations ſavantes où le P. *Mabillon* traite de la
prééminence & de l'antiquité des
deux Ordres. Ils ont été traduits
en latin par le *P. Herman Schenck* ,
Benedictin, Bibliothecaire de S.
Gal , & imprimez en cette langue
à *Conſtance* en 1706. *in* 4°.

14°. *Lettre touchant le premier inſti-
tut de Remiremont. Paris.* 168 . 14°. Le
P. *Mabillon* s'eſt propoſé dans cet
écrit de juſtifier ce qu'il n'avoit dit
qu'en paſſant dans ſa diplomatique ,
que l'Abbaye de *Remiremont* étoit
originairement un Monaſtere de
Religieuſes de l'Ordre de S. Benoiſt ,
& qu'elle n'avoit été changée
que long-temps aprés ſa fondation
en Abbaye Seculiere. Ggij

J. MA-
BILLON.

15°. *Traité où l'on refute la nou-*
velle explication que quelques Auteurs
donnent aux mots de Messe & de Com-
munion dans la Regle de S. Benoist.
Paris 1689. in 12. It. parmis les
Oeuvres Costumes du P. *Mabillon.*
Le P. *Mabillon* prétend contre les
sentimens de M. *de Barcos* Abbé de
S. Ciran, & de Don *Claude Lancelot,*
que ces mots se doivent entendre
de la Communion Eucharistique,
& du Sacrifice de la Messe.

16°. *Traité des Etudes Monastiques*
divisé en trois parties, avec une liste
des principales difficultez qui se ren-
contrent en chaque siécle dans
la lecture des Originaux, & un Cata-
logue des livres choisis pour composer
une Bibliotheque Ecclesiastique, Paris
1691. in 4°. & 2 tom. in 12. It. *Bru-*
xelles 1691. in 12 It. *2e. Edition re-*
vûë & corrigée. Paris 1692. in 12 2.
tom. On a retranché dans cette édition ce qu'il y avoit dans la premiere en faveur des *Institutions Theolo-*
giques d'Episcopius. It. *traduit en La-*
tin par le P. Udalric Staudigl Bene-
dictin de l'Abbaye de S. Andechs en
Baviere, & imprimé à *Campten en*
1702. Le P. *Herman Skenck* Biblio-

thecaire de l'Abbaye de S. Gal a tra- J. MA-
duit auffi en Latin la lifte des difficul- BILLON.
tez. Le P. *Nicolas Jerôme Ceppi*, Auguftin, en a traduit en Italien la feconde
partie, avec la lifte des difficultez, &
l'a fait imprimer fous le titre de *La
Scuola Mabillonia*, *in Roma* 1701.
in 8º Mais il a été obligé, pour
obtenir les permiffions neceffaires
pour l'impreffion, de retrancher
tout ce que le P. *Mabillon* avoit dit
de certains Livres deffendus, dont
il recommandoit la lecture. Ce que
M. l'Abbé de la Trappe avoit
avancé dans fon Livre *des Devoirs
de la Vie Monaftique*, où il interdit
aux Moines toutes les Sciences &
prefque toute autre lecture que celle de l'Ecriture Sainte, & de quelques Traitez de Morale, a donné
occafion à l'Ouvrage du P. *Mabillon*. Ses amis le prefferent fi fort de
juftifier la pratique de fon Ordre
par rapport aux études, qu'il ne pût
le refufer à leurs inftances. Il y fait
voir que les Sciences ne font point
étrangeres à la Profeffion Monaftique; il marque la qualité des
études qui peuvent convenir aux
Solitaires, & les livres dont ils

J. MA-
BILLON.

peuvent se servir , & découvre les vûës qu'ils doivent avoir en étudiant.

L'Abbé de la Trappe crût devoir défendre ce sentiment & publia pour cela une *Réponse au Traité des Etudes Monastiques. Paris* 1692. *in* 4°. L'Ordre de S. Benoist y étoit trop maltraité , pour que le P. *Mabillon* pût rester dans le silence ; on fit pour l'y engager bien des démarches dont on peut voir le détail dans le 1. tome de ses Ouvrages Postumes p. 365. Mais enfin aprés quelques délais , sa réplique parut sous ce titre.

17. *Réflexions sur la réponse de Mr. l'Abbé de la Trappe au traité des Etudes Monastiques. Paris* 1692. *in* 4°. *It Paris* 1693. *in* 12. 2. *Vol.* La dispute n'alla pas plus loin.

18. *Lettre Circulaire sur la mort de la Mere de Blemur Religieuse Benedictine.* 1696. *in* 4°. Et parmi les *Ouvrages Postumes to.* 1. Cette Lettre est écrite au nom de la Prieure du Monastere du S. Sacrement , où demeuroit cette Religieuse.

19. *La Regle de S. Benoist ,* &

les ftatuts d'*Etienne Poncher* Evêque J. MA-
de *Paris* mis en François, pour les Re- BILLON.
ligieufes de *Chelles*. *Paris* 1697.
in 8°.

20e. *Eufebii Romani ad Theophilum
Gallum Epiftola de cultu fanctorum
ignotorum* Par f. 1698. *in* 4°. *nova
editio recognita & emendata. Parif.*
1705. *in* 12. *pp*. 132. *It Ultrajecti*
1707. *in* 12. Cette Lettre a été
réimprimée fuivant les deux éditions dans le 1e. Volume des *Ouvrages Posthumes* du P. *Mabillon* p.
213. Il s'en eft fait trois Traductions differentes , la première à
parû à *Paris* en 1698. *in* 8°. *pp*.
63. La féconde fut imprimée la même année à *Grenoble* chez *Etienne
Bon*, felon le titre ; mais en effet a
Tours chez Duval ; la troifiemé qui
eft de Mr. l'Abbé *le Roy* , & qui
eft faite fur la feconde édition latine a paru à *Paris* en 1705. *in* 12.
pp. 178. Le P. *Mabillon* dans un
Voyage qu'il avoit fait à *Rome* avoit
taché de s'inftruire des précautions
qu'on y prenoit , & des regles qu'on
y fuivoit au fujet des Corps Saints
qu'on tiroit des catacombes , pour

J. MA-
BILLON.

les exposer à la veneration publique.
Il avoit visité lui-même ces lieux
& avoit consulté tout ce qu'il avoit
trouvé d'habiles gens en cette matiere.

Cinq ou six années s'étoit écou-
lées depuis son retour en France
sans qu'il eut pensé à faire aucun
usage des Observations qu'il avoit
faites sur ce sujet, lorsque vers l'an
1692. il jugea à-propos de composer le Traité dont je parle ; mais
comme la matiere étoit délicate,
& que l'Ouvrage pouvoit déplaire
à *Rome*, le P. *Mabillon* le garda
cinq ans entiers, sans le communiquer qu'à une seule personne ; ce ne
fût qu'au bout de ces cinq ans qu'il
l'envoya sous le sceau du secret au
Cardinal *Colloredo* à *Rome*. Il paroît
par la réponse de ce Cardinal, qui
se trouve dans le 1. Tome des Ouvrages Posthumes du P. *Mabillon*,
& qui est du 29. Aoust 1696. qu'il
n'étoit pas d'avis que l'Ouvrage fût
imprimé dans l'état où il étoit.
Cette décision en suspendit l'édition pendant plus de dix-huit mois,
mais il parut enfin au commencement.

ment de 1698. Il fut affez mal re- J. MA-
çû à *Rome*, & les amis même de BILLON.
l'Auteur le défapprouverent, à eaufe
des affaires qu'il pouvoit lui caufer.
Il parut auffi contre lui un petit
Ouvrage intitulé *Réponfe à une let-*
tre de D. Jean Mabillon fur les Saints
des Catacombes. Cologne 1698. *in* 12.
pp. 35. réimprimé l'année fuivante
dans la même Ville; où l'on faifoit
voir 1°. Que la Lettre d'*Eufebe*
étoit contre l'intereft des Benedictins même, puifqu'elle anéantiffoit
plufieurs des Reliques qu'ils avoient
dans leurs principales Eglifes, comme *la fainte Larme de Vendofme, la*
Ceinture de fainte Marguerite de S.
Germain des Prez., &c. 2°. Que cette
Lettre étoit injurieufe à l'Eglife
Romaine.

Le P. *Mabillon* y répondit au
mois de Juillet 1698. par un écrit
latin intitulé *F. Joh. Mabillonii com-*
monitoria Epiftola ad D. Claudium
Eftiennot Procuratorem Generalem
Cong. S. Mauri in curiâ Romanâ,
qui a été imprimé dans le 1. Vol.
de fes *Ouvrages pofthumes* p. 322.
Mais il s'y borne au fecond point

Tome VII H h

J. MA-de la Critique, comme au princi-
BILLON. pal & au plus essentiel dans l'affaire
presente.

Cependant on songeoit à *Rome*
à faire refuter la Lettre d'*Eusebe*
Romain, & Mr. *Fabretti*, qui avoit
l'inspection sur les Catacombes ;
fut chargé de cette Commission ,
mais les menaces quon lui fit de
relever sa Critique d'une maniere qui
ne lui feroit pas d'honneur l'intimi-
derent, & sa mort qui arriva peu de
tems aprés, rendirent cette Commission sans effet; un Ecclesiastique
François, se chargea au défaut de
Mr. *Fabretti* de repondre à laLettre
d'*Eusebe* ; mais son ouvrage qui parut à *Rome* en 1700. y fut fort mé-
prisé.

On vit encore en 1701. une nouvelle Critique Françoise de la Lettre d'*Eusebe*, mais plus modeste
que les precedentes. Elle est de M.
La Benazie Chanoine de l'Eglise
Collegiale d'*Agen*. On n'y voit ni
raillerie, ni injures comme dans les
autres : c'est un Dialogue entre un
Missionaire & un Néophyte , où
celui-ci convaincu qu'on peut invo-

quer les Saints, doute feulement fur J. MA-
les principes de M. *de Launoy* & BILLON.
d'*Eufebe* , fi tous les Saints qu'on
honore dans l'Eglife peuvent être
invoquez. Ce petit Ouvrage a fon
merite , & le P. *Mabillon* paroît ne
l'avoir point méprifé.

Tout s'étoit jufques-là terminé à
des plaintes , à des murmures , &
à quelques Critiques contre la Lettre d'*Eufebe.* Mais enfin elle fût de-
ferée à la Congregation de l'*Index*
vers le mois d'Avril 1701 , & les
chofes y prirent d'abord un fi mauvais tour, qu'on eonfoloit déja
par avance le P. *Mabillon* fur l'évenement , en l'affurant de la part de
plufieurs Cardinaux, que *la Cenfure*
de l'Index ne ferviroit qu'à donner un
nouveau relief à Eufebe.

Mais l'Auteur qui ne fe foucioit
pas d'un pareil relief, employa tous
fes amis pour parer ce coup; leur
credit n'auroit pas cependant empêché la condamnation, fi le P. *Ma-*
billon ne fe fût enfin rendu à ce qu'on
lui propofoit depuis long-temps ,
qui étoit de faire une nouvelle édition de fa Lettre, ou en adouciffant

H h ij

J. MA-
RILLON.

quelques endroits de la premiere, & en rejettant fur les Officiers fu-balternes ce qui pouvoit fe commettre d'abus par raport aux corps Saints qu'on tiroit des Catacombes; il n'eut pas de peine à contenter des Juges qui eftimant fon érudition & fa vertu fembloient ne pouvoir fe refoudre à le condamner. Ce fut ainfi que finit cette affaire.

21°. *Lettre d'un Benedictin à M. l'Evêque de Blois*, touchant le difcernement des anciennes Reliques, au fujet d'une Differtation de M. Thiers contre la Sainte Larme de Vendome. Paris 1700. in 8°. It. dans le 2e. volume des *Ouvrages pofthumes* du P. *Mabillon*, qui s'y propofe moins de juftifier la Relique de *Vendome*, que la bonne foy de ceux qui en font les depofitaires.

22°. *La mort Chrétienne dediée à la Reine d'Angleterre. Paris* 1702. in 12. Ce n'eft qu'une fimple traduction de ce que d'anciens Auteurs ont écrit de la mort édifiante de plufieurs Saints.

23°. *Annales Ordinis S. Benedicti in quibus non modo res Monaftica, fed etiam Ecclefiaftica Hiftoria non mi-*

nima pars continetur. Tomus I. *Com-* J. MA-
plectens libros 18. *ab Ortu S. Bene-* BILLON.
dicti ad annum 700. *Parif.* 1703. *fol.*
Tomus II. *Complectens res geftas ab an-*
no 701. *ad annum* 849. *Parif.* 1704.
Tom. III. *ab anno* 850. *ad an.* 980. *Pa-*
rif. 1706. *fol. Tom.* IV. *ab an.* 981. *ad*
an. 1066. *Parif.* 1707. *fol. Tomus* V. *ab*
anno 1067. *ad an.* 1116. *Parif.* 1713.
fol. le P. *Mabillon* avoit compofé ce
cinquiéme volume, lorfqu'il eft
mort. Le Pere *Maffuet* qui l'a donné au public y a fait feulement quelques additions, & y a inferé celles
du P. *Ruinart* qui avoit été chargé
aprés la mort de l'Auteur de continuer ces Annales, mais qui eft mort
auffi deux ans aprés lui.

24°. Il eft l'Auteur de l'*Epitre
Dedicatoire au Roi* qui eft à la tête
de l'édition de S. *Auguftin* donnée
par les PP. Benedictins, & qui a
été auffi imprimée feparement en
François & en Latin, & de la *Préface* du dernier tome.

25°. Il fit dans fa jeuneffe une
Profe carrée fur la mort de la Reine
Anne d'Autriche, qui fut imprimée
en 1666, & quelques Hymnes en

J. MA-l'honneur de S. Adalard, de
BILLON. Sainte Balthilde & de quelques
autres Saints , dont on reve-
re la mémoire à *Corbie*, &dont on
a fait dans la suite un Récuëil,
qui doit être regardé comme son
premier Ouvrage.

26°. Il a eu part aux sept derniers
volumes du *Spicilege du P. d'Achery*

27°. Il a fait la *Préface* & l'*Epitre
Dedicatoire des Oeuvres de Pierre de Celles*, qui parurent à *Paris* en 1671. *in* 4°.

28°. Il écrivit en 1698. une *Lettre aux Catholiques d'Angleterre* sur
le bruit qui s'étoit répandu dans ce
Royaume qu'il avoit changé de Religion. Ce bruit n'avoit pour fondement que quelque sorte de ressem-
blance du nom du P. *Mabillon* avec
celui d'un Apostat qui s'appelloit
Gabillon. Cette Lettre se trouve dans
l'*Abregé de la Vie du P. Mabillon par
le P. Ruinard* p. 216.

29°. *Ouvrages posthumes*, recuëillis
par D. *Vincent Thuillier. Paris. Briasson*
1724. *in* 4°. 3 *tomes*. L'Editeur
qui y a joint les Oeuvres post. du P.
Ruinart , ne s'est pas contenté de
faire entrer dans ce Recuëil les Lettres & les petits Ouvrages du P.

Mabillon, qui n'avoient pas encore J. MA-
été donnez au public, il y a inſeré BILLON.
auſſi pluſieurs de ſes Ouvrages qui
avoient déja paru.

V. *L'Abregé de ſa Vie par D. Thier-*
ry Ruinart. Paris 1709. *in* 12. *Bibliot.*
des Auteurs de la Congreg. de S. Maur
du P. le Cerf. Bibliotheca Benedictino-
Mauriana Bern. Pez. Les Préfaces
de ſes *Ouvrages poſthumes par le P.*
Thuillier. Son *Eloge par M. de Boze.*

JACQUES BRACELLI

Iacques BRACELLI, nâquit à *Sar-*
zane Ville de Toſcane, ſoumiſe J. BRA-
à la République de *Gennes.* Les CELLI.
dates de ſa vie ſont peut connuës
& aucun de ceux qui parlent de lui,
n'a ſongé à les marquer.

Le Pape *Nicolas V.* qui étoit
auſſi de *Sarzane* voulut l'attirer à
la Cour de *Rome* en le faiſant ſon
Secretaire. Mais *Bracelli* préfera le
ſéjour de *Gennes* à celui de cette
Ville. La Republique récompenſa
ſon attachement en l'honorant de
la dignité de ſon Chanceliet ou

J. BRA-CELLI. Secretaire, dignité qu'il a possedée pendant plusieurs années. Elle l'employa aussi en plusieurs occasions importantes ; elle l'envoya en Ambassade en 1435. au Pape *Eugene* IV. & à la Republique de *Florence*, pour leur demander du secours contre *Philippe Visconti* Duc de *Milan*, dont elle avoit secoué le joug.

Voilà à quoi se réduit tout ce que les Auteurs nous apprennent de ce sçavant Italien, dont la posterité a subsisté longtemps avec honneur à *Gennes*. Son fils *Etienne Bracelli* étoit aussi sçavant, & a composé quelques Ouvrages.

Catalogue de ses Ouvrages.

1°. *De Bello adversus Alfonsum Iterioris Hispaniæ Regem à Genuensibus feliciter gesto. Parisiis* 1520. *in* 4°. It. *Haganoæ* 1530. *in* 4°. avec les six livres de *Pontanus de Bello Neapolitano.* It. *Romæ* 1573. *in* 4°. *Vissius* met mal-à-propos cette édition en 1579. It. dans le 1. Volume du *Thesaurus Antiquitatum & Historiarum Italiæ Joannis Georgii Grævii. Lugd. Bat.* 1704. *fol.* Cette Histoire qui est en cinq livres s'é-

tend depuis l'an 1412. jufqu'à 1444 J. B R A-
Philippe Beroalde l'eftimoit fort, & C E L L I-
en comparoit le ftile à celui de
Cefar que *Bracelli* s'étoit propofé
d'imiter. *Paul Jove* & *Ubert Foglieta*
difent auffi qu'elle eft écrite avec efprit & avec fageffe, & d'un ftile
élegant.

2°. *De Claris Genuenfibus.* Imprimé avec le livre precedent : Cet
Ouvrage eft fort court ; *Bracelli*
n'y parle que des morts , encore
le fait-il en fort peu de mots.

3°. *Ora Liguftica defcriptio*, imprimé
avec les deux Ouvrages precedens
Cette defcription eft fort abregée.

4°. *De præcipuis Genuenfis Urbis
familiis*, imprimé dans le voyage
d'Italie du P. *Mabillon* pp. 227.

5°. *Epiftolæ. Parif.* 1520. *in* 4°.

V. *Foglieta elogia Genuens. Pauli
Jovii elogia. Voffius de Hiftoricis latinis. Journal de Venife to.* 23. *art.* 11.

BERNARDIN CORIO.

B *Ernardin* CORIO nâquit à *Milan* B. CORIO
en 1460. d'une des plus illuf-

B. Corio. tres familles de cette Ville. Son pere *Marc Corio* avoit été employé
dans des affaires très-importantes
& avoit eu beaucoup de part à la
faveur des Ducs ses Maistres.

Bernardin parvint à estre Secretaire d'Etat des Ducs *Galeas Marie*
& *Jean Galeas Marie Sforce*. Le
Duc *Louis Sforce*, surnommé *le More*,
le choisit pour écrire l'Histoire de
Milan, & lui donna pour cela de
gros appointemens. Les Archives
& les Tresors les plus secrets lui
furent ouverts, & il a eu occasion
d'en tirer toutes les piéces necessaires pour y travailler.

On pouvoit attendre beaucoup
d'ouvrages de sa plume ; mais le
chagrin coupa de bonne-heure le
fil de ses jours. Les François s'é-
tant emparés du Milanois en 1499.
& le Duc *Louis Sforce* ayant été fait
prisonnier le 11. Avril de l'année
suivante, il en conçut un tel dé-
plaisir, qu'il en mourut peu de
temps après.

Vossius le fait mourir en 1479.
avant qu'il eut quarante ans accomplis ; ce qui ne peut pas estre ,

B. CORIO

puifque le Duc de *Milan* ne fût arrêté que l'année fuivante. Ajoûtés à cela que fa femme *Agnés Fagnani* mourut en 1500. & qu'il lui fit lui-même dreffer une Epitaphe à faint Martin de *Niguarda*, Village à deux milles de *Milan*, où il demeuroit pendant la belle faifon.

Paul Jove dit qu'il mourut avant fa foixantieme année, de chagrin de la difgrace du Duc *Louis Sforce;* ce qui reculeroit fa mort jufqu'en 1519. mais il y a de la contradiction en cela ; puifqu'il auroit furvêcu une vingtaine d'année à cette difgrace, & qu'il auroit eu le temps d'en perdre la mémoire :

Les feuls Ouvrages que l'on ait de lui font

1°. *Storia di Milano. In Milano* 1503. *fol. Jove* dit qu'il la fit imprimer à fes dépens, ce qui le mit fort à l'étroit. C'eft une nouvelle contradiction qui fe trouve dans le récit de cet Auteur ; car cela ne peut s'accorder avec ce qu'il dit de la caufe de fa mort. Cette premiere édition eft fort belle, je ne fçai par quelle bizarrerie on y a mis ce titre latin : *Bernardini Corii viri clariffimi*

B. CORIO *Mediolanensis patria Historia*, quoique tout l'Ouvrage soit en Italien.
Les pages n'y sont point chiffrées
& il n'y a point de Tables, comme
dans la plûpart des Livres qui s'im-
primoient alors. Ces défauts parurent dans la suite si incommodes,
que l'on fit imprimer séparement
une longue Table qu'on intitula :
Repertarium Chronico Bernardini Co-
rii, avec un avertissement par lequel on prioit ceux qui voudroient
se servir de cette Table de nume-
roter à la plume les pages de leur
Exemplaire. Mais cette Table
avoit elle même un grand défaut,
puisqu'elle est disposée selon l'ordre du Livre, & non pas selon l'ordre
Alphabetique. De plus le premier
titre ayant paru trop simple, on en
imprima en même temps un nouveau plus étendu, & conçû en ces
termes : *Dello excellentissimo Oratore*
Messer Bernardino Corio Milanese His-
toria continente da la origine di Milano
tutti li gesti fatti detti preclare e le cose
memorande Milanesi in fino al tempo di
esso autore, con summa fede in idioma
Italico composta, con il repertorio. Cette
premiere édition est très-rare &

très-recherchée à cauſe des changemens qu'on a fait dans les ſuivantes.
Elle a été ſuivie de trois autres *in*
4°. faites, les 2. premieres à *Veniſe*
en 1554. & 1565. & la troiſieme à
Padoue en 1646. Celle de l'an 1554.
eſt aſſez ſemblable à la premiere,
ſi ce n'eſt qu'on y a changé quelques
mots qui ſentoient un peu trop le
jargon Milanois, & qu'on a retranché la Préface, les Epitres de-
dicatoires & quelques autres Piéces
qui précedoient ou ſuivoient l'Hiſtoire dans la premiere édition.
Mais *Thomas Porcacchi* qui a eu ſoin
de celle de 1565. s'eſt donné beaucoup plus de liberté, il a réformé
entierement le ſtile, qui à la verité eſt fort impoli & groſſier, ce
qu'on pourroit lui pardonner, mais,
ce qui eſt inexcuſable, c'eſt qu'il
a retranché en beaucoup d'endroits
des détails curieux qui lui ont apparemment paru trop étendus. C'é-
toit cependant le fort de *Corio*, qui
juſque dans les moindres choſes af-
fecte une grande exactitude par
rapport aux circonſtances & aux
dates, & qui a rendu par-là ſon
Ouvrage eſtimable.

B. Corio 2°. *Le Vite degli Imperadori da Giulo Cesare sino à Federico Barbarossa.* Ces Vies sont jointes à son *Histoire de Milan. Gesner* dans sa *Bibliotheque Universelle* a fait une faute plaisante, qui cependant a été copiée par ses Abbreviateurs & par *Picinelli* dans son *Ateneo de' Letterati Milanesi*, lorsqu'il a dit que *Corio* a composé la Vie des Empereurs jusqu'à *Henry XII.* au lieu de dire *Henry VI.* fils & successeur de *Frederic Barberousse*.

V. *Jove Elogia. Vossius de Historicis Latinis, & Jour. de Venise to. 23. Art. 11. Vossius* ne l'a mis parmi les Historiens Latins que sur la foy de *Simler*, qui a pû être trompé par le titre Latin de la premiere édition de son Histoire.

DAVID ANCILLON.

David Ancillon.

DAVID ANCILLON nâquit à *Mets* d'une fort bonne famille le 18. Mars 1617. Son Pere *Abraham Ancillon* étoit un Jurisconsulte habile & si experimenté

dans les affaires , qu'il a paffé pen- **D. AN-**
dant fa vie pour l'Oracle de fa pa- **CILLON.**
trie.

Il commença fes études dans le
College des Jefuites de *Mets* , &
s'appliqua dés-lors au travail avec
tant d'ardeur , qu'il falloit fouvent
employer l'autorité paternelle ,
pour y mettre des bornes.

Il paffa à *Geneve* en 1633. & y
fit fon cours de Philofophie fous
M. *du Pan* , & fa Theologie fous
Mrs *Spanheim, Deodati* & *Tronchin.*

Ces études finies en 1641. il alla
fe prefenter au Synode de *Charen-*
ton , pour s'y faire recevoir Miniftre. On y fut fi content de lui , &
il fit voir tant de capacité dans fes
Exàmens, que l'Affemblée lui donna la plus confiderable des Eglifes
qui fuffent alors vacantes. C'étoit
celle de *Meaux* , qu'il gouverna
jufqu'a l'an 1653.

Car il fut appellé cette année à
*Mets,*oùilfutMiniftre jufqu'en 1685.
La revocation de l'Edit de *Nantes* ,
l'ayant obligé à fortir de France ,
il fe retira à *Francfort.* Un Sermon
qu'il prêcha dans l'Eglife Françoi-

D. AN-
CILLON.

le de *Hanau* prévint fi favorablement le peuple de ce lieu, qu'on
l'en élut Miniftre, & il entra
en exercice fur la fin de cette année.
Mais il ne demeura pas long-tems
dans ce pofte ; fa reputation excita
bien-tôt l'envie des anciens Miniftres, qui n'oublierent rien pour le
décrier. *Ancillon* craignant les fuites
que leur mauvaife volonté pouvoit avoir, jugea à propos de fe
retirer, & de retourner à *Francfort.*

Son deffein étoit de fe fixer en
cette Ville, mais il avoit une famille nombreufe, qu'il ne pouvoit
y établir commodement. Cette raifon le détermina à aller à *Berlin*
où il fut fort bien reçû par l'Electeur de Brandebourg, & où on lui
donna une place de Miniftre.

Il y eft mort le 3. Septembre
1692. âgé de 75 ans.

Il s'étoit marié en 1649. à *Marie Macaire*, pendant fon fejour à
Meaux, & il en a eu plufieurs enfans ; entre autres *Charles Ancillon*
Juge des François de *Berlin*, &
David Ancillon Miniftre de la même
ville

ville , & une fille mariée à M. D. An-
Cayart , Ingenieur de l'Electeur de CILLON.
Brandebourg.

Il avoit amaffé une Bibliotheque
fort riche & fort curieufe ; mais
elle fut difperfée, lorfqu'il fortit de
France.

Catalogue de fes Ouvrages.

1. Il fit imprimer à *Sedan in* 4°.
en 1657. la *Relation* d'une Conference qu'il eut avec M. *Bedacier*
Evêque d'*Août* , & qui roula fur
la matiere des Traditions.

2. *Apologie de Luther , de Zuin-
gle , de Calvin & de Beze. Hanau.*
1666. Ce n'eft qu'un morceau d'une
Réponfe à la Methode du Cardinal de *Richelieu* , qu'il n'a pas voulu publier.

2. *Vie de Guillaume Farel , ou
l'idée du fidéle Miniftre de Chrift.* Cet
Ouvrage qui a été imprimé en
Hollande fans l'aveu de l'Auteur ,
a été defiguré dans cette édition
par des fautes groffieres.

4. *Les Larmes de S. Paul. Paris*
1676. *in* 12°. C'eft un Sermon qu'il
prononça à *Mets* un jour de jeûne.

5. *Melange Critique de Litterature.*
Tome VII. Ii.

D. An-
CILLON. C'est son fils qui l'a donné au public.

V. Sa Vie *avec le Melange Critique.*

CHARLES ANCILLON.

CHAR-
LES AN-
CILLON. CHARLES ANCILLON, nâquit à *Mets* le 29. Juillet 1659. de *David Ancillon*, dont je viens de parler.

Il commença ses études dans sa patrie, & alla les continuer à *Hanau*. Il se donna ensuite à la Jurisprudence, & aprés s'y être appliqué à *Marpurg*, à *Geneve* & à *Paris*, il se fit recevoir Avocat dans cette derniere ville. De retour à *Mets* en 1679, il suivit le Barreau, & commença à se faire un nom.

Aprés la révocation de l'Edit de *Nantes*, en 1685. les Reformez de *Mets* le deputerent à la Cour pour y representer, qu'ils ne devoient point être compris dans cette revocation. Mais tout ce qu'il pût obtenir fût qu'on en useroit à leur égard avec plus de douceur.

Il suivit son pere à Berlin , où C. An-
l'Electeur de Brandebourg l'éta- CILLON.
blit *Juge & Directeur des Franç is*
qui étoient dans cette ville. Ce
Prince lui donna en 1695. de nouvelles marques de confiance , en
l'envoyant en Suisse negocier quelques affaires importantes. Le Marquis de *Bade Dourlach* , qui étoit
alors à *Basle* , ayant eu occasion de
le voir , conçût tant d'estime pour
lui , qu'il le choisit pour son Conseiller , & pria l'Electeur de Brandebourg de le lui laisser pendant
quelque temps.

Ancillon ne retourna à *Berlin* que
sur la fin de l'année 1699, & il fut
alors établi Inspecteur de tous les
Tribunaux de Justice que les François avoient dans la Prusse , &
Conseiller d'Ambassade. L'Electeur
qui s'étoit fait couronner Roi de
Prusse le fit aussi son Historiographe,
& lui donna la Surintendance de
l'Ecole Françoise , qu'on avoit établie à *Berlin* , suivant le projet qu'il
en avoit formé.

Il est mort dans cette ville le 5.
Juillet 1715. âgé de 56. ans.

C. A n-
CILLON.

Catalogue de ses Ouvrages.

1. *L'irrevocabilité de l'Edit de Nan-*
tes prouvée par les principes du droit &
de la Politique. Amsterdam 1688. *in*
12. *pp.* 226.

2. *Reflexions politiques par les-*
quelles on fait voir que la persecution
des Reformez est contre les veritables
interêts de la France. Cologne 1686.
in 12. M. *Bayle* a mal conjecturé
que cet Ouvrage étoit de l'Auteur
des *nouveaux Interêts des Princes*,
c'est-à-dire, de *Sandras des Cour-*
tils.

3. *La France interessée à rétablir*
l'Edit de Nantes. Amsterdam 1690.
in 12.

4. *Histoire de l'Etablissement des*
François Réfugiez dans les Etats de
Son Altesse Electorale de Brandebourg.
Berlin 1690. *in* 8°. Ce livre est un
effet de la reconnoissance de M. *An-*
cillon pour la bonté avec laquelle
l'Electeur de Brandebourg reçût
dans ses Etats les François Refugiez, & pour le bien qu'il leur a
fait.

5. *Mélange Critique de Litterature*
recueilli des Conversations de feu M.

Ancillon , *avec un difcours fur fa vie* C. A N-
& fes dernieres heures. Bafle 1698. C I L L O N.
in 8°. 3. *tomes. Charles Ancillon* ,
qui a donné ce mélange au public ,
l'a compofé de tout ce qu'il a vû dire à fon pere , qu'il a redigé fous
de certains titres. Il contient un
grand nombre de remarques utiles
& curieufes. Il y a cependant quelques méprifes. Il s'en eft fait une
nouvelle édition à *Amfterdam* en
1702. en un volume *in* 12 , que M.
Ancillon a defavoüée , parce qu'on
y a fourré plufieurs chofes , qui font
tort à la memoire de fon pere &
& à la fienne.

6. *Differtation fur l'ufage de mettre
la premiere pierre au fondement des
édifices publics , adreffée au Prince E-
lectoral de Brandebourg , a l'occafion
de la premiere pierre , qu'il a pofée lui
même au fondement du Temple qu'on
conftruit pour les François Refugiez
dans le quartier de Berlin nommé
Friderichftadt Berlin* 1701. *in* 8°.
pp. 98. L'Auteur aprés avoir rapporté tout ce que fes lumieres &
fa lecture ont pû lui fournir fur le
fujet qu'il traite , avoüe qu'il en eft
à peu prés de cet ufage , comme

C A n-
CILLON

des rivieres , dont on ne connoît pas la source , quoiqu'on en voye le cours & les progrés.

7. *Le dernier triomphe de Frederic Guillaume le Grand Electeur de Brandebourg , ou discours sur la Statuë Equestre érigée sur le Pont-Neuf de Berlin,* 1703. *fol. pp.* 75. Cette pie- » ce est une Harangue & une Dis- » sertation tout ensemble , le stile » en est un peu enflé, & l'Auteur en- » tonne quelquefois un peu la trom- » pette. Il a sçû faire entrer dans » son discours tant de remarques de » Litterature, qu'il y en a assez » pour une Dissertation en forme. Il » a recherché en effet tout ce qu'on » peut dire sur les Statues Equestres » & Pedestres. C'est le jugement que M. de *Bauval* porte de cet » Ouvrage. *Ouv. des Sav.* 1703. *Mars. p.* 142.

8. *Histoire de la Vie de Soliman II. Empereur des Turcs. Roterdam* 1706. *in* 8°. *pp.* 270. Cette Histoire n'est pas assez châtiée.

9. *Traité des Eunuques. Par. C. d'Ollincan* 1707. *in* 12 *Ancillon* fit cet Ouvrage à l'occasion d'un Eunu-

que Italien, qui vouloit se marier C. A n-
Il discute le droit de ces sortes de cillon.
gens par rapport au mariage, qu'il
prouve leur être absolument interdit. Il y a beaucoup de Litterature,
& on y trouve quantité de remarques curieuses & divertissantes. Le
nom d'*Ollincam* qu'il prit est l'ana-
gramme du sien.

10. *Memoires concernant les Vies
& les Ouvrages de plusieurs Modernes
celebres dans la Republique des Lettres
Amsterdam* 1709. *in* 12. Ces Memoires sont trop diffus.

11. *Histoire de la vie & de la mort
de M. Lischeid. Berlin.* 1713.

V. Le Dictionaire Flamand de
Luscius & *Nouvelles Litteraires tom.*
2 *p.* 225.

GODEFROY OLEARIUS.

GODEFROY OLEARIUS nâ- G o d e-
quit à *Lipsic* le 23. Juillet 1672. f r o y.
de *Jean Olearius* qui y professoit alors O l e a-
la langue Greque, & qui depuis r i u s.
a été Professeur en Theologie.

Dans sa premiere jeunesse, on re-

G. OLEA-
RIUS.

marqua en lui un amour extraordinaire pour l'étude, & un genie capable d'y faire de grands progrés.

Lorsqu'il eut achevé ses études Academiques, il fit un voyage en Hollande à l'âge de 21 ans, & passa de là en Angleterre. La reputation de l'Academie d'*Oxford* & de la Bibliotheque Bodleienne l'attira dans ce Royaume, où il demeura plus d'un an occupé du soin de se perfectionner dans la connoissance de la Philosophie, de la Langue Greque, & des Antiquitez sacrées.

De retour à *Lipsic*, il fut aggregé en 1699 au premier College de cette ville, & y obtint peu de temps aprés une Chaire de Professeur en Langue Greque & Latine.

Il la quitta en 1708. pour prendre celle de Professeur en Theologie vacante par la mort de M. *Seeligman*.

Outre cet emploi, il eut encore en 1709 un Canonicat de *Meissen*, & la direction des Etudians, & en 1714. la Charge d'Assesseur dans le Consistoire Electoral & Ducal.

Il

Il eſt mort le 10 Novembre G.Olea-
1715. de Phtiſie, âgé de 43. ans. RIUS.
Catalogue de ſes Ouvrages.

1°. *Diſſertatio de miraculo Piſcinæ
Betheſdæ. Joh. V. Lipſiæ 1706. in 4°.*

2°. *Diſſertatio Theologica de Ado-
ratione Dei Patris per Jeſum Chriſtum.
Lipſiæ 1709. in 4°.* Olearius a entrepris de réfuter ici une des principales erreurs des Sociniens, qui
refuſent à Jeſus-Chriſt le titre &
les fonctions de médiateur entre
Dieu & les Hommes. Il y explique fort nettement la neceſſité d'aller à Dieu par Jeſus-Chriſt, & en
quelle maniere nous pouvons, &
nous devons adorer & prier Dieu
par Jeſus-Chriſt.

3°. *Philoſtratorum quæ ſuperſunt
omnia ex Mſſ. codicibus recenſuit, notis perpetuis illuſtravit, verſionem to-
tam fere novam fecit Gottfridus Olearius. Lipſiæ 1709. fol.* Les notes qui
font à peu-prés la moitié de ce
Volume en ſont le plus grand ornement, & mettent cette édition
beaucoup au-deſſus de celles qui
l'ont precedée. Les unes ſont Grám-
maticales, les autres regardent l'Hiſ-

Tome VII. Kk

G. OLEA- toire, la Fable, la Chronologie,
RIUS. & la Geographie, & toutes font
d'une main maitreffe, exercée à
manier les bons livres, & habile à
en recueillir tout ce qui pouvoit
contribuer à rendre cette édition
parfaite. C'eft le Jugement que les
Journaliftes de *Trevoux* portent du
travail d'*Olearius*.

4°. *Hiftoria Philofophiæ, vitas,
opiniones, refque geftas & dicta Philofophorum fecta cujufvis complex. Autore Thoma Stanleio, ex Anglico fermone
in latinum tranflata, emendata & variis Differtationibus atque obfervationibus paffim aucta. Acceffit vita Auto-
ris. Lipfiæ 1712. in 4°. pp. 1222.* Cet
Ouvrage excellent en lui même,
l'eft encore davantage dans la traduction d'*Olearius*, qui y a fait plufieurs corrections & plufieurs additions confiderables.

5°. *Obfervationes facræ in Evange-
lium Matthæi. Lipfiæ 1713. in 4°.
pp. 776.* Il y a de l'érudition dans
ces Obfervations & l'Auteur y paroît verfé dans les langues fça-
vantes.

6°. *Jefus-Chrift le veritable Meffie.*

(en Allemand) *Lipſic* 1714. *in* 4°. G. OLEA-
L'Auteur ſe propoſe de prouver la R I U S.
neceſſité de croire en Jeſus-Chriſt;
il y a beaucoup de ſolidité dans ſes
raiſonnemens.

7°. *Collegium Paſtorale.* (en Allemand) *Lipſiæ* 1718. *in* 4°. C'eſt
une inſtruction pour les Miniſtres,
qui y peuvent trouver tout ce qu'ils
doivent ſavoir.

8°. *Introduction à l'Hiſtoire Romaine , & à celle d'Allemagne , depuis la fondation de Rome , juſqu'à
l'an* 1699. (en Allemand) *Lipſic*
1699. *in* 8°.

9°. *Hiſtoria Symboli Apoſtolici , cum
obſervationibus Eccleſiaſticis & Criti-
cis ad ſingulos ejus articulos. Lipſiæ.*
1708. *in* 8°. C'eſt une Traduction
de l'Anglois de *Pierre King.*

V. ſon éloge. *Nouv. Lit. to.* 2.
p. 387. *Lipſic* 1716. *p.* 235. *Miſ-
cel. Lipſienſia. to.* 2. *p.* 756.

AUGUSTIN PATRIZI.

AUGUS-
TIN PA-
TRIZI.

AUgustin PATRIZI , (en Latin *Patricius*) nâquit à *Sienne*, d'une famille illustre ; mais on ne sait point l'année. Il fit ses études dans sa Patrie , & un de ses Maîtres fut *Fabiano Benci* de *Montepulciano* , Professeur en Droit Canon, dont il a écrit la vie.

Il parvint en 1460. à être Secretaire du Pape *Pie II.* qui le prit en affection , & lui en donna des marques , en lui faisant prendre le surnom de *Piccolomini* , qui étoit le nom de sa famille , comme il avoit coûtume d'en user à l'égard de ceux qui lui étant attachez , montroient plus d'habileté & de prudence que les autres.

Ce Pape étant mort quatre ans après , c'est-à-dire en 1464. *Patrizi* demeura au service du Cardinal *François Piccolomini* , qui le prit pour son Secretaire , & il l'accompagna en cette qualité lorsqu'il alla en 1471. à la diete de *Ratif-*

bonne , comme Legat du Pape
Paul II.

Il fut fait fous le même Pontificat Maître des Ceremonies, &
il exerçoit cette Charge en 1468.
lorfque l'Empereur *Frederic III.* alla
à *Rome* pour la feconde fois. Le
P. *Mabillon* s'eft trompé, lorfqu'il
a dit dans la deuxiéme partie du
1. tome de fon *Mufæum Italicum*
p. 255. que *Patrizi* fut fait Maître des Ceremonies fous *Innocent
VIII.* & il auroit pû reconnoître
facilement fon erreur, s'il avoit remarqué que dans l'Epître dédicatoire de fon Ceremonial à ce Pape
écrite en 1486. il lui dit, qu'il y
avoit plus de vingt ans qu'il étoit
dans l'emploi de Maître des Ceremonies.

Il a été auffi Chanoine de *Sienne*,
mais on ne trouve point dans quel
tems cette dignité lui a été donnée,
il eft fûr cependant qu'il l'a euë,
puifqu'il en a pris le titre à la tête
de quelques-uns de fes Ouvrages.

Thomas di Tefta, furnommé de
Piccolomini, pour la même raifon
que *Patrizi*, Evêque de *Pienza*, &

K k iij

de *Montalcino* , dont les Egliſes étoient alors unies , étant mort en 1482. *Sixte IV.* lui donna l'année ſuivante 1483. pour ſucceſſeur *Auguſtin Patrizi*, qui a conſervé cette dignité juſqu'à ſa mort, qui arriva à *Rome* en 1496. ſous le Pontificat d'*Alexandre VI.*

Pluſieurs Auteurs ſe ſont trompez en diviſant en deux celui dont je parle , & en faiſant vivre en même-tems deux *Auguſtins Patrizi* natifs de *Sienne*. Tels ont été le Pere *Labbe* dans ſa *Bibliotheque des MSS.* le P. *Mabillon* dans ſon *Muſæum Italicum*, *Henri Warton* dans ſon addition à *l'Hiſtoire Litteraire de Cave*, *Jean Godefroy Olearius* dans ſa *Bibliotheque des Ecrivans Eccleſiaſtiques*, & *du Pin* dans ſa *Bibliotheque des Auteurs Eccleſiaſtiques*. Il eſt facile de voir qu'ils ſe ſont copiez les uns les autres. Mais tous les Auteurs de *Sienne* ne reconnoiſſent qu'un *Auguſtin Patrizi*, à qui appartiennent les titres & les ouvrages que les Etrangers ſe ſont aviſez de partager entre deux perſonnes.

D'autres ont fait à ſon égard une

faute d'une autre espece, *Warton* & A. Pa-
Olearius après lui en le nommant TRIZI.
Episcopus Pojentinus, & *Placcius*
en lui donnant dans son *Theatre des
Anonymes* le titre d'*Episcopus Picen-
tinus.*

    Catalogue de ses Ouvrages.

    1. *Commentarius de Comitiis Im-
perii Ratisbonæ celebratis.* Cet ouvrage se trouve dans toutes les éditions des Lettres du Cardinal *Piccolomini*, autrement dit le Cardinal de
Pavie, & dans le deuxiéme tome des
Ecrivains de l'Histoire d'Allemagne donnez par *Marquard Freher*. Ce
n'est que le commencement de ce
que *Patrizi* avoit écrit sur ce sujet,
puisqu'on n'y voit que les raisons qui engagerent à charger de
cette legation le Cardinal de *Sienne*,
son départ pour l'Allemagne, &
son arrivée dans le Veronois. Le
reste se trouve en manuscrit dans
la Bibliotheque du Vatican.

    2. *Descriptio adventus Friderici III.
Imperatoris ad Paulum Papam II.*
Le P. *Mabillon* a inseré cette description dans son *Museum Italicum
tom.* 1. *part.* 2. *p.* 256.

A. PA-
TRIZI.

3. *Summa Conciliorum Basileensis,*
Florentini, Lausanensis & Pisani.
Le P. *Labbe* a inseré cet ouvrage
dans le *treiziéme tome de ses Conci-*
les. Col. 1488.

4. *Vita optimi ac integerrimi viri*
Fabiani Bencii Politianensis, Sacro-
rum Canonum Professoris. Patrizi écrivit cette vie après la mort de *Bencii*
arrivée à *Rome* le 30. Novembre
1481. Le P. *Mabillon* l'a publiée
pour la premiere fois dans son *Mu-*
saum Italicum.

5. *De Sena urbis antiquitate.* Cet
ouvrage, qui n'est qu'un amas de
fables, n'a point été imprimé.

6. *Historiarum Senensium libri.* Cette histoire n'a pas été non plus imprimée, elle commence en 1186.
& finit en 1338. Le Cardinal *Pic-*
colomini y a eu quelque part, mais
il faut qu'il n'en ait pas été content, puisqu'il en a composé lui-
même une autre, qui n'a pas été
non plus imprimée.

7. *De Annatis.* Cet ouvrage est de
même que les précedens en manuscrit dans la Bibliotheque du Vatican, & n'a pas été donné au public.

8. *Pontificalis liber magna diligen- tia Reverendi in Chrifto Patris, D. Auguftini Patricii de Piccolominibus, Epifcopi Pientini & Ilcinenfis & venerabilis viri D. Johannis Burckardi Praepofiti & Canonici Ecclefiae S. Florentii Hafelacenfis, Argentinenfis Diœcefis, correctus & emendatus. Romae 1485. in fol.* C'eft la premiere édition de cet ouvrage, où *Patrizi* n'eut pas plus de part que *Burckard,* & *Jacques Lucio* Evêque de *Cajazzo,* qui y travaillerent avec lui. La deuxiéme parut à *Rome* en 1487. & *Lucio* & *Burckard* y font nommez comme les principaux Auteurs. La troifiéme fut faite à *Lyon* en 1511. *in fol.* Dans ces trois éditions on voit à la tête une Epître dédicatoire de *Patrizi* au Pape *Innocent VIII.* Le P. *Albert Caftellano* Dominicain de *Venife* fit dans la fuite des additions à ce Pontifical, qui fut imprimé pour la premiere fois avec fes additions & fes corrections à *Venife* en 1520. & depuis à *Lyon* en 1542. Il y eft fait encore mention de *Patrizi,* dont le nom n'a plus paru dans les éditions modernes.

A. PA- TRIZI.

A. PA- qui en ont été faites.

TRIZI. 9. *Rituum Ecclesiasticorum*, *sive sacrarum Cœremoniarum Romanæ Ecclesiæ libri tres*. Ce fut par ordre d'*Innocent VIII.* que *Patrizi* travailla à recueillir & à corriger ce Ceremonial, comme il avoit fait à l'égard du Pontifical ; & il le lui dédia pour cette raison par une Epitre datée du 1. Mars 1488. Il y reconnoît qu'il a été fort aidé dans ce travail par *Jean Burkard*, qui étoit alors Maître des Ceremonies. Ce Ceremonial n'a été cependant imprimé que long-tems après la mort de *Patrizi*, puisque la premiere édition s'en est faite à *Venise* en 1516. *in fol.* Il l'a été plusieurs fois depuis, comme on le verra dans l'article de *Christophe Marcel* ; mais le nom de *Patrizi* n'y a jamais paru, ce qui a donné occasion de traiter *Marcel* qui l'a publié de plagiaire. La premiere édition est très-rare, parce que *Grassi*, qui fit tous ses efforts pour faire supprimer le livre, n'ayant pû y réussir, supprima lui-même tous les exemplaires qui lui tomberent entre les mains.

ADRIEN JUNIUS.

ADrien JUNIUS ou *de Jonghe*
nâquit à *Horn* en Hollande
le 1. Juillet 1511. felon fa vie qui
eft à la tête de fes Epitres, & en
1512. felon *Meurfius.* Son pere étoit
un homme de merite & favant,
tui avoit été cinq fois Bourgmaî-
qre de *Horn.*

Il fit à *Harlem* & à *Louvain* fes
premieres études ; après quoi il fe
mit à voyager. Il vint d'abord en
France, où il fut difciple de *Jacques Houlier*, celebre Medecin de
Paris. De-là il paffa à *Boulogne* en
Italie, où il fe fit recevoir Docteur
en Medecine.

Ayant enfuite parcouru l'Allemagne, il alla en Angleterre en
1543. Il y fut Medecin du Duc
de *Nortfolk*, & y compofa quelques ouvrages.

De retour en Hollande, il fut
appellé en Danemarc, pour y être

Precepteur du Prince Royal. Mais n'ayant pû s'accomoder au climat, ni au genie de la Nation, il en partit brusquement, sans prendre congé du Roi; une de ses lettres fait croire que cela arriva en 1564.

Il s'établit à *Harlem*, où il pratiqua la Medecine, & fut chargé du Rectorat de l'Ecole Latine, & de la commission d'écrire l'Histoire de Hollande conjointement avec d'autres Savans. L'Auteur de sa vie ne le marie qu'après son retour de Danemarc, en quoi il se trompe certainement, puisque dans une lettre de 1559. *Junius* parle de sa femme, & qu'il témoigne dans une autre que le séjour du Danemarc lui avoit déplû aussi-bien qu'à lui.

Lorsque les Espagnols eurent mis le Siege devant *Harlem*, il trouva le moyen d'en sortir, pour aller voir le Prince d'Orange, qui avoit souhaité de se servir de ses remedes.

La Ville ayant été prise en 1573. on pilla sa Bibliotheque & ses papiers. Il passa en Zelande, où la recommandation du Prince lui pro-

cura des appointemens pour prati- A. Ju-
quer la Medecine dans *Middelbourg.* NIUS.
Mais l'air du Pays lui fut contraire:
il y gagna une maladie , qui jointe
au chagrin que lui avoit caufé la
perte de fa Bibliotheque,le fit mourir à *Armüiden* près de *Middelbourg*
le 16. Juin 1575. à l'âge de 64. ans
felon les uns , & de 63. felon les
autres.

Junius avoit naturellement une
memoire fort étendue., qu'il avoit
fçû mettre à profit, en lui con-
fiant un grand fond de litterature;
car fans compter la Medecine, qui
étoit fa profeffion , il étoit Hiftorien., Poëte., Philofophe , & poffe-
doit outre cela huit fortes de Langues , la Grecque., la Latine, l'Italienne, la Françoife , l'Efpagnole,
l'Allemande., l'Angloife , & la Fla-
mande.

Catalogue de fes Ouvrages.

I. *Caffii naturales & Medicina-*
les Quæftiones LXXXIV. circa ho-
minis naturam & morbos aliquot latine
Adriano Junio interprete , & Græci
exemplaris caftigatione ad finem ad-
jecta. Parif. 1541. in 4°.

A. Ju-
NIUS.

2. *Plutarchi Convivalium proble-matum Decades V. cum Scholiis bre-vibus. Lugduni* 1547. *in* 8°. C'eſt encore une traduction de *Junius*.

3. *Lexicon Græco-Latinum auctum.* 1548. Ce Dictionnaire auquel il travailla en Angleterre, & qu'il augmenta de plus de 6500 mots lui fit des affaires à *Rome*, où l'on fut choqué du titre, de Roi qu'il donnoit à *Edouard VI.* à qui il l'a-voit dédié. Le livre fut mis à l'*In-dex*, & l'Auteur noté de Calviniſ-me & d'Hereſie. *Junius* tâcha de faire lever cette Cenſure par un Apologie, & par des lettres de ree-commandation qu'il tira du Cardinal-de *Granvelle*, & de *Lindanus* Evê-que de *Ruremonde*, où ils atteſtoient qu'il étoit bon Catholique, mais tout cela ne pût faire revoquer la cenſure. On ne ſçait s'il a jamais abandonné la Religion Catholique, quoique la qualité de Profeſſeur qu'on lui deſtinoit dans l'Academie de *Leyde*, lorſqu'il mourut, puiſſe le faire ſoupçonner.

4. *De anno & menſibus Commen-tarius, Faſtorum liber & Calenda-*

vium. Baſileæ 1553. *in* 8°. It. dans A. Ju-
le huitiéme tome des *Antiquitez* NIUS.
Romaines de Grævius.

5. *Philippeis , ſeu carmen Heroicum
in nuptias Philippi II. & Mariæ Re-
ginæ Angliæ. Londini* 1554. *in* 4°.

6. *Remarques ſur la piece ſatyri-
que de Seneque touchant la mort de
l'Empereur Claude ,* imprimées avec
es Oeuvres de Seneque 1557. & 1613.

7. *Copiæcornu , ſive Oceanus en
arrationum Homericarum ex Euſta-
thii in eundem Commentariis concinna-
tum. Baſileæ* 1558. *in fol.*

8. *Adagiorum ab Eraſmo omiſſo-
rum centuria octo cum dimidia. Baſileæ* 1558. *in* 8°. It. avec les *Ada-
ges d'Eraſme. Paris* 1579. *in fol.* La
Bibliotheque d'Oxford met mal à propos ce livre parmi les ouvrages de
François Junius.

9. *Phalli ex Fungorum genere in
Hollandiæ ſabuletis paſſim creſcentis
deſcriptio & ad vivum expreſſa figura.
Delphis* 1564. *in* 4°. It. *Lugd. Bat.*
1601. *in* 4°.

10. *Nonius Marcellus, & Fulgen-
tius Placiades de priſco Sermone reſti-
tutus. Antuerpiæ* 1565. *in* 8°. C'eſt

A. Ju-
NIUS.

la meilleure édition qu'on eut donnée jusques-là de ces Auteurs.

11. *Eunapius de vitis Philosophorum & Sophistarum Græce & Latine. Antu rpiæ* 1568. *in* 8°. It. *Heidelberga* 1596. *in* 8°. Voici le Jugement que M. *Huet* fait des traductions de *Junius*. » Quoiqu'il » fût habile, dit-il, dans les Hu-» manitez, il n'a pas rendu grand » service au public, par ses traduc-» tions, qui ne valent rien pour la » plûpart. Car souvent il prend le » sens d'un Auteur de travers, & » y donne une fausse interprétation. » Ainsi dans la seule version du » petit livre d'*Eunapius*, il se trou-» ve un millier de fautes.

12. *Martialis Epigrammaton libri XII. Xeniorum liber unus & Apophoretorum liber unus, cum Scholiis Hadriani Junii. Antuerpiæ* 1568. *in* 16. It. *Argentorati* 1595. *in* 16.

13. *Observationes in Plauti Comædias.* Dans une édition de ce Poëte publiée à *Basle* en 1568. *in* 8°. avec les remarques de plusieurs autres Auteurs.

14. *Emblemata & Ænigmata. Antuerpiæ*

Antuerpiæ 1569. *in* 16. It. *cum Ap-* A. Ju-
pendice. Lugd. Batav. 1596. *in* 16. NIUS.
It. traduites en François par *Jac-*
ques Grevin. Anvers 1570. *in* 16.

15. *Heſychius Mileſius de iis qui eru-*
ditionis fama claruerunt. 1572. &
1615. *in* 8°. C'eſt une traduction du
Grec.

16. *Nomenclator omnium rerum*
propria nomina variis linguis expli-
cata indicans. Pariſ. 1566. *in* 8°. It.
Antuerpiæ. Plantin. 1577. *in* 8°. It.
Ibid. 1583. *in* 8°. It. *Londini* 1585.
in 8°. It. *Francofurti* 1596. *in* 8°.
Ce ſont là les premieres éditions,
qui ont été ſuivies de pluſieurs autres. Cet ouvrage eſt en ſon genre
un livre excellent, le choix des termes en huit Langues n'y eſt pas
moins une preuve de l'érudition de
l'Auteur, que de ſa patience infatigable; ce n'eſt pas qu'on n'y trouve des fautes, & même des fautes
groſſieres, mais c'eſt une choſe
inévitable dans un ouvrage ſi étendu & ſi varié. *Colomiés* rapporte au
ſujet de ce livre une choſe de *Ju-*
nius, qui eſt apparemment un conte.
Il dit que *J. Sambuc* étant allé en

Tome VII. L l

A. JU-
NIUS.

Hollande exprès pour voir *Junius*, apprit chez lui qu'il buvoit avec des charretiers ; ce qui lui donna tant de mépris pour lui , qu'il s'en retourna sans le voir. *Junius* l'ayant appris , s'excusa sur ce qu'il ne s'étoit trouvé avec ces sortes de gens, que pour apprendre d'eux quelques termes de leur métier , qu'il vouloit mettre dans son *Nomenclator*.

17. *Animadversa & de Coma Commentarius Basileæ* 1556. *in* 8°. It. *Francofurti* 1604. *in* 8°. *eadem ab Auctore innumeris in locis emendata & insignibus supplementis locupletata. Accedit Appendix Hadriani Junii ad animadversa sua , nunc primum ex Cl. V. Autographo in lucem edita ex Bibliotheca Cornelii Va Arckel. Rotterodomi* 1708. *in* 8°. *n pp.* 632. Les six Livres d'observations qui sont renfermez dans ces volumes roulent sur divers points de critique; *Junius* y fait paroître une connoissance profonde de l'Antiquité Grecque & Romaine , une critique également fine & judicieuse , de la politesse dans le stile , jointe à toute la candeur & à toute la modestie

dun Ecrivain qui travaille fince- A. Ju-
r'ement à découvrir la verité. Le NIUS.
traité de la Chevelure eft curieux
& rempli d'érudition.

18. *Joannis Ravifii Textoris Epi-*
thetorum Epitome recognita & aucta,
in 12. On peut dire que *Junius* ma-
nioit cette matiere avec bien plus
d'habileté que *Textor*, qui y a fait
des fautes groffieres.

19. *Batavia. Lugd. Bat.* 1588. *in*
4°. It. *Dordraci* 1652. *in* 8°. Cette
Hiftoire que *Junius* avoit entrepris
par ordre des Etats de Hollande
feroit plus exacte & plus limée,
s'il avoit pû y mettre la derniere
main ; mais fa mort l'en a empêché.

20. *Epiftola Lucani ad Calpurnium*
Pifonem emendata. Dans l'édition de
ce Poëte faite à *Lipfic* 1689. *in* 8°.

21. *Adagiorum Compendium.* Ge-
neva 1593. *in* 8°.

22. *Poemata pia & moralia. Lugd.*
Bat. 1598. *in* 8°.

23. *Obfervationes in Petronii Ar-*
bitri Satyricon. Dans l'édition de *Pe-*
trone faite à *Francfort* en 1629.
in 4°.

24. *Epiftola & Oratio de Artium*

A. Ju-
NIUS.

liberalium dignitate. Dordraci 1652. *in* 8°. La vie de *Junius* qui est à la tête de ce recueil n'est point exacte & ne s'accorde pas avec ses lettres.

V. cette vie. *Meursius Athenæ Bat. Melchior Adam vita Med. Ger. Val. Andreas Bibl. Belg.*

Fin du septième Volume.

TABLE
NECROLOGIQUE

Des Auteurs contenus dans ce Volume.

PLINIUS SECUNDUS [C.] mort l'an de J. C. 76.

FREZZI [Frederic] m. en 1416.

PATRIZI, [Augustin] m. en 1469.

JUSTINIANI , [Bernard] m. le 10. Mars 1489.

MERULA, [George] m. en Mars 1494

POMPONIUS LÆTUS, [Julius] m. le 21 May 1497.

BRACELLI, [Jacques] m. dans le 15e. siécles.

CORIO, [Bernardin] m. vers l'an 1500.

JUNIUS, [Adrien] m. le 16 Juin 1575

BUCHANAN , [George] m. le 28. Septembre 1582.

FEVRE , [Nicolas le] m. le 4 Novembre 1612.

MALHERBE , [François de] m. en 1628.

CAMPANELLA, [Thomas] m. le 21 May 1639.

CHESNE , [André du] m. le 30 May 1640.

MIRE, [Aubert le] m. 1. 19.
Octobre 1640.

NICERON, [Jean François)
m. le 22. Septembre 1646.

GUADAGNOLI, [Philippe]
m. le 27. Mars 1656.

BARTHIUS, [Gaspar] m. le
17. Septembre 1658.

LUPUS, [Chrestien] m. le 10.
Juillet 1681.

MOTTEVILLE, [Françoise
Bertault de] m. le 29. Decembre
1689.

COLOMIE'S, [Paul] m. le 13.
Janvier 1692.

ANCILLON, [David] m. le 11.
Septembre 1692.

BYNÆUS, [Antoine] m. le 29.
Aoust 1698.

BOURDELIN, [Claude] m. le
15. Octobre 1699.

SAINT EVREMOND, [Charles
de] m. le 20. Septembre 1703.

PASCHIUS, [George] m. le 30.
Septembre 1707.

MABILLON, [Jean] m. le 27.
Decembre 1707.

BOURDELIN, [Claude] le fils
m. le 20. Avril 1711.

CASSINI, [Jean Dominique] m.
le 14. Septembre 1712.
BIDLOO, [Godefroy] m. en
Avril 1713.
ANCILLON, [Charles] m. le 5
Juillet 1715.
OLEARIUS, [Godefroy] m. le
10. Novembre 1715.
BOURDELIN, [François] m.
le 23. May 1717.
PAGI, [François] m. le 21. Janvier 1721.
WEDELIUS, [George] Wolfgang] m. le 6. Septembre 1721.
MARSOLLIER, (Jacques) m.
le 30. Aouſt 1724.
REGIS, [Pierre] m. le 30 Decembre 1726.

TABLE

Des Auteurs contenus dans ce Volume, selon l'ordre des matieres qu'ils ont traitées dans leurs Ouvrages.

A.

Anatomie

C

DES MATIERES.
C
Chymie

D
Dictionnaire.

E
Ecriture Sainte.

Tome VII.   M m

TABLE

TABLE

Histoire Sainte.

Histoire Ecclesiastique.

Histoire Monastique.

Histoire Romaine.

Histoire de France.

Mm ij

TABLE

DES MATIERES.

TABLE

Liturgies.

M

Medecine.

Mélanges.

Metaphysique.

Morale.

O

Optique.

P

Saints Peres.

Pharmacie.

Philosophia.

Physique.

Poësie.

TABLE

Poësie Latine.

Poësie Françoise.

Poësie Hollandoise.

Poësie Italienne.

Politique.

ERRATA.

Page 7. ligne 24. *Evangelista*, lisez *Evangelista*.

p. 65. l. 3. beaucoup, *lis.* a beaucoup.

p. 73. l. 16. la, *l.f.* sa.

p. 81. l. 23. *Cadere*, lis. *Cudere.*

p. 83. l. 2. ensemble, *ajoûtés* a paru.

p. 94. l. 3. *Via*. lis. *Vita.*

Ibid. l. 18. *Ligustice*, lis. *Ligustico.*

Ibid. l. 27. 1713. *lis.* 1327.

p. 97. l. 13. *Beoghem.* lis. *Beughem.*

p. 108. l. 17. ngues, *lis.* langues.

p. 118. l. 20. *Antitodor*, lis. *Antitodo.*

p. 121 l. 7. *Eleoso*, lis. *Oleoso.*

p. 145 l. 21. *Nio*, lis. *Dio.*

p. 168. l. 29. *Forettieres*, lis. *Frontieres.*

p. 188. l. 28. poëtés, lis. *puriste.*

p. 189. l. 27 *Gorolendi*, lis. *Cotolendi.*

p. 214. lig. 27. *Kednad* Comte de *passils* lis. *Kenned* Comte de *Cassils.*

p. 230. l. 20. Addition, *lis.* Edition.

p. 269. lig. 20 *Stuauchius* lis. *Strauchius.*

p. 279. lig. 10. *Auctus*, lis. *Auctius.*

p. 289. lig. 2 *Malvasa*, lis. *Malvasia.*

p. 292. lig. 17. ou, *lis.* &

p. 292 lig. 1. tesse, *lis.* ces observations avec assez de justesse.

APPROBATION.

J'Ai lû par ordre de Monseigneur le Garde des Sceaux le septiéme volume des *Memoires pour servir à l'Histoire des Hommes Illustres dans la Republique des Lettres*, avec un Catalogue raisonné de leurs Ouvrages. Je n'y ai rien vû qui me parût devoir en empêcher l'impression. A Paris le 10. Novembre 1728. HARDION.

PRIVILEGE DU ROY.

LOUIS, par la grace de Dieu, Roy de France & de Navarre: A nos amez & feaux Conseillers, les Gens tenans nos Cours de Parlement, Maîtres des Requêtes ordinaires de notre Hôtel, Grand Conseil, Prevôt de Paris, Baillifs, Senechaux, leurs Lieutenans Civils, & autres nos Justiciers qu'il appartiendra SALUT : Notre bien amé ANTOINE-CLAUDE BRIASSON, Libraire à Paris, nous ayant fait remontrer qu'il lui auroit été mis en main un Manuscrit, qui a pour titre : *Memoire pour servir à l'Histoire des Hommes Illustres dans la République des Lettres, avec un Catalogue raisonné de leurs Ouvrages*, qu'il souhaiteroit faire imprimer & donner au Public, s'il nous plaisoit lui accorder nos Lettres de Privilege sur ce necessaires, offrant pour cet effet de le faire imprimer en bon papier & en beaux caracteres, suivant la feüille imprimée & attachée pour modele sous le contre-scel des presentes ; A CES CAUSES, voulant traiter favorablement ledit Exposant, Nous lui avons permis & permettons par ces Presentes, de faire imprimer lesdits Memoires & Catalogue ci-dessus specifiés, en un ou plusieurs volumes, conjointement, ou séparément, & autant de fois que bon lui semblera, sur papier & caracteres conformes à ladite feüille imprimée & attachée pour modele sous notredit contre-scel, & de le vendre, faire vendre & débiter par tout notre Royaume, pendant le tems de *huit années* consecutives, à compter du jour de la date desd. Presentes. Faisons défenses à toutes sortes de personnes de quelque qualité & condition qu'elles soient, d'en introduire d'impression étrangere dans aucun lieu de notre obeïssance; comme aussi à tous Libraires-Imprimeurs & autres, d'imprimer, faire imprimer, vendre, faire vendre, débiter, ni contrefaire lesdits Memoires & Catalogues ci dessus exposés, en tout ni en partie, ni d'en faire aucuns Extraits, sous quelque prétexte que ce soit, d'augmentation, correction, changement de Titre, ou autrement, sans la permission expresse & par écrit dud. Exposant ou de ceux qui auront droit de lui, à peine de confiscation des Exemplaires contrefaits, de trois mille livres d'amende contre chacun des contrevenans, dont un tiers Nous, un tiers à l'Hôtel-Dieu de Paris, & l'autre

tiers audit Expofant, & de tous dépens, dommages & intérêts. A la charge que ces Préfentes feront enregiftrées tout au long fur le Regiftre de la
Communauté des Libraires & Imprimeurs de Paris,
& ce dans trois mois de la datte d'icelles, que
l'impreffion de ce Livre fera faite dans notre
Royaume & non ailleurs, & que l'Impretant fe
conformera en tout aux Reglemens de la Libr. &
notamment à celui du 10. Av. 1725. & qu'avant
de l'expofer en vente, le manufcrit ou imprimé
qui aura fervi de copie à l'impreffion dudit Liv.
fera remis dans le même état où l'Approbation
y aura été donnée, és mains de notre très cher &
feal Chevalier Garde des Sceaux de France le fieur
Fleuriau d'Armenonville, Commandeur de nos
Ordres; & qu'il en fera remis 2 exemplaires dans
nôtre Bibliothèque publique, un dans celle de nôtre Château du Louvre, & un dans celle de nôtre
très cher & feal Chevalier Garde des Sceaux de
France le Sr Fleuriau d'Armenonville, Commandeur de nos Ordres; le tout à peine de nullité des
Prefentes, du contenu defquelles vous mandons
& enjoignons de faire jouïr l'Expofant ou fes
ayans caufe pleinement & paifiblement, fans fouffrir qu'il leur foit fait aucun trouble ou empêche-
ment. Voulons que la copie des Prefentes qui
fera imprimée tout au long au commencement
ou à la fin dud. Livre foit tenuë pour düëment
fignifiée, & qu'aux copies collationnées par l'un
de nos amez & féaux Confeillers & Secre-
taires, foi foit ajoutée comme à l'original.
COMMANDONS au premier notre Huiffier ou Ser-
gent, de faire pour l'execution d'icelles, tous Actes
requis & neceffaires, fans demander autre per-
miffion, & nonobftant clameur de Haro, Charte
Normande, & Lettres à ce contraires : CAR tel
eft notre plaifir. DONNE' à Paris le vingt-huitié-
me jour du mois de Novembre, l'An de Grace mil
fept cens vingt-fix, & de notre Regne le douziéme.
Par le Roy en fon Confeil, DE S. HILAIRE.

*Régiftré fur le Regiftre V I. de la Chambre Royale des
Libraires & Imprimeurs de Paris, No 530. F. 421.
conformément aux anciens Reglemens confirmez par
celui du 28 Fevrier 1723. A Paris le 3 Dec. 1726,*
Signé, VINCENT, Adjoint.

www.ingramcontent.com/pod-product-compliance
Lightning Source LLC
Chambersburg PA
CBHW070547030726

47505CB00001B/189